COLECCIÓN POPULAR

106

MALA YERBA y ESA SANGRE

MARIANO AZUELA

Mala yerba
y
Esa sangre

COLECCION

POPULAR

FONDO DE CULTURA ECONÓMICA
MÉXICO

Primera edición (Obras Completas)   1958
Segunda edición (Colección Popular),   1971
⬛⬛⬛⬛⬛⬛⬛⬛⬛⬛⬛⬛⬛⬛⬛   1992
  Duodécima reimpresión,   1992

D. R. © 1958, Fondo de Cultura Económica
D. R. © 1986, Fondo de Cultura Económica, S.A. de C.V.
Av. de la Universidad, 975; 03100 México, D.F.

ISBN 968-16-0910-7

Impreso en México

"MALA YERBA" Y "ESA SANGRE"

En vísperas de ajustarse veinte años de la extinción del doctor Mariano Azuela, el Fondo de Cultura Económica reúne en un volumen de su Colección Popular dos de los relatos sobresalientes en la obra del más leído de nuestros novelistas: Mala yerba y Esa sangre. Ambos figuran entre las muy contadas producciones del doctor Azuela que se relacionan entre sí porque uno de los personajes que aparecen en primer término en las páginas de aquélla: Julián, cruel hacendado, es eje de la segunda, rebasado el otoño de su vida. Por tal razón, Esa sangre viene a continuar, hasta su fin, el asunto iniciado en Mala yerba, y las dos narraciones se deben considerar como inseparables, a pesar de que tres decenios medien entre la elaboración de una y otra: como en la comedia de Pirandello, aquel personaje —alojado en la memoria del autor— le llegó a exigir un día que no dejara trunca la trayectoria de su existencia.

El doctor Azuela había escrito la parte inicial, Mala yerba, antes de que la Revolución mexicana lo envolviese en la vorágine que lo llevó a trazar las páginas definitivas de Los de abajo y otras novelas de la lucha civil y de los cambios que produjo en la transformación social mexicana. Apareció Mala yerba en 1909, como antecedente y preludio de aquel movimiento, por las injusticias que denuncia, en el mal trato que infligían hacendados explotadores, a los campesinos inermes, y la falta de garantías en la aplicación parcial de las leyes que debieran protegerlos. Por tal fecha de su publicación, Mala yerba está situada junto a Los fracasados —la inconformidad que revela es igualmente prerrevolucionaria— y Sin amor, que muestra otro aspecto de la vida mexicana en ciudades del interior de la República, por aquellos años que preceden al estallido del movimiento armado.

Antes de escribir esas obras, el doctor Mariano Azuela había visto publicada sólo una novela corta: María Luisa (1907). Al trazarla amplió, bajo el influjo de lecturas de novelistas franceses del naturalismo, las impresiones que él, estudiante de medicina en Guadalajara, había recogido en sus primeros contactos con la clínica, el anfiteatro y el examen de alguna enferma próxima a la muerte. En la novela que sigue: Los fracasados y en la que viene después: Sin amor, el estudiante va a reunir observaciones recogidas en el trato con la gente que vive en la población donde pasa los meses que transcurren entre dos cursos y donde el médico se abrirá camino después de recibirse.

Para escribir Mala yerba, en cambio, el novelista evoca el campo de la región, vecina a la tierra natal —Lagos de Moreno, en el Estado de Jalisco—, donde en los meses de vacaciones anuales, de la infancia a la pubertad, dejaba correr el tiempo cerca de la gente del campo, al descubrir cada día aspectos diferentes de la naturaleza, allá más pródiga y variada. El doctor Azuela recordó esas excursiones, al contar la historia de la mayoría de sus libros, en páginas llenas de interés y escritas apasionadamente, para cumplir lo estatuido por El Colegio Nacional, corporación a la que perteneció hasta su muerte, y las releyó, a solicitud mía, ante alumnos universitarios, en el curso que dediqué a estudiar su obra. Tengo presente, no sólo por esta circunstancia sino por la fuerte y bella plasticidad de su prosa, la síntesis que allí hace del asunto de Mala yerba, al detenerse en la descripción del campo y de los personajes descollantes de la obra: el cruel, egoísta hacendado Julián y, sobre todo, la verdadera figura central: Marcela.

El nombre de esa vigorosa figura femenina, en torno a la cual giran los deseos masculinos, dio justificadamente el título que merecía la obra, en la traducción al inglés que hizo con soltura Anita Brenner, en 1932, un año antes de que pasara a la lengua francesa, en versión de Mathilde Pomés, con el de Mala semilla —Mauvaise graine— que ella prefirió darle. Su prologuista: José María González de Mendoza —no hubiera podido encontrar otro mejor, para esa obra el doctor Azuela—, acertó a señalar allí las cualidades del relato y a precisar en qué consiste el valor de esa obra literaria, la cual, después del éxito obtenido con Los de abajo, alcanzó en otras lenguas, no sólo en la española, el triunfo que merecía: "Mala yerba es una novela del campo mexicano, en donde aviva la intensidad de las pasiones, propia del medio, el racial desdén al dolor y a la muerte. Es un drama de odio y de amor. Mejor dicho, de amoríos; en torno a la bella aldeana, apetitosa fruta salvaje, giran, amantes sucesivos, el degenerado vástago de una ruda familia de hacendados; el joven labriego, valiente hasta la temeridad, robusto y noblote, pero tan cándido que raya en tonto; inclusive cierto ingenioro norteamericano que así comienza su aclimatación. La moza nada tiene de pazguata: se sabe deseable y, rústica Celimena, hace de la coquetería su mejor arma. Es un tipo más bien que un carácter, como lo son en general, los protagonistas, de los primeros libros de Azuela, a quienes, quizás *mejor que por sus nombres, podría denominarse por sus cualidades representativas."*

En aquellas páginas recordó también el doctor Azuela, vívidamente, el paisaje, la gente de su región de Jalisco, y la huella tan profunda que desde la adolescencia dejó en él la impresión de los hombres quienes a juicio de los adultos que en sus paseos lo acompañaban, eran "muy malos". Deseó, desde entonces, el doctor Azuela escribir una novela cuyo asunto se desarrollara en aquel medio, entre campesinos que a la vez temían y admiraban al amo: Julián, por su crueldad y por sus hazañas de jinete que le ayudaban a rendir las voluntades femeninas en sus dominios. Faltaba el tema, que el azar puso en sus manos, según el mismo autor, en esas páginas, refería: "En los pueblos de mi Estado sin médico legista oficial, se imponía gratuitamente el cargo, por turno, a los residentes en él. La casualidad me llevó un expediente para emitir mi dictamen en un proceso por homicidio calificado. Retuve el legajo en mi despacho para estudiar con calma el asunto. Comencé a leerlo y desde las primeras diligencias me dí cuenta de que era precisamente lo que yo buscaba, no como perito sino como novelista. Me interesó tanto el caso que lo leí de cabo a rabo como la novela más intensamente vivida."

Tal fue el punto de partida del relato que el doctor Azuela intituló, provisionalmente, según apuntaba, Mala yerba, título que ha conservado, en español, hasta el presente. De los personajes cuyos rasgos retiene la memoria, con los de Marcela y Julián, se hallan entre los primeros el anciano señor Pablo que, a raíz de la muerte del vaquero defensor de la hembra, relata crímenes de los asesinos, los hacendados Andrade; tío Marcelino y el mayordomo Gertrudis, eliminado al final, y entre las mujeres, Mariana y doña Poncianita. Escenas de trabajo, de juego y deporte en las que Julián sobresale, animan el relato donde el autor hace alternar el ágil diálogo de los campesinos, con las magníficas, sobrias descripciones.

Esa sangre apareció publicada, póstumamente, en 1956. La dio a conocer en Letras Mexicanas el Fondo de Cultura Económica. Fue comentada por la crítica, al editarse; mas no alcanzó entonces una popularidad tan extensa como la de su antecesora. Aunque aparecida un año después de La Maldición, que el doctor Azuela había escrito y revisado de fines de 1948 a los comienzos de 1949, la terminación del relato cuyo asunto principia con Mala yerba puede corresponder a los finales del decenio precedente —1931-1940—, en el cual el novelista puso atención en temas que

9

se relacionan con el agrarismo simulado. De haber sido así, la elaboración de Esa sangre *debiera situarse al lado de dos novelas anteriores:* Avanzada *y* Nueva burguesía *que el autor concluye en 1940. Por el año en que se publica, es la última de todas. Dentro de su bibliografía, viene a cerrar la producción novelesca iniciada por él, con* Los fracasados *y* Mala yerba.

Tales datos permiten advertir que ambas novelas: Mala yerba *y* Esa sangre *—ahora, por primera vez, impresas aisladas de las demás en este tomo— sirvieron al doctor Azuela, al mismo tiempo, de puntos de partida y de llegada, en la tarea que como novelista se impuso. En las décadas transcurridas desde sus comienzos, el narrador había ganado al evolucionar a través de relatos —extensos o cortos— con los que perfeccionó su técnica, sin abandonar el realismo dentro del cual se había situado: la prosa era cada vez más ágil y flexible. El lector y el crítico interesados en seguir esa transformación del novelista y cuentista, que pasaba fácilmente de la ciudad al campo en sus novelas y novelas cortas, podría preguntarse por qué retomó el asunto de* Mala yerba *y tornó a aquél, pasados seis o siete lustros.*

En otras de sus novelas había mostrado algunas secuencias —y consecuencias— de la Revolución, muchas veces inconforme con los resultados que diferían de aquellos que soñaba el idealista revolucionario, en la mocedad y la plenitud de su existencia. Inconforme con las desviaciones, inevitables en cualquier movimiento innovador, las denunciaba infatigable, disgustado por los aspectos negativos que él descubría y revelaba a cada instante. Por eso en varias de su sobras reveló, anverso y reverso, el pasado y el presente de hombres y cosas, al contrastar sus recuerdos con la realidad que palpaba; sobre todo, al tratarse del terruño, de la región jalisciense que mejor conocía: Los Altos.

En algunas de sus novelas, también —sobre todo, en las posteriores a Los de abajo*— hacía sentir al lector los efectos que el paso del tiempo había producido, no sólo en el protagonista de cada una de ellas; como buen narrador, estaba consciente de que el tiempo no transcurre en vano: los caracteres se modifican, aunque subsistan en ellos los rasgos que los definen. Hay en* Mala yerba *elementos que valía la pena mostrar después de haber pasado por la prueba de fuego: el crisol de la Revolución mexicana. Allí está, en primera línea, Julián Andrade quien representa, como último descendiente varón, al heredero de una dinastía de hacendados crueles, de sátrapas locales que el título de la obra define: "mala yerba" —la cual, según el proverbio, "nunca muere."*

En vez de seguir su trayectoria vital, desde los comienzos de la lucha hasta su terminación —que pudo haberle dado material para una novela-río de caudalosa corriente— el doctor Azuela prefirió hallar de nuevo al protagonista, pasado el momento de la victoria, cuando se iniciaba el reparto de aquellas propiedades que algunos de los triunfadores veían como botín por ellos fácilmente conquistado, de las cuales podían disponer a su antojo. Mas era preciso, para él, justificar el retorno tardío al escenario que conoció en la infancia y que describiría ampliamente en la tercera de sus obras narrativas: Mala yerba. Tal justificación se halla en Esa sangre, donde se explica la ausencia de Julián: sus viajes y aventuras por países de Centro y Suramérica, de donde retorna "agauchado", según el voseo en que al principio incurre.

Era natural que el buen jinete —escapó de quienes lo odiaban por ser el último varón que representaba a los Andrade, al verse despojado de sus tierras— pensara en ir hacia el Sur del Continente, a países de buenos caballistas. De allá regresa envejecido, mas aún brioso. Para subsistir sin trabajar —¿cómo iba a hacerlo un Andrade?— acude a recursos de pícaro: la trampa, el "préstamo", el engaño y aun el hurto, para él es sólo restitución que debe aplazar, aunque no esté seguro de realizarla algún día.

Julián pasa de México a San Franciscquito; orientado por su primo, "mi Pablón", socio de la hermana de aquél, Refugio, en la venta de gallinas, va en busca de ella al pueblo y con su apoyo vuelve a la que fue hacienda de San Pedro, abandonada, ruinosa. Las descripciones del terruño en Esa sangre, contrastan con las que trazó en Mala yerba. Los veinte años corridos desde que Julián partió hacia el Sur del Continente —después de haber cumplido su condena por el asesinato de la amante que intentó matarlo y de llegar a coronel, con Villa—, han transformado el pueblo: al crecer perdió, con su paz, la serenidad y la belleza.

El retorno a San Pedro de las Gallinas —muros desamparados, tierras sin cultivo— le permite conocer a la joven sobrina de la asesinada, Marcela también: catorce floridos años, y en el primer encuentro, Julián fracasa como tenorio; ella lo ve, sólo, al derrotarlo, compasiva: por ser viejo y pobre. Fracasa igualmente en sus propósitos de recuperar las tierras que fueron suyas —al ir del campo a la ciudad— y en las tentativas por imponerse a sus paisanos, en discusiones y pendencias: nadie recuerda a los temidos Andrades, a no ser por el odio heredado.

En tal etapa algunos de los personajes de Esa sangre se aproximan a los de otras novelas del doctor Azuela en que aparecen

11

fuereños arrojados a la capital o desplazados en su terruño por el movimiento revolucionario, como en Las tribulaciones de una familia decente y La luciérnaga. Refugio está más próxima a aquéllas; Julián, su hermano, a alguno de los caracteres de la segunda. Este último, envejecido, amargado por sus derrotas como Don Juan en decadencia, vencido como rijoso, es sólo, finalmente, un borracho pendenciero, a quien desdeñan Tencho y el segundo Gertrudis y a quien estafa el Fruncido, al ofrecerle supuesta ayuda para recuperar sus tierras. Sólo está a su lado, fraternalmente, la abnegada Refugio que no confía en los propósitos de enmienda del ebrio, a quien desea volver al buen camino y al que trata de apartar del fin inevitable que lo amenaza.

La fiesta anual de San Francisquito, con su culminación: las competencias del coleadero, en las que van a enfrentarse los jinetes favoritos, unida al último encuentro con Marcela —cuya hermosura aviva el débil fuego viril de Julián— preparan el desenlace, con la ridícula intentona del fanfarrón fracasado públicamente. El título de la novela: Esa sangre —nota en la cual el autor insiste en su relato— se justifica por completo en la última escena, donde la maldad se impone y la venganza une, en la muerte, a hermano y hermana, como el lector podrá comprobarlo.

Francisco Monterde

MALA YERBA

Encorvado y trémulo, apoyándose en un leño a guisa de bordón, salió señor Pablo de una mísera casuca, y de cara al poniente, una mano en visera para ver mejor, gritó carraspiento y desapacible:

—¡Eh, Marcela: anda, muchacha... corre, que ai vienen ya las vacas!

De trecho en trecho, en un amontonamiento de nubarrones como de cinc gaseoso, se abrían claros dejando escapar finísima llovizna de sol tamizado, en anchas ráfagas de luz pálida. Hacia el orto espumeaban níveos copos de errantes nubecillas. De vez en vez, parvadas de avichuelos se levantaban del llano llevándose en sus alas, en cristalización de luz, los débiles destellos del ocaso. Saturado de tenues aromas, el aire precursor de la tormenta soplaba rumoroso, sacudiendo las cimas de los olmos y arrebatándoles lustrosas hojitas verdes. En medio de inmensos cuarterones de tierra arada, bamboleábanse las cabezas oscuras de los mezquites solitarios, encrespando sus rizadas cabelleras.

Bajo una franja perla de sol, tramontando la colina, asomó el reguero de vacas en retorno, como un puñado de patoles vivamente coloreados. Un grito atiplado y un silbido de cuando en cuando, ensordecidos por la lejanía, anunciaban la vuelta de la ordeña.

Tras la tarde nublosa veníase la noche cargada de tempestad. Las reses desaparecían en una hondonada para surgir de nuevo ya en la cercanía. La voz y los silbidos del vaquero se hicieron netamente perceptibles. Vacas pintas de negro y blanco, hoscas de dorados lomos, barrosas de pelo sucio, en un vaivén de sepia deslavado y negro endrino, surgieron en el altosano.

—¡Aija!... ¡aija! ... ¡aija y aija!...

A cada grito, un silbido vibrante rasgaba el aire.

Del jacalucho salió presurosa una muchacha, apretando los ojos como si la luz hiriese sus pupilas. Cogióse la raída falda de chomite en un puñado y echó a correr por el linde del sembrado. Contoneábase su recio cuerpo pubescente cual ancas de potranca, sus pies chatos y desnudos castañeteaban en el suelo con firmeza montaraz de animal que no siente pedruscos ni malezas. Se tiró por el barrial, acopiando tepetates en su ancho delantal azul.

—¡Aija!... ¡aija y aija!...

El grito vigoroso del vaquero se reforzaba ahora con el no menos vibrante de la hembra.

Erguida, levantando gallardamente un brazo, lanzaba terrones que se hacían polvo en los flancos de las vacas. A cada impulso se estremecían sus duros senos y sus carnes frescas y pujantes se delineaban airosomente.

Gran tarde, triunfal hasta de la mansedumbre anidada en los bovinos ojos. Las reses, alborozadas de improviso, llegaban al corral retozando, después de haber hecho vanos los esfuerzos del vaquero y de la muchacha por alejarlos de la labor. Las cañitas apenas se alzaban un palmo del surco, y si era un peligro el apetito goloso del rumiante, mayor lo era la pezuña que pasaba dejando destrozos por el surquerío.

Señor Pablo, a pesar de su corcova, de sus frágiles miembros de octogenario y de sus ojos de cristal apagado, abrió con presteza la puerta del corral, sacando una a una las agujas de pesado encino que iban de un lado a otro de dos enormes cuartones verticales de mezquite. Vacas barrosas de ancho braguero blanco, atigradas de narices romas, negras de melancólicos ojos, no pudiendo gastar más sus arrestos en alegres correrías, aglomeradas a la puerta se embestían. Resbalaban las encornaduras por las ancas de las vecinas o se encontraban en ruidoso choque.

Renqueando de tanto corretear, flojamente caído el calzón de un lado hasta el huarache, remangado el otro hasta la raíz de su cobrizo muslo, el vaquero se detuvo a corta distancia de la muchacha, mientras el ganado seguía entrando. De uno de sus hombros pendía erizo capote de palma enrollado. En una mano llevaba la honda y un manojo de tronadoras aromáticas en la otra.

—Vete... vete... que el amo nos está mirando —dijo ella.

Lejos de cohibirse, el mozo dejó blanquear sus dientes en una sonrisa socarrona, le arrojó a la cara el puñado de flores y pasó de largo, murmurando:

—¿El amo?... ¡Pa ponerle las chivarras!..

El amo don Julián era un seco grandullón, forrado de gamuza de los pies a la cabeza, de alazanado bigotillo y ojos dulzones, un tanto afeminados. A un lado de la puerta del corral escuchaba la plática interminable de señor Pablo, el sirviente más viejo de San Pedro de las Gallinas. Buenas migas habían hecho el fiel jornalero y el vástago más tierno de los Andrades, aquél por su ascendente de experimentado campirano y servidor de los más apegados a la casa y éste como niño mimado a quien sorprenden los mostachos todavía a la falda de la nana (que de eso y más había servido el viejo bonachón). Pero a últimas fechas se habían resfriado sus recíprocas confianzas. Señor Pablo husmeaba que el niño le hacía el amor a su hija Marcela, y aunque no diera crédito del todo a los rumores que le llegaban, porque bien sabía de lo que es capaz una mala lengua, no por eso dejaba de inquietarse, en previsión de un desastre cierto, si la muchacha le daba oídos. Tampoco a Julián Andrade le satisfacían ahora las pláticas de señor Pablo, cuyo carácter se había ensombrecido mucho desde que en sus ojos lagrimeantes aparecieron las opalescencias de las cataratas. En vez de divertirlo con sus cuentos pavorosos de espantos y aparecidos, con sus narraciones pintorescas de asaltos a la diligencia y otras aventuras muy interesantes, había dado en la manía de pronosticarlo todo, y con un pesimismo implacable. El año actual, por ejemplo, se iba a perder: sería peor que el pasado y el maíz llegaría hasta las nubes. Habría una mortandad de animales y cristianos como cuando el *cólera grande*. Hombre de edad y de experiencia, fundaba sus afirmaciones en bases incontrovertibles: el gallo había cantado a las once de la noche; los coyotes aullaron toda la mañana en la Mesa de San Pedro; el cerco de la luna traía puro aire, y ¡qué más! Marcela vio nacer el año nuevo en un apaste de agua: por las señas que dio podía uno jurar que si ciertamente no sería de sangre, sí de una sequía fatal.

No escuchaba Julián tan funestos pronósticos, en primer lugar porque en aquellos precisos momentos el cielo con sus truenos y relámpagos estaba dándole un mentís solemne y, además, porque se le quemaba la sangre de ver el juego que Marcela traía con el vaquero.

El ganado acababa de entrar: a la zaga un magnífico toro criollo, color de jicote, chato, gestoso, de encornadura abierta y corta, de enormes lomos, enroscando lentamente su cola delgada y flexible, solemne y altivo como un sultán. De vez en vez su negro hocico se alzaba en sordo mugido, en acción de gracias al cielo quizás porque dable le había sido divertir sus mocedades con tan abundante serrallo, en tanto llegaba su turno a la coyunda, al yugo y al abasto.

—Buenas tardes les dé Dios —dijo el vaquero quitándose su campanudo soyate y entrando en el corral con mansurronería irritante.

Marcela volvió también a su jacal con una sonrisa perversa y provocativa.

A Julián no le cabía el furor en el cuerpo. Sus ojillos azulosos flameaban, un cerco rojizo brotó en sus carrillos paliduchos de producto degenerado, podrido; y en su rostro se expandieron manchas amoratadas de sangre descompuesta.

Rodó un trueno por las nubes, la negrura del cielo creció.

Paulatinamente la luz fue cediendo a la invasión de sombras que, alzándose de las hondonadas, poco a poco envolvían hasta las crestas más altas de las sierras lejanísimas.

Entrecerrados los ojos por el hábito de rehuir la luz, señor Pablo proseguía su cansada plática. Lamentábase de la poca *hombría* de bien de la gente de hoy en día.

—Aistá pa no dejarme mentir el mediero de la Tinaja. ¡Hombre de Dios! ¡Pos no ha dejado enquelitar la milpa no más por puritita desidia! Esas tierras tan güenas —de lo mejor de la hacienda— no van a dar este año ni rastrojo. Tierra muy juerte pa la que se necesita ñervo... no un entelerido que no puede con la mancera... Nada... que se viene el yerbaje, las cañitas se tuercen muertas de sed y el maldito quelite se lo traga todo. Pior me diga aste de ese del Chiquigüite: deja engramar y en la macolla se horcan las cañitas recién nacidas. ¡Ni pasto para las borregas! Y así están todos, señor: uno raya surco sin buscarle la contra a la corriente; otro deja su labor sin escardar. ¡Qué mano! Pronto habrá tierras que serán puros barriales, de ponerse uno a llorar. ¡Que bien se echa de ver la falta que hace el amo don Esteban! Como luego dicen: "Naiden sabe el bien que tiene hasta que lo ve perdido."

Señor Pablo lo dice no para que el niño Julián lo tome como a modo de regaño ni enojo —¡qué capaz!— sino meramente como un buen consejo. Al fin todavía estaba muy tiernito para estas fatigas del campo. Y remataba con su muletilla:

—Mientras Dios la vida me dé, aunque sea con mi esperencia seguiré haciendo por la casa.

Anudado sobre su bordón, la cabeza entre las rodillas, hacía recaer la charla sobre la cría de ganado fino. ¡Divino Rostro! Aquellos animalazos necesitaban más cuidados y melindres que todo un señor obispo.

Julián dejó al viejo engolfado en su nuevo tema y silenciosamente escapó en seguimiento de Marcela que, con el cántaro al hombro, acababa de salir rumbo al arroyo.

—¡Eh, Marcela, espérame...!

Su voz era quebradiza.

Cerca de un seto de jarales, a la margen del riachuelo, la alcanzó.

—¡Válgame Dios, hombre, no comas ansia! ¿Qué no miras que en toavía es de día?

—¿Y a mí qué me importa que nos vean?

—¿A ti no te importa? Pos a mí tampoco; pero sábete que ya me vas cansando con tus modos... y ya no quero ser diversión de babiecos...

Y bruscamente, con inesperada fuerza, retiró el brazo que estrechara su cintura. De un empellón apartó lejos al mozo.

—¡Marcela... Marcela! Mira que tú sí, de veras, me la estás colmando... Marcela, tú me engañas hasta con el más desgraciado de mis peones... Y si sigues así... te juro que si sigues así... ¡Marcela!

Su voz era ronco gemido de bestia frenética, las palabras ardían en su boca, sus dedos se crispaban.

—Pero no; ahora no vengo a reclamarte... Mira, anoche te armaste y por más que te toqué... ¡Te estás haciendo muy mala!... Bueno, a la noche me dejas la puerta abierta. Te la perdono, si es la última que me haces. Mira, si no me dejas abierto... Vamos, Marcela, no seas así...

Y de improviso la volvió a coger en sus brazos, y sus labios sedientos cayeron sobre ella en besos furiosos, por la cara, por el cuello, por el pecho. Ya no veía sangre, su nariz no la olfateaba, no se crispaban más sus manos al deseo de mojarse en esa sangre tibia que escapa de una herida recién abierta. Sus apetitos, espoleados por la resistencia de la hembra, hasta el paroxismo, le daban una fuerza nueva a los alientos atávicos de su especie de machos domadores de doncellas. Y bajo el ímpetu irresistible de la bestia excitada caía vencida la muchacha, pronta ya a ofrendar el holocausto impuesto como una maldición a su raza pasiva y desventurada.

Sonó un puñetazo formidable. Julián cayó con la cara bañada en sangre. Marcela se incorporó y tembló de espanto. A su lado, el vaquero todavía con los puños apretados, con la mirada descompuesta, se mantenía no menos azorado de su hazaña.

—¡Vete... vete, por Dios!... ¡vete pronto! —clamó ella, huyendo aterrorizada.

Paso a paso el vaquero se alejó.

De pronto, de entre los jarales salió una ráfaga de fuego y un tiro resonó. El vaquero se estremeció, dio unos pasos más, se bambaleó y cayó desplomado.

La tormenta se cernía ya en la negrura de la noche: el relámpago abría su bocaza de fuego y con estrépito avanzaba la tempestad, desencadenada, por las cimas de los árboles y por las peñas de la Mesa de San Pedro.

II

—Ande, cuente, señor Pablo —exclamaron los peones haciendo ruedo al viejo, que después de haber lanzado una maldición al asesino del vaquero, salía tembloroso y sollozando.

—Sí, ahora sí voy a decirles quiénes son estos desalmados y de qué raza penden. ¡Ladrones, bandidos de camino real, así como se los digo!

Habló enardecido y ya bajo el peso abrumador de la revelación que iba a hacer. Volvió una vez más su rostro de roble milenario hacia el interior del cuartucho, donde sobre un petate se estiraba rígido el vaquero, en medio de cuatro flacos cirios.

Espantados de antemano, los rancheros esperaban la relación que, como de viejo, mucho habría de interesar y ahondar en sus molleras atiborradas de leyendas y consejas. Graves y poderosas serían seguramente las razones que lo decidían a decir mal de los patrones, él que siempre había sido la más viva alabanza de ellos.

Echó muchos improperios, y a cada uno su voz se hacía más trémula. De cuando en cuando sus brazos sarmentosos se levantaban trágicamente. Afilados y descoloridos, los rancheros se espantaban de las tonantes imprecaciones, como en remotos tiempos los cristianos de una excomunión mayor.

Invocaba señor Pablo el Gran Poder de Dios y clamaba justicia al cielo contra aquella raza miserable de asesinos. Cayó luego en una pausa prolongada, atrajo a su memoria cansada los hechos que habría de referir. De pronto, como volviendo en sí, preguntó por tío Marcelino, que era como uno de los oídos de don Julián. Le aseguraron que el hombre no había asomado las narices por todo eso, y entonces el viejo se dispuso a hablar.

Del jacal se escapaba cálido olor de muchedumbre aglomerada. Se rezaban rosarios y rosarios sin descanso. De vez en cuando se oía un canto horriblemente lúgubre, el *Alabado* que ha de entonarse para huyentar al diablo. Ahí estaba el muerto, cubierta la cabeza con ancho pañolón floreado, su camisa de manta nueva restirada sobre el pecho y dejando escurrir un filetillo de sangre negruzca en los tepetates. Las amarillentas velas goteaban, formando torcidas cabelleras en torno a su flacura mortecina. El ru-

18

mor monótono de los rezos se rompía a las veces por el aullar lúgubre de los perros azorados.

De valientes tenían fama los abuelos de mis amos, los que de allá de las Españas, del otro lado del mar, vinieron a este reino. ¿Valientes? De veras que sí: ni quien se los niegue, ni quien se los quite. De éstos, de los de hoy en día, nada tengo que decirles: ustedes los conocen, ustedes los están viendo. ¿Cuándo en jamás de los jamases se ha visto que le hayan pegado a un hombre como Dios Nuestro Señor manda? ¿Cuándo uno de estos mancebitos ha peleado pecho a pecho y sin chicana? No, eso nunca lo verán sus ojos. ¿Ellos? Cortarle la cara a una mujer, clarearle el estómago a sus queridas. ¿A los hombres? Cazarlos como a las liebres. No miento, siñores, no miento. Aistá mi ahijado, aistá la muestra con este probecito muchacho. Porque, sí, siñores, el tal Julián lo ha muerto. Mi ahijado estaba platicando sanamente con mi hija; el don Julián escondido entre los jarales; y todo fue un dicir Jesús: el tiro que suena y el muchacho que cai redondito. ¿Eso es ser valiente? Raza de asesinos... raza de bandidos... Pero no lo hurtan, lo heredan.

Sofocado por la excitación, descansó breves instantes.

—Ya había oído yo decir, señor Pablo, que los patrones fueron de mero camino real.

—Cállate, muchacho entremetido. ¡Mocosos estos! Les falta la esperencia; no saben que una palabra les puede costar la pelleja. Ustedes oigan, vean y callen. Déjenme hablar a mí solo: al fin ya estoy más pal'otra que par'ésta. Tantas veces le he mirao la cara a la muerte que hasta le voy perdiendo el miedo. Que me maten ellos o que me mate Dios que me crió, ¿qué más da? ¿De qué sirve en el mundo un carcaje como el mío? Sí sé decirles que mucho y muy grande será el consuelo que me quede, contándoles, antes de estacar la zalea, quiénes jueron estos tigres sanguinarios, los Andrades.

Su voz se hacía cada vez más solemne; chispeaban sus ojos concentrando la poca luz que aún quedaba en sus pupilas empañadas. La luna caía de lleno en el patio y daba a los rostros un aspecto pavoroso.

—Vengaré a mi padre, aunque sea de puro pico... Pos ai tienen ustedes no más que un día llegaron a este México dos gachupines muy mancebos y muy bien dados; pero más limpios de morralla que las palmas de mis manos. Contaba mi padre (que Dios tenga en su santo descanso) quizque los traiban como lastre del otro lao del mar. Hombres muy aguerridos que en luego lueguito se dieron a conocer por su hombradía, de mera ley. ¡Lo que se llama valientes! ¡Y qué hombrazos, Señor de la Misericordia! ¿Han visto ustedes el San Cristóbal de San Francisquito? ¡Hum! Pos digan que eso es nada comparao con el mentao don Inacio. Con una se las cuento todas. Una vez, por lo que ustedes queran y manden, un cristiano hizo emberrenchinar al amo don Inacio Andrade. Quén sabe a qué palabras mayores llegarían que el amo se puso redepente de tostar chiles. Peló los ojos, buscando piedra, garrote, algo... Nada, no más la silla de montar en mero en medio del patio. Verla el hombre y echarse sobre ella todo jue en un abrir y cerrar de ojos. Derechito al sable le da el jalón, y ahí vienen con todo y sable, la funda, las tapaderas, las arciones, el fuste y hasta los suaderos. Y todo le pasa volando sobre la cabeza hasta cair del otro lao, mientras que la espada, reluciente como el sol, se le queda pandeando en la mano. ¡Ése mero era el amo don Inacio!

Abría muy grandes los ojos, rendido por la misma emoción, repitiendo con iguales palabras, gesto y pausa, aquel relato tan bien sabido ya de todo el rancho. Era uno de tantos arrebatos de irresistible admiración; la parálisis que agarrota al lebratillo ante el hocico abierto y los ojos fascinantes de la boa. No obstante otros propósitos, todos se sentían arrastrados por un acto de ciega veneración hacia el hombre superior: el hombre-fuerza. Influencias ancestrales los inmovilizaban al pie de sus propios verdugos.

El viejo nada nuevo había dicho, pues, y los mozos se sintieron defraudados. Quizás fueran ciertos los rumores: "A tío Pablo le falta un tornillo en la cabeza." Pero comenzando su nueva narración, su voz tomó inflexiones imprevistas. La llegada de los Andrades por Veracruz a México. Su primera aventura en el camino costeño, que habría de decidir de su suerte. Ellos venían en la azotea de la diligencia, a precio ínfimo de pasaje, entre maletas y baúles. Adentro un viejo matrimonio español de regreso de Europa a sus ricas propiedades de América. Los asaltos a la diligencia eran el pan de cada día. Y en un asalto se realiza la proeza portentosa de los hermanos Andrade: que los tres solitos ponen en fuga a los bandoleros, dejan patitiesos a sus dos paisanos y al cochero en medio del camino, y con dos supervivientes se reparten amigablemente el botín.

Los bobalicones escuchan a señor Pablo a baba caída. Siguen los merodeos por la sierra, nuevos asaltos a los caminantes, robos fabulosos por haciendas y poblachos.

—Una madrugada acabaron con sus acuaches, cuando pa nada

les servían ya. Y ya buscaban la derecera del camino real, cuando en lo más cerrado del monte, en las ramas de un encino, se oye un ruido muy extraño. Alzan la cara y ai no más que se van topando con un muchacho trepado en un árbol. "¿Pos qué buscas ai, tú?" "Aquí me agarró la noche, amo. Vine con mi papá a la leña y se me perdió la vereda." "¿Y allá arriba la andas buscando?" "No, amo: me trepé de miedo a los animales." Los gachupines han de haber entrado en temidecies. ¡Pué que el muchachillo los hubiera visto matar a sus compañeros! "Bueno, pos lo ques hora la sigues con nosotros. Tampoco sabemos bien a bien el camino y a ver si juntos damos con él." El mancebito no tenía pelo de tonto. Echó de ver que, si no les decía sí a cuanto ellos quisieran, la tenía ya segura al otro mundo. Pos tan bien supo metérseles a los siñores que cuando llegaron a tierra de cristianos era ya su mozo de estribo. Nueva vida, costumbres las mesmas. Compran ganado y lo revenden y siguen haciendo plata. No les miento a ustedes, cuando compraron esta hacienda —contaba mi padre— la pagaron en puritas onzas de oro y a basca de gato. Y ahora comienza lo mero güeno, siñores. Con harto dinero, dueños de muchas haciendas, no hubo uno que les dijera, *por ai te pudres*. Y el que quería dar guerra no la daba pa rato: se lo quitaban de enfrente en un decir Jesús. *Al que no le guste el fuste que lo tire y monte en pelo.* Dende entonces naiden ha hecho más desgracias con los probes, que estos demonches de Andrades. Y digan ustedes que hoy es nada...

—¿Y el muchachillo, pues en qué paró, señor Pablo?

—Allá voy, hombre; déjame resollar...

Se limpió el sudor que escurría por su ardorosa frente, con ancho pañolón azul, deslavado y burdo.

—Ese inocente lo sabía todo; esa criatura vido cuando los ladrones llegaron cerca de donde él hacía su leña y vido cómo acabaron con sus compañeros cosiéndolos a puñaladas. Vivía en un ranchito de la sierra y no les tenía miedo a los ladrones, porque ellos de por sí no son malos: nunca dañan al probe; de lo contrario, si uno les hace una valedura no se dan por bien servidos. Pero viendo lo que vido, se llenó de azoro y se trepó a lo más alto de un árbol. Cuando lo jallaron, hizo de tripas corazón y ya no buscó más que salvar el cuero. Bueno, pos les digo a ustedes que los Andrades no han tenido nunca un sirviente a quien haigan querido tanto. Aguerrido como ellos, les daba la mano en toititas sus trevesuras. Pero ¡de malas! El tal Marcelino le tenía idea y un día lo emborrachó, y lo hizo desembuchar cuanto de los amos

21

sabía. ¿Las resultas? A los pocos días amaneció desbarrancado abajo de la Cuevita.

—Entonces ése era, pues, ¿su padre?...

—Mi padre, sí, siñores. El que les sirvió de rodillas para que lo mataran como lo harán conmigo el mesmo día que esta plática se sepa... Epa, tú, ¿no anda por ai tío Marcelino?

Los peones se miraron. Y fue su silencio solemne y terrible: juramento tácito de callar y de vengar más tarde la sangre de tanta víctima desventurada.

Señor Pablo, que jamás había llorado delante de hombre, se puso a sollozar como mujer.

Se siguió hablando de la Cuevita. Escondite situado en escarpaduras inaccesibles de la Mesa de San Pedro, en donde los Andrades cometían los asesinatos que necesitaban guardarse en absoluta reserva. Nadie más que ellos mismos y sus cómplices conocían su entrada. Abierta en la viva roca, un peñasco la tapaba por completo.

—Ora sí, muchachos, ya es tiempo. Váyanse ya. Apenas llegarán cuando el sol esté alto. Pronto esta gota serena me quitará la vista poca que Dios me ha dejado: pero todavía se me afigura que destingo el lucero de la mañana.

Hubo un rumor general. El cadáver del vaquero, que parecía haber crecido mucho, fue levantado en brazos de cuatro garridos mozos y puesto en un cajón negro con ancha cruz blanca a todo lo largo de la tapa. Las mujeres lloraban, el aulllido de los perros crecía. Muchos hombres, la mirada tristemente puesta sobre el féretro, esperaban de pie para formar el cortejo

Entonces apareció tío Marcelino.

—Gertrudis, que digas en el Registro Civil que murió de jiebre.

A los que momentos antes expresaran entereza, echando maldiciones de los Andrades, la presencia de tío Marcelino les convirtió en humo sus bravos arrestos. Apenas si Gertrudis se atrevió a gruñir una insolencia, escurriendo el bulto rumbo a su casa, eludiendo el cumplimiento de la orden.

Partió la fúnebre procesión por el camino real y de pronto rompióse el imponente silencio de los campos de nuevo con el *Alabado*, aquel canto que brotaba de los varoniles pechos con desgarradora melancolía y tristeza sobrehumana. Dijérase el canto de muerte no de un hombre, sino de una raza entera, enferma de siglos de humillación y de amargura.

III

Muy satisfecho, el Sargento rendía su declaración frente a la desteñida mesa del juzgado y ante el negro humor del señor Alcalde Constitucional de la Villa de San Francisquito.

No era pobre hazaña, a la verdad, la del jefe del destacamento rural. En una sola noche se había despachado a descarga cerrada a un viejo maestro de abigeato, desolación de criaderos y espanto de serranos; luego daba de narices con el cortejo fúnebre que iba por el camino de San Pedro de las Gallinas, descubría un lío, aprehendía a los sospechosos y, para rematar la faena, en dos por tres se apoderaba de don Julián, el matoncillo más feroz de los Andrades.

—Acabábamos de cumplir con el encarguito del señor Director Político —proseguía con entusiasmo, sin reparar en la actitud francamente hostil del supremo magistrado— cuando a eso de las cinco, al bajar la sierra de San Pedro, oímos el *Alabado* allá por el camino real. "Vamos, muchachos: donde hay difunto hay mezcal. A ver si la Providencia nos socorre con un traguito para esta desvelada." No le miento a usted, señor Juez: tres noches de fatiga, tres noches de no pegar las pestañas. Desde que el periódico hace su escándalo, nos cuesta mucho trabajo hacerles el deber a todos los que tenemos en lista. Hay que caminar leguas y más leguas hasta dar con algún rinconcito adonde esos amigos del chisme no alcancen con las narices. Y quebrando hoy uno aquí, mañana otro más allá, nos llevamos una friega de cien mil... de a caballo, con perdón de usted, mi jefe. Ya verá si a esas horas nos caería mal un aguardientito. Bueno, pues para no cansarle su atención, en menos que se lo cuento bajamos al camino real. ¡El sustazo que les dimos! Nos tienen tanto miedo a los de la Montada, que la verdad ni se las olí siquiera. Les pedí la mañana y nos la dieron de buen modo; para repetir, naditita que nos hicimos del rogar y ya después del último trago, cuando nosotros cogíamos nuestra vereda y ellos seguían por su camino, no sé por qué me vino al pensamiento preguntarles por el difunto. Y ésa fue una de hacer pucheros y de mirarse unos a otros y de querer hablar todos y no animarse ninguno. Pues, no señor, que les destapé su contrabando. Sin más ni más hago que abran el cajón del muerto. "A ver, amigos, ¿por qué está esa camisa llena de sangre? Ustedes no se perjudiquen, yo ya lo sabía todo y no más los he querido tantear. Si me dicen la verdad, tan amigos como siempre, pero si me quieren contar cuentos, a más de alguno trueno." "Pos la mera verdá de Dios —respondió el menos aturdido— nosotros nada de criminoso tenemos en esta muerte y si lo llevamos a enterrar es porque fue nuestro compañero, y..." Y luego se hizo bolas; pero lo que pude sacar en claro fue que don Julián Andrade es el asesino. No quiero cansarlo, señor Juez: aprehendí a unos cuantos, que se los tengo aquí afuera, y a don Julián le puse un cuatro en el que cayó como una zorra. Nos arrimamos calladitamente a la hacienda de San Pedro, azorrillé la mitad de mis muchachos entre los nopales, a espaldas de la casa grande, con orden de atrapar a cualquiera que buscara salida por la puerta de campo. Entonces llegué con mis otros soldados por el frente, armando gran escándalo. "Que se dé preso don Julián Andrade y que si no me lo entregan por la buena, yo lo saco vivo o muerto. Y que esto y que lo otro." En ésas salió un ranchero de malos modales, pero a quien un cintarazo a tiempo le apagó el coraje. Y ya todo paró en negarnos a su patrón. Estábamos en esa porfía: él a que sin orden por escrito de las autoridades no nos dejaría entrar, nosotros a vocifera y vocifera, dándole no más tiempo al tiempo, cuando ahí vienen mis muchachos con la prenda bien trincada. ¡Ja, ja, ja! Ni campo le dimos de vestirse; venía en paños menores; y de por el amor de Dios nos pidió que siquiera le diésemos licencia de ponerse sus trapitos. Y aquí los tiene usted a todos juntos: al viejo que rindió ya su declaración, a un tal Perfecto Romo que dice que lo sabe todo y a una muchacha que anda también enredada en el cuento. Ahí tiene a don Julián Andrade... y a su servidor para lo que a bien tenga el jefe que mandarle.

Cuadróse militarmente, una mano recta en el chacó, la otra al borde de la cinta roja de su enlodado pantalón, y haciendo girar sus talones gallardamente, se despidió.

El alcalde echó sapos y culebras entre dientes, inclinó la cabeza sobre su verdosa carpeta, esquivando el galante saludo, y permaneció callado. Desde que había llegado al villorrio aquel diablo, como jefe del destacamento de gendarmería montada, el señor magistrado había tenido que desatender su hortaliza y su ordeña de chivas, con incontable número de procesos criminales. No parecía sino que por verdadero *sport* el maldito sargento se dedicaba a echarles mano a todos los valientes que tenían cuentas con la justicia. Pero el caso actual era peor: se trataba de un Andrade; de sobra se sabía el señor Juez con quién se las iba a haber, y porque se lo sabía el humor se le agriaba mayormente. Avezados a los peores lances, los Andrades eran unos acabados leguleyos; al dedillo conocían los vericuetos y escapes de la ley para salir airosamente del más intrincado matorral. Con más ardides que el más listo tinterillo, sabían salir limpios de toda culpa.

Rascóse, pues, la cabeza, escupió su bilis e inquirió con impaciencia:

—¿Ya está eso, don Petronilo?

—Sí, señor, ya está —respondió el secretario, levantando las narices de entre las hojas del incipiente legajo, luego de apuntar las últimas palabras del sargento.

—Que pase el acusado... ¿Por qué delito se le trae aquí, don Julián?

—Yo qué sé... salía de mi casa, dos soldados se me echaron encima, me trincaron y me trajeron: eso es todo.

El Alcalde hacía su interrogatorio como distraído; sin levantar los ojos; destrozaba, insistente, una mancha de tinta en la carpeta con la punta de su cortaplumas.

—¿Qué ropa traía cuando salió?

—En paños menores.

El reo vaciló al decir estas palabras: veía el lazo.

—¿En paños menores? Es muy extraño. A ver, explíqueme usted...

—Salía... digo... a cierta necesidad...

—¡Hombre! ¿Usted es de los que salen al campo a eso?

—Mi padre está enfermo, duerme en un cuarto inmediato al mío y yo debía pasar precisamente por allí... No duerme más de un ratito en la madrugada. Por no despertarlo, pues, preferí salir al campo.

—Pues es una salida muy... cándida, don Julián.

—Respondo a lo que me pregunta.

Julián se puso altanero y el Alcalde se amostazó. El interrogatorio se complicó en detalles topográficos y otras minucias, sin resultado práctico alguno. Y como por tal camino nada se sacaba de provecho, el juez enderezó sus preguntas por otro derrotero.

—Convengo, don Julián, en que todo eso que me dice usted sea cierto; pero no me explico entonces por qué se negó a la autoridad.

—¡Claro! A mis hermanos tantas veces han ido a molestarlos con chismes de éstos, que ya nuestros sirvientes tienen la costumbre de negarnos a toda gente de armas, sea quien sea.

—¡Perfectamente! Vamos a otra cosa. Conque antier, a las seis de la tarde, ¿en dónde se encontraba usted?

—En la hacienda; estaba mirando llegar el ganado. Veo las reses y las cuento: es costumbre mía.

—¿Usted conoce a Marcela Fuentes, don Julián?

—Sí, señor.

—¿La vio usted esa tarde?

—Sí, señor.

—¿Y tuvo ocasión de hablar con ella?

—Cuando acabó de entrar el ganado ella salió por agua al arroyo y yo la seguí.

—¿Y...?

—Nada, que la seguí porque...

—¿Porque...?

—Porque es mi querida.

Ante tan inesperado arrojo, el Alcalde se detuvo perplejo y conturbado durante cortos instantes.

—Hace usted bien —habló después con emoción y vacilante—, hace usted muy bien en seguir este camino que es el más corto y el único que lo puede favorecer. Sí, don Julián, debe saber que el Juzgado tiene ya los datos necesarios y que si lo interrogo a usted es sólo por llenar las formalidades de la ley. Por consiguiente, con su declaración y sin ella... ¡ps!... Es evidente, pues, que su confesión franca y llana le da derecho a todas las atenuantes. Para abreviar le suplico que me aclare sólo un punto oscuro todavía: uno de los testigos asegura que usted le pegó a Jesús Rodríguez siendo agredido por él; pero hay otro que asegura que el agresor fue usted. ¿Podría darme algunas luces acerca de este particular?

Julián dijo algunas palabras cortadas, confusas, ininteligibles.

Helado sudor escurría por su frente: había visto de nuevo el lazo ya en los momentos en que iba a caer dentro de él. Su voz, de tan débil, se extinguió. Y ocultando la fuerza de su emoción, se fingió asombrado y atontado.

—Yo no entiendo... digo... no sé qué es lo que me está preguntando.

—Me acaba de decir que Marcela Fuentes es su amante, ¿verdad? Pues tampoco yo entiendo, y puesto que se empeña en que hemos de ir parte por parte, vamos despacito, pues; pero le aseguro que así sale perdiendo. Dice que el amante de Marcela Fuentes es usted. Bien. ¿Y Jesús Rodríguez, qué era de ella, don Julián? Hay quienes aseguren que el occiso era también amante de esa muchacha. ¡Diablo! ¿De a cuántos se gasta esa chiquilla, don Julián?

El semblante del acusado se cubrió de palidez, cual si le hubiesen fustigado el alma.

El Alcalde levantó los ojos y una sonrisa de triunfo se dibujó en sus labios.

—Ya lo ve: se le pregunta sólo porque ése es nuestro deber. Antes de carearlo con los testigos, léale, don Petronilo, el testimonio de Pablo Fuentes: quizás con eso sea bastante para que don Julián vuelva sobre sus pasos.

Al oír el nombre de señor Pablo, a Julián Andrade se le plegó la boca oblicuamente, y un ojo, medio cerrado de ordinario, desapareció en un fruncido. Breves momentos no más: mientras acumuló sus energías a punto de desfallecer. Entonces, inmovilizado su rostro como una máscara de granito, indomable y altivo, escuchó la lectura de la declaración de Pablo Fuentes.

Don Petronilo, el secretario, era un sujeto mugriento, tartamudo y tan atrozmente miope, que necesitaba meter las narices entre las hojas de los expedientes para cumplir con su cometido. Empezó a gangorear un baturrillo de frases medio comidas, sílabas repetidas dos y tres veces, y con tantas interrupciones, que de repente parecía que su respiración se paralizaba, por más y más grande que abría la boca para alcanzar aire. Cuando terminó la lectura, Julián echaba chispas de regocijo.

—¿Lo oyó usted, don Julián? Un testigo presencial que lo dice todo. ¿Insiste aún en negar los hechos?

—No entendí muy bien lo que el señor leyó. ¿Pablo Fuentes declara haberlo visto todo?

—Todo, sí, señor —respondió el Alcalde en son de triunfo.

La reanimación de Julián fue completa; las líneas de su rostro se enderezaron, irguió su escueta figura, se compuso la cabeza alborotada y, reteniendo apenas un suspiro de liberación, respondió con energía:

—Señor Alcalde, no entiendo nada de lo que usted está haciendo, ni puedo saber todavía qué papel hago yo en este mitote. Creo que se están burlando de mí. Porque, señor, no sé qué pueda haber visto ese infeliz de Pablo Fuentes, enfermo de cataratas, que ni los bultos puede distinguir a toda la luz del día.

—A ver ese expediente, don Petronilo.

Leyó rápidamente la declaración y, serenándose en breve, continuó con calma y gravedad:

—Veremos, veremos. Que entre de nuevo el testigo Pablo Fuentes.

Tentaleando los muros, vacilante el paso, pálida la faz, entró el anciano; levantó la frente y estiró las cejas, esforzándose por recoger la mayor cantidad de luz posible e intentando distinguir las siluetas de los circunstantes. Profundamente inclinada después la cabeza, oyó la declaración leída por el propio Alcalde.

—¿Es cierto lo que aquí está escrito, Pablo Fuentes?

—No, siñores, yo a naiden vengo a culpar, no es verdad que yo haiga visto nada; dije y repito lo que me contó mi hija Marcela, cuando arrendó del arroyo a poquito del balazo. ¡Hum!, ¿pos quiba yo a destenguir a estas horas, siñores? ¿Qué no miran sus mercedes lo que ya no más me queda de ojos?

El Alcalde, encolerizado, tronó: —Puede salir Pablo Fuentes.

Luego, volviéndose a su secretario:

—Don Petronilo, ha hecho usted un pan como unas hostias. Es usted el imbécil de siempre. Yo tengo la culpa, por tener estos empleados.

Don Petronilo quiso dar disculpas; pero la lengua se le agarrotó, sin acertar a decir una palabra cabal.

—Ha puesto usted como declaración de ese anciano lo que él contó que le refería la muchacha. ¡Sea por el amor de Dios! ¡Sea por el amor de Dios, don Petronilo!

—¡...!

—No, no me diga nada; mejor cállese. ¡Basta! Que entre Marcela Fuentes.

IV

MOMENTO de expectación: el móvil obligado de los delitos a diario cometidos; entrada en escena de la mujer motivo. El Alcalde no pudo resistir al deseo de levantar la cabeza. Levantáronla también el secretario y el escribiente.

Siempre lo mismo: repetición indefinida del tipo con sus dos variantes principales: la especie vulgar, ruda y tosca, tan desprovista de atractivos físicos que hace dudar de que por sus deplorables prendas pueda derramarse una gota de sangre, que obliga a pensar en que los actos a que ella haya orillado a sus amantes tienen tanto de criminales como los del toro que a cornadas se quita de en medio a su rival, el gallo que rasga las carnes al que pretende cantar en su muladar, el triunfo eterno del fuerte; y a veces, muy raras, la muchacha sensual y sabedora del poderío de su carne fresca y sabrosa; la mujer ardiente que provoca conflictos porque en ellos se recrea, que lleva al peligro a sus adoradores para solazarse en él; refinada en el vicio y con la intuición de que la temeridad fustiga el deseo e intensifica el placer.

Marcela entró encogida y con los ojos bajos. El rebozo tornasolado envolvía sus redondos hombros y su ancha espalda; la blusa transparente orlada de encajes dejaba, a trechos, desnudos, llenos y bronceados, las manos delgadas y nerviosas, el cuello ondulante en suaves estremecimientos, los brazos tersos y bien modelados. Para explicarse el delito de sangre que allí se ventilaba, era bastante contemplar aquellos ojos dulces, aquella boca plegada a veces por un gesto de natural coquetería, aquella nariz levemente entreabierta y hecha a las tremulaciones del pecado. El Alcalde tuvo una sensación de bienestar inefable y dio principio a su interrogatorio, ya de buen talante.

La muchacha habló con timidez, los ojos bajos, las manos desmenuzando las barbas del rebozo. Imponíanla el gesto grave del Juez, la austeridad del local y la circunspección de los asistentes. A preguntas y repreguntas fue conducida insensiblemente a referir su vida de meretriz del rancho. Descorrió el velo de la hija del campo que, al despertar su pubertad, sabe ya que su fuerza mayor será el ser codiciada por alguno de sus amos; que si sus prendas personales logran el hechizo, mientras dure habrá felicidad en su casa: las mejores tierras para la familia, los préstamos que no se apuntan, y para ella las telas de lana y seda, los listones de raso, las botas de charol, y el hablar recio, el holgar, el embriagarse en las bodas, fandangos y ferias, y el ser agasajada por todas partes.

Cuando alzó de pronto los ojos, se quedó atónita. Encontraba en las miradas del señor Alcalde, del Secretario y del Escribiente, el ardor de una llama muy conocida por ella. Sus timideces de fingido pudor se esfumaron entonces, desapareció su turbación, y tuvo al instante plena conciencia de su poder y la intuición de la igualdad del hombre, sea cual fuese su jerarquía social, cuando se ha dejado postergar por el látigo de la lujuria. Dejóse de encogimientos y melindres; sus ojos matreros que encontraban refugio y simpatía mal disimulados, tornáronse francamente provocativos. Dio a sus palabras acento dulce en armonía con su gesto sensual, con el movimiento de hombros y caderas y con la suave ondulación de su pecho. Su boca se plegó en un mohín que le era peculiar: incentivo y reto para besarla, para morderla, para beberle toda el alma. Sin darse cuenta de ello, el Juzgado caía bajo la influencia de un ejemplar de hembra que acumulaba todas las voluptuosidades del sexo y hacía estremecer la sala entera de lujuria.

Con ingenuidad rayana en impudor, respondió al interrogatorio ocioso con detalles de sus caídas suplementarias: las artimañas para engañar a la fiercecilla del amo siempre y en todas partes, sin temores ni zozobras; lo mismo en la espesura del bosque cuando se va a la leña, como entre los jarales del arroyo al oscurecer; en la desolación del barbecho, como bajo el cielo estrellado; en las cuencas negras de las barrancas y entre los riscos asoleados de la montaña: siempre y en donde quiera que el macho poderoso solicitó su inagotable dádiva de amor.

En tan amena como indiscreta declaración se solazaban la ardiente muchacha, como el Alcalde y los presentes al acto judicial. Sobrecogidos de pavor, los pudibundos acólitos de Temis no podían impedir la profanación de su austera deidad en el propio recinto destinado a su culto: el triunfo magnífico de Afrodita.

Hostigado por el resquemor de las posibles hablillas de sus subalternos, el Alcalde reparó en que hasta aquel instante no se había dicho una sola palabra conducente al esclarecimiento del delito y haciéndose violencia, con voz incierta y apenas perceptible, interrumpió:

—Hábleme usted ahora de lo que ocurrió ayer por la tarde en el rancho, que es por lo que se le ha traído aquí.

Marcela se turbó, volvió a tomar su humilde continente, esperó breves momentos para juntar alientos, arregló su mascada de seda anudada al cuello, abotonó su blusa, e iba a reanudar su declaración, cuando, al volver la cara hacia el patio, sus ojos se encontraron con otros ojos. Empalideció hasta ponerse ceniza; sus líneas se descompusieron; y si el compasivo don Petronilo no le apronta una silla, habría caído desvanecida.

Nada imploraban aquellos ojos de cobra; ordenaban sencillamente, con la inexorable fuerza de quien sabe que tiene que ser obedecido. Pesaba sobre Marcela el poder tremendo de la arrogante raza de violadores a quienes jamás ninguna de sus víctimas entregó a la justicia. Machos hercúleos que con su brutalidad misma llevaban el encanto de su belleza y vigor físicos; atractivos incomparables y supremos deleites de las hembras. No veía Marcela ya al producto degenerado, y enfermizo, al último retoño podrido, sino al amo omnipotente que se adueña de la mujer que se le antoja sin la más leve resistencia.

Su voz opaca y débil y su faz ensombrecida y abatida no tradujeron ya el odio acerbo al verdugo, señor de la gleba. Ahora Marcela decía que ella bajó al agua, que don Julián la siguió, que la requería de amores cuando se oyó un tiro. Que más tarde supo que había resultado muerto un peón; pero que ignoraba dónde ni quién disparó.

El Alcalde, que se creía al cabo de su labor, montó en cólera:

—Usted miente cínicamente; el juzgado no es burla de nadie. Sepa que si sigue mintiendo será puesta en prisión como encubridora del asesinato. Ha dicho su padre toda la verdad y la declaración nueva que está usted dando la lleva a la cárcel.

—He dicho lo que sé —respondió Marcela sin inmutarse.

—Muy bien... Don Petronilo, el careo con Pablo Fuentes.

Entró de nuevo el anciano y escuchó la lectura de su declaración ya debidamente reformada.

—¿Qué dice usted de esto?

—Todo es cierto y muy cierto. Ése es mi dicho, siñores.

—¿Y usted, señora?

—No digo sino que mi padre, como es bien sabido en todo el rancho, no ve, ni oye, ni entiende. ¡Está distraído el pobrecito!

—¿Cómo?...

El Alcalde ardía: ¡Conque uno pretende que el viejo está ciego y ahora la hija resulta con que está loco!

—En seguida el otro testigo, don Petronilo.

—Diga usted, Romo: ¿cómo es cierto que Julián Andrade es el autor material del homicidio perpetrado en la persona del que en vida se llamó Jesús Rodríguez?

¡Qué! Por más que el ranchero abre los ojos y estira los labios, le es imposible comprender una sola palabra de la jeringonza del juzgado. Y como Marcela está enfrente de él y por detrás está don Julián, el mejor camino que le queda es el de hacerse el aturdido que nada sabe ni entiende.

Media hora de lucha infructuosa. Empapado en sudor, el Alcalde se pone en pie, saca su reloj y menea la cabeza.

—Don Petronilo —susurra al oído de su secretario—, ya va a dar la una: corra, me riega la alfalfa, les echa pastura a las chivas y corta calabacitas tiernas, que de paso le deja a María Engracia.

Luego, mirando al patio:

—Señor Sargento, lleve usted a la cárcel a esta mujer.

V

Murmurando insolencias, Julián Andrade se alejó del jacal de Marcela, despedido bruscamente como perro de casa ajena. ¿Y cuándo, señor? Ahora que venía de la prisión con todo el entusiasmo y fogosidad acumulados en dos semanas de sombra e inercia. Porque Marcela, que supo mantenerse tan bravamente hermética y serena ante el habilísimo interrogatorio del Alcalde, ahora que Julián llegaba desbordante de gratitud y loco de amor, soñando en unos rollizos brazos abiertos, lo rechazaba con gesto hosco y palabras acres, con una negativa pertinaz que extremaba sus deseos hasta el paroxismo. Y era que la presunta prueba de amor no significaba sino lo que la tortilla dura que se arroja al cesto de un limosnero. En sus ojos, en su boca, en sus más insignificantes movimientos no había, pues, más que una repulsión profunda y como escupitajos que le lanzara al rostro.

Por momentos su ruindad y cobardía pugnaban por surgir a su conciencia; en el fondo de su pensamiento se removía la presunción de su crimen, pero al mismo tiempo la convicción del fatuo que siempre encuentra perfecto cuanto peor hace. La idea de su miseria moral y de su envilecimiento se agitó sólo como las ondas de una ciénega removida: ondas que cabrillean y mueren en su propio fango antes de reformarse.

Había llegado ya a las puertas de sus caballerizas.   detuvo un instante, meneó la cabeza y empujó.

Un Andrade cree en Dios y, después de Dios, en sus caballos. A los ricos y variados ejemplares que sus cuadras albergan debe fama y honores en toda la República. Gentes de ferias y juegos pronuncian su nombre con respeto. Cuando un Andrade sufre o se fastidia, no tiene más que entrar a sus corrales y seguramente que a la puerta dejará cuantas penas le aflijan.

Al chirrido de los goznes relincharon las bestias con regocijo, asomando sus cabezas finas y sus ojos inteligentes por los barrotes más altos de los compartimientos. La luna derramada en el menudo empedrado del corral entraba en angostas randas pálidas por las bocas semicirculares de los cajones. Julián saltó las trancas de uno de ellos y registró minuciosamente muros y piso. Las paredes estaban limpias como porcelana. (Sin hipérbole puede asegurarse que la habitación de un Andrade mucho tiene que envidiarle a la de sus caballos.) Cogió un puñado de arena del suelo para cerciorarse de que no estaba mojada por las deyecciones de las bestias, sino bien seca y removida. Espolvoreó entre sus manos las pasturas de los pesebres en menudos fragmentos de pajitas plateadas y ligeros granos de cebada. Una yegua orizbaya fijó en él sus ojos cafeoscuros, estremeciéndose al contacto de la mano que pasaba por su terso lomo desde la paleta hasta las ancas. Frotóla repetidas veces para asegurarse de que había sido bañada y pasada por el ayate. Entró después a otro cajón. Un potro negro olfateó y lamió con mansedumbre la mano que se le tendía.

—¿Con una re...tostada, quién le ha montado al Mono?

De un ruinoso jacalucho con acceso al propio corral, salió un mocetón engullendo un taco de tortillas y mascullando:

—Naiden le ha montao al Mono. Yo en persona lo truje al agua.

Luego, limpiándose las barbas con el revés de la blusa y deglutiendo como un buey:

—Sepa su mercé que lo que el potro tiene es que está ispiao. Con la calor y tanto llover se les pica la pezuña. Luego con cualquier rajuela que se le jaiga encajao aistá ya renqueando. Naiden le monta al Mono: sepa el patrón que yo no estoy pintao en la pader, ni de niña bonita pa que naiden venga a divertirse con sus animales.

Sin dejar de hablar, el pastor había entrado ya al compartimiento. El Mono era un potro árabe, color de azabache, muy esbelto y arrogante. Gertrudis lo hizo dar unos pasos, le cogió una pezuña entre las manos:

—Ora no más lo verá el amo.

El noble animal se abandonaba dócilmente al hurgar del pastor, mirándolo con curiosidad.

—Espera —dijo don Julián—, deja encender un cerillo; así a tientas no más lo maltratas.

Pero antes de que se encendiera la luz, Gertrudis le puso el pedrusco en las manos:

—¡Mírelo, aquí está!... ¿no se lo dije?...

Julián no respondió. Chocábale la altanería con que su pastor había vuelto de Morency; pero lo disimulaba en gracia a que era muy cumplido en sus obligaciones. Por otra parte, tan grato le era tener a su servicio aquel insolente lebrón, como pudiera serle un perro bravo. Y a eso precisamente debía Gertrudis el disfrutar en la casa de tantas perrogativas como cualquiera de las bestias finas.

—No he buscado corredor para la Giralda. Dado el caso, ¿te animarías a correrla? ¿Cómo te sientes de las corvas?

—Usté es quien ha de tantearse, patrón; ya sabe que por mi lao no hay portillo. Cierto que he echao carnazas y estoy de peso, pero...

Julián, a horcajadas sobre un travesaño, no hacía más caso de su caballerango. Ya su pensamiento vagaba por otra parte. De pronto dio un salto y se encaminó hacia un rincón del corral apretado de follaje, y seguido de Gertrudis como de su perro fiel se abrió paso entre el herbazal, desapareciendo uno y otro por una angosta hendedura abierta en la pared y escondida por la yerba.

—¡Qué lástima de animal! —exclamó Julián ya del otro lado, deteniéndose ante las trancas de una pequeña caballeriza—. Haber venido a menos por lo mismo que vale tanto.

Una yegua arrogante llenaba con sus ancas redondas todo el delantero de su cajón. Al blanco mate de la luna se apagaba su oro requemado. La Giralda era un ejemplar de formas, proporciones y color y, además de su sin igual gallardía, tenía el mérito de haber llegado a campeón de la República. Nadie supo siquiera el alcance justo de su carrera, porque siempre aseguró su triunfo al arrancar del cordel, y los aconsejados corredores se limitaban a darle la velocidad mínima y suficiente para ganar la partida. Pero eso mismo fue su ruina, porque no encontrando rival se convirtió en onerosa e improductiva carga para sus dueños. Y se la tenía casi olvidada, cuando a Julián se le ocurrió una idea muy audaz y temeraria. Un tapado con los Ramírez, carreros del Refugio, de fama también muy bien habida. Condición única: las bestias habían de ser escogidas precisamente entre las de sus respectivas caballerizas. Se fijaron fecha y monto de la apuesta. Entonces, rodeándose de infinitas precauciones, Julián compró a unos jugadores de Puebla la famosa Giralda y la trajo a San Pedro de las Gallinas una noche, sin que supieran qué bestia había comprado ni los mismos que la condujeron.

—¿Sabe el amo cómo resultaría esto más seguro y ganancioso? Consiga su mercé la receta que los gringos tienen pa cambiarle el color a un caballo. Yo oí decir po'allá en Morencia que los tiñen al modo que les da su gana.

—¡Bah!... ¡qué pintarla ni que teñirla!... ¡El que se ensarte que se...!

—Pos será al modo que el amo diga; pero yo sé decirle que los siñores del Refugio son medio corajudos y pue que le den una muhina.

—¿Y a ti te da tos por eso?

—No llega a tanto mi cuidao... no sería el primer cariño que un cristiano me hiciera... o a la visconversa... Lo digo por el patrón.

—¿Por mí?... ¿Piensas, pues, que ésta que traigo fajada en la cintura la cargo con cagarrutas de borrega?

VI

Amostazado todavía, salió Julián Andrade paso a paso fuera de los corrales. En pleno llano y bajo un cielo cuajado de estrellas sintió de nuevo la herida y la opresión tremenda en su pecho.

"¡No faltaba más! La quiero y la tendré. Lo que sucede es que me he vuelto idiota. ¿A quién se le ocurre ir a pedir de caridad lo que por derecho es suyo? Me humillé por gratitud, y con eso la pelada se ha crecido. Mi agradecimiento porque me supo salvar de la cárcel o de algunos miles de pesos mal gastados, ella lo toma como pasión. ¡Ja, ja... ja...! No nace todavía ésa... ¡Bah, con hacerle un cariño, un poco brusco, se amansa!"

Sus pasos ensordecidos por la yerba y su sombra que se deslizaba detrás de las tapias de la casa grande despertaron a los perros de la peonada; se oyeron furiosos ladridos; pero en cuanto los animales reconocieron al amo, se alejaron muy quietos y meneando la cola. Julián tomó por espaldas de la casa de Marcela, atisbó unos instantes y siguió el cercado de huizaches, entrando por la puertecilla trasera.

El viejo roncaba. Marcela en la otra puerta departía con las vecinas. Se oían las voces de los peones cerca de la era. A horcajadas sobre las varas de un carromato empinado algunos, otros sobre el estiércol y muchos de panza al aire, mirando las estrellas, contaban el cuento de "La infeliz María". Las pláticas interrumpidas por los perros habíanse reanudado ya.

—Soy yo, Marcela —habló Julián muy quedo, acercándose de puntillas.

Marcela en el batiente fingió no haberlo escuchado.

—Pos sí, señá Refugia, cierto y muy cierto, si no ha sido por mí lo funden y ahí estaría mirando el sol por cuarterones. No dije nada, ¿pa qué? ¿No le parece que es no más echarles odiosidades a los de la casa? A fin de cuentas ni les hacen nada; pagan y, en menos que se lo digo ahí están otra vez de vuelta. Si hay, gracias a que el tal Julián es un don Julián Miserias; si no, desde cuándo anduvieran aquí también sus hermanos dando guerra. Pero por no aflojar cuartilla es capaz el condenado de dejar que se pudra en la cárcel la misma madre que lo parió. Y que ansina no juera, señá Refugia, ¿con que uno los hunda resucita el difunto? Lo que sé decirle de verdá es que no lo hice por querencia ni mucho menos... Uno condesciende a veces... cierto... ¿pa qué negarlo?... Pero ésa es ya harina de otro costal. ¿Quién habría de querer a ese desgraciado que no tuvo valor siquiera pa matar

35

por delante al difuntito?... Eso sí, señá Refugia, en lo de asesino ni quien se le pare por enfrente al tal Julián... Así como lo está oyendo... ¿Que me calle?... ¡Hum, pos usté de veritas no me conoce bien planchada! Se lo diré a él en sus mismas barbas, si barbas le llegan a salir al muy...!

Marcela dejaba correr a borbotones las injurias, embriagada en la venganza más grande de su vida.

Y aquellos insultos que no habrían pasado nunca ni por la mente de don Julián, lejos de despertar en él instintos homicidas, que por alusiones más leves e inocentes le acometieran otras veces, fueron acicate para su lujuria como la disciplina para la devota histérica mordida por la bestia carne. Un calosfrío recorrió su cuerpo, tremularon sus piernas, y jamás la vehemencia del deseo carnal lo acosó con tal furia.

La noche fue asilenciándolo todo; las comadres se retiraron al interior de sus chozas. Marcela fue la última. Ni siquiera fingió extrañarse de la presencia de Julián. Éste había caído ya a sus pies sollozante. De las súplicas reiteradas pasó a la lucha, y la lucha se trabó encarnizada entre el macho famélico y la hembra embravecida. Para Marcela era un instante de repugnancia infinita. Escapó de repente, y en loca carrera huyó por el llano silencioso.

Él se quedaba con piltrafas de sus ropas en las manos, y ella, casi desnuda, a la luz de la luna, huía, huía a cobijarse tras las oscuras madejas de los sauces.

Y cuando por final de la carrera, a través de los campos iluminados de nácar, de una ninfa negra y de un sátiro escueto, ella hubo de rendirse agotada, él, lejos de saciarse como el tigre hambriento en su presa, se echó otra vez a sus plantas sollozando como un niño.

—¡Aquí estoy!... ¿Qué más quieres, pues? —exclamó Marcela desfalleciente, ansiosa de dar fin a un tormento que no podía soportar más.

—¡No... así no!...

—¿Entonces... qué...?

—¡Marcela!... que me quieras...

—¡Oh, no...!

—Mira que te puedo matar.

A la débil y lechosa palidez de la luna centelló la hoja afilada de un puñal.

—No, no tengo miedo; mátame ya... eso es mejor...

—Mira, Marcela...

36

—Sería mejor. Hazlo de una vez.

—¡Marcela!...

—Sí, anda, ya sé que si no es hoy será mañana, cualquier día...
Anda, sí, de una vez... ¡Cobarde!... ¡Asesino!...

—¡Marcela!

—Sí... ¡asesino, asesino!...

—Por el amor de Dios, Marcela, cállate...

—Anda, pégame. A las mujeres sí has de saber herirlas aquí...

Y desgarrando las únicas ropas que cubrían su busto desbordante, presentó el pecho desnudo para que en él se saciara la bestia.

—¿Qué esperas, cobarde, asesino?...

Siguió una escena absurda. Julián, lívido como la muerte, envainó lentamente la daga, y entonces ella, enloquecida, obsesionada por la idea de morir, levantó la mano y se la estampó en la cara.

—¡Marcela! —gimió Julián—, no te mato... porque... porque no puedo... porque mira... ¡porque te quiero con toda mi alma...! ¡Te amo, te adoro!

Y volvió a caer de rodillas. Y ella, espantada de vivir todavía, se alejó de nuevo por el campo. Desnuda como una bestia salvaje, solemne cual si hubiese vislumbrado en su conciencia aquel momento de sublime vengadora de su infortunada casta, marchó serenamente en el silencio de la llanura, desnuda como un bronce y bañada por las débiles ráfagas de la luna que se escondía tras las montañas.

VII

PESARE a señor Pablo, sus funestas previsiones resultáronle fallidas: el temporal de lluvias fue un derroche del cielo y pocos años habrían de dar cosecha más abundante que la de entonces.

Aquella fresca mañana de agosto, en el verde afelpado de los milpales tremolaban millaradas de espigas de plata, movibles cual bayonetas de apretada e incontable infantería; los nopales, coloradeando de tunas, desaparecían a trechos bajo los mantos pomposos de las yedras y salpicados por vivísimos matices, azules, morados y escarlatas. Los chayotillos se enredaban a los arbustos; en los cercados colgaban, entre anchas hojas verdes, jaltomates como ojos de liebre asustada. Las trepadoras correteaban y ascendían en intrépido asalto de la montaña. A la falda de la mesa de San Pedro extendíanse pastales inmensos donde un hombre podía hundirse hasta la cintura; franjas de labores verdinegras, dilatadas extensiones de fango bajo un tapiz rosado de moco de pavo, o ricamente recamadas del amarillo cálido del botón de oro. Y diseminadas a profusión por todas partes las estrellas dulces y carnosas; las cinco llagas y mal de ojos de pistilos negros como igníferas miradas de felino. Bajo las estalactitas de esmeralda, de los pirúes y sauces, correteaba dulcemente el arroyo de aguas límpidas y arenas de oro. En recodos sombríos irrumpían lujuriosamente albos, rosados y azules girasoles y calditos como brasas. El perfume de romerillo, del anís del campo, de las maravillas mojadas, se expandía tenuemente en la fragancia del monte. Y en aquel despertar glorioso de la mañana garrulaban millares de millares de vidas, cantando la vida: ensueños de cenzontles, ternuras de chirinas, querellas de gorriones, sollozos de torcaces, burlas de huitlacoches; millares y millares de piquitos vueltos al sol naciente, pidiendo un beso de luz al prorrumpir de toda una pubertad fecunda ya.

Formando variados grupos en las afueras de la hacienda los peones esperan las órdenes del amo. Se ha dado fin a las labores de beneficio y hay que esperar la madurez propia para los despuntes, durante dos meses al menos.

Entretiénense algunos mozos en reír a expensas de un bienaventurado, haciéndolo rabiar. Arrójanle piedrecillas a la cara; el idiota rumorea una insolencia y ellos se aprietan el estómago, a risa y risa. El sol acaricia con el calor de sus primeros rayos lomos broncíneos, mal abrigados por hilachentos jorongos.

Los viejos hacen ruedo aparte. Se comenta la llegada de un americano; unos dicen que viene a comprar caballos finos, otros que a trazar una presa que el amo don Julián tiene en proyecto ha dos años. Tal asunto provoca obligada discusión; todo el mundo sabe de presas y tomas de agua y cada cual se apresta a emitir su parecer. El de señor Pablo es adverso naturalmente; en ese depósito de agua lo que el niño don Julián va a hacer es tirar su dinero, regalárselo al gringo.

—Pos si gringo viene a deregir —tercia Gertrudis, el pastor de caballerizas, mocetón robusto que desde su regreso de Morency gusta de tomar parte en consejo de gente seria—, si gringo es, ya pueden contar con que la presa está hecha. Yo no sé la que cargan esos demonches, pero pa lo que yo les vide po'allá en Estados Unidos, éstas son tortas y pan pintaos. Con decirle, señor Pablo, que levantan diques de purito jierro.

—¿La que cargan esos gringos? Ya sé bien su diablito... Vamos, hombre, Gertrudis, no nos queras poner los ojos verdes ni seas guaje; la que train es la de llevarse toda nuestra plata pa su tierra. A ver ¿en qué pararon las mentadas vacas holandesas? Unos animalazos quizque de veinte cuartillos de leche no habían de bajar. ¿Y sí? . . . ¿quién les conoció tamaña maravilla? Lo que todos vimos bien fue que en menos de un año fueron estirando la pata, una por una.

—No, señor Pablo; de eso tienen la culpa no más los patrones. Con sus miserias, con peones de a real y ración, metiendo el ganado en corrales como éste, claro que eso había de resultar. Por allá se hace harta plata, es cierto, pero harta plata se gasta también.

Y ahí dio fin la charla, porque los viejos se percataron de que tío Marcelino había llegado al portal de la casa. Aquella ave negra tenía el don de extinguir la plática más animada con sólo su cercanía. Por otra parte el tal morenciano volvía de los Estados Unidos con unas altanerías y unos modos, de dar miedo. Dispersáronse pues, dejando solo al pastor.

—Este muchacho acabará mal —dijo sentenciosamente uno de los viejos—; se le afigura que todos son moros con tranchetes; y aquí no estamos en su Morencia.

—Si le digo asté, compadre —habló otro—, que tamañito ansina me ha dejao lotro día. Ai tiene que tío Marcelino le jue a reclamar por qué no había cumplido la orden del amo, de sacar él mero en persona la boleta de entierro del dijunto Jesús, y que por su culpa habían metido a don Julián a la cárcel. A su güen parecer, ¿qué piensa que le respondió Gertrudis? Pos quél ganaba sueldo como pastor de las caballerizas y no como alcahuete de naiden. Y que se enoja tío Marcelino y le avienta una manotada, y que el chirrión se le voltió por el palito: ¡ah qué tunda de manazos le ha puesto el muchacho!

—¡Pos que se encomiende a Dios! No sabe el alacrán que se ha echao al seno.

En el corral se daba ya fin a la ordeña. Las vacas, dóciles, tomaban la puerta, con sus becerros a la zaga, ahitos de chupar ubres enjutas; otras, adormiladas al borde de una zanja, lamían las ancas de sus crías.

—Échate la Hormiga —gritaba el ordeñador con voz cansada.

—¡Eh, Hormiga!. . .

Se abría una puerta y de un corralillo escapaba a todo correr una ternerita rubia en derechura de la vaca que, sujeta ya por el pial, la acogía tendiendo su hocico en sordo mugido. La becerra atacaba con vigor la ubre rebosante y el ordeñador esperaba a que las tetillas se pusieran erectas para arrebatarla con su tosca mano de la boca espumosa. Suspendía luego al animalito de las astas de la vaca y comenzaba un sonoro chisgueteo de gruesos y blancos chorros de leche.

En el corral saturado del aroma campestre difundíanse el olor del estiércol y el de la leche recién ordeñada.

—¿Quién es ora tu novia, pues, Tico?

El idiota, tartamudo, estiró las líneas de su rostro, las contrajo, abrió enormemente los ojos y después de muchos intentos logró decir:

—Pos... ora es... pos ora es señá... señá Marcela...

Estrepitosas carcajadas acogieron su respuesta. Tico reía también con la malignidad posible a su rudimentario cerebro dejando entre sus belfos eternamente abiertos y caídos una hebra cristalina. Avivado el regocijo de los peones, caldeábanlo con insinuaciones cada vez más atrevidas.

—¡Cállense —dijo ceñudo el morenciano—, ¿qué no miran que aistá ella y los está oyendo?

Afuera, cerca de su jacal, Marcela, en camisa muy escotada, llamaba a sus polluelos chasqueando la lengua.

—¿Qué dices, Tico? ¡Voltea no más!... ¡Con razón hasta la baba se te cai!

En un montón de estiércol, los avichuelos, con las patas abiertas y echadas hacia atrás, desparpajaban la basura y hundían sus picos ávidos de gusanillos. Al oír la voz conocida de Marcela, se precipitaron desalados hacia el tamo de maíz que les arrojaba a puñados.

Lejos de contenerse los mozos con el regaño oficioso de Gertrudis, ahora ponderaban al epiléptico las delicias que Marcela prometía. Y Tico, la faz amoratada y cubierta de erupciones, con su eterna sonrisa de piedra, palpitaba en bestial lascivia.

Quemándose de coraje, Gertrudis no tomaba resueltamente la defensa de la mujer zaherida por la canalla, sólo por el temor de que lo metieran en chismes. ¡Bonito papel el suyo entonces!

Picoteaban los animalillos con frenesí; una polla cayó sobre el grano que otra le disputaba; se armó la contienda, el gallinero entró en alboroto, las contendientes se persiguieron, todas cacarearon, hasta que el gallo se percató del sucedido, irguió su cabeza de asesino malhumorado y gruñó sorda amenaza. Con lo que bastó. Tres picotazos sin consecuencias; unas cuantas plumas al aire y se acabó el escándalo.

Marcela regresó al jacal sin volver los ojos siquiera a los gandules; pero al entrar hizo tal rabieta que el rabón chomite se untó a sus muslos y a sus piernas bien formadas, descubriéndolas hasta muy arriba de los tobillos.

Los peones aclamaron con entusiasmo:

—¿Viste, Tico, qué chamorros tiene tu novia?

Y prosiguió la broma para el bienaventurado cuya vida inferior estriba en comer, en rascarse la barriga al sol y en seguir la primera falda que se atraviesa en su camino, hasta que un recio puntapié le apaga los alientos o el acceso epiléptico lo tiende despatarrado.

—La Marcela te echó ojo —rumoreó Andrés al oído del morenciano.

—¿A mí?... ¡Bah, se necesitaría no tener vergüenza! Ni me andes diciendo, porque de verdá te digo que maldito lo que esas chanzas me cuadran.

Hubo un movimiento repentino en toda la peonada; todos se pusieron de pie. Al crujir de los goznes se abrieron las hojas del portón, y montando los mejores caballos de las cuadras salieron don Julián y el ingeniero americano. Aquél vestía un terno de gamuza de venado, sombrero ancho de pelo crudo, espuelas incrustadas de plata; el huésped llevaba un grueso saquitrón de casimir, pantalones subidos a media corva y un panameño, bajo cuyas alas estrechas escapaban mechoncillos de pelo alazán tostado. Poco se le daba al hombre de la risa que su indumentaria provocara en la peonada; sus ojillos azules deslavados, tras de gafas de gruesos cristales, cintilaban de regocijo; su cara de camarón cocido se inundaba de alegría y de sol, y sus pulmones se ensanchaban como para aspirar de un golpe el aire de la campiña fragante. A un llamado de Julián dos peones se precipitaron a recibir sus órdenes. Las trasmitieron luego y la peonada se dispersó por los llanos como parvada de palomas.

Dos hombres se quedaron solos; se miraron un instante sin disimularse su odio profundo. Pero ninguno se atrevió a un gesto más ni a decirse una palabra. Se alejaron entonces en opuestas direcciones.

Su mutuo aborrecimiento provenía de sus ambiciones comunes. Andrés aspiraba a ser el mozo de estribo de don Julián, sin más merecimientos que su edad; pero como su propia sombra, siempre y en todas partes, se le interponía el viejo Marcelino con el ascendiente de su lealtad de perro y el de haber sido el consentido del amo grande, don Esteban. Sólo que uno veía decrecer su poder con los años que le doblegaban y el otro aumentar su predominancia con las energías desbordantes del que ha comenzado a ser hombre.

Sentían, pues, que uno de los dos sobraba en el mundo y que los estorbos hay que quitárselos de enfrente cueste lo que cueste.

Trasponiendo la línea azul de una loma y en la lejanía se esfumaba apenas el ganado. Todo se había quedado ya solo y, en silencio, señor Pablo echó las trancas del corral de las vacas y tomó la vereda del arroyo caminando penosamente; cuando llegó al borde de un vallado reconoció su maguey, cortó del sembrado vecino un largo tallo de calabaza y, hundiéndolo en el manantial de aguamiel, chupó el líquido dulce e incoloro hasta agotarlo; después se echó en el llano a roncar a la sombra de un mezquite, en espera del mediodía para regresar a su casa.

VIII

—Eh, Tico... ¿qué buscas ai?... ¡Qué susto me has dado, animal! ¿Qué queres pues? ¿No te han echao la gorda en tu casa? Sí, se les ha de haber olvidado como siempre... a sus conveniencias... pa que otros te mantengan... Vamos, aistá eso, trágatelo...

Tico cogió al vuelo la tortilla y la devoró ruidosamente, sin quitar un instante sus ojos de Marcela. Se limpió las lágrimas que la humareda del fogón le hacía fluir y clavó otra vez en ella su risa de mascarón y su lasciva mirada.

Palmoteando una bola de masa, Marcela volvía hacia él su rostro de cuando en cuando; pero su pensamiento ausente mantenía absortos sus ojos. La horrible pesadilla, la visión alucinante de la daga desnuda la hacía tiritar. Quizá desde el momento en que ofreció su pecho desnudo al puñal homicida, sin temor alguno a la muerte, produjérase el gran derrame interno de todas las energías acumuladas y el agotamiento de su impasibilidad de hembra poderosa. Porque ahora Julián no sólo le inspiraba aversión profunda sino un terror inaudito.

"¡Oh, si me encontrara un hombre que quisiera sacarme de este purgatorio, me iría con él, fuera quien fuese!"

—¿Qué esperas todavía, mierda? —exclamó incorporándose tras el metate, huyendo de sus negros presentimientos y reparando en los ojos del idiota, que no sabía esconder el brillo de lujuria que le quemaba.

"¡Bah, si este bruto estará también dañado!"

Y sonrió, consciente de su poder para imponerse con la fuerza del más rabioso deseo a cualquier macho que se le pusiera enfrente.

—¿Qué te decían esos perdularios, Tico?

—Je, je, je... pos... pos que qué güenas piernas tienes...

—¡Hombre!... y ¡tú que te mueres porque hagan mofa de ti!... ¿verdad? ¡Animal! ¿No echas de ver que eso es lo que hacen nomás? Mira, otra vez que te lo digan, les respondes que más te cuadran las de sus mujeres y que te las empresten pa una madrugada... ¿Oíste?... Ora sí, ya puedes ir largándote a tu casa...

Acentuó la última frase con la repugnancia invencible que el epiléptico inspiraba a todas las mujeres. Acabó de fregar el metate y en una batea juntó el agua sucia, salió luego a tirarla a una pila de cantera a espaldas de la casa. En un corralito cercado de huizaches y varaduces un cerdo gruñón y tardo se levantó al ruido del nejayote borbotante, y metió el hocico en la pileta, desparramando ansioso el agua turbia.

—Buenos días, Marcela.

—¡Epa, tú, Gertrudis! ¿Qué milagro de Dios es éste, hombre? Digo si pa mí es la vesita.

—Sí, tenía ganas de saludar a las amistades y a eso mero vine... Denque llegué de Morencia...

—Sí, tú, ya te acabarás con tu Morencia; apenas te cabe en la boca... No me digas, no me digas, que tengo mucho sentimiento contigo porque no habías venido... Pero entra, hombre... Aunque sería güeno que jueras primero a darte una asomadita allá por el arroyo; nadita que a mi papá le cuadra que me vengan a visitar. Ya habrás oído por ai el runrún de la gente; me han metido en una de chismes que sólo Dios... Y como el probe viejo es el que la lleva, yo, la mera verdá, no quero darle más en que sentir. Pero pasa, ¡qué caramba!, al cabo ha de estar dormido orita. Nunca viene por acá en antes de mediodía.

Entraron uno tras de otro.

—¿Todavía estás aquí, demonche?... Póngote la cruz... ¿Pos qué esperas que no la sigues?... Agarra ese banquito, Gertrudis, y siéntate. ¡Mira no más qué hombrazo te hiciste po'allá!

Con monosílabos y medias palabras el morenciano respondía a la locuaz amiga. Su intento de exhibición era por lo demás evidente. En vez de las burdas ropas de manta, negras de sudor y tierra, llevaba restirado pantalón de mezclilla con botones y remaches de latón, corbatín encendido, tirantes morados a cada lado de la lustrosa pechera planchada, zapatón americano, reluciente de pura grasa, con fieros clavetones; todas las modas y novedades traídas de Morency.

—Pos sí, yo bien he echao de ver que por eso no has venido a verme. Pero no creas, lo más que cuentan son puras mentiras y chismes. La que arma todo el brete es señá Melquías, que ya se le quema la cazuela por el tal don Julián pa su hija Anselma. ¡El canijo de don Julián! ¡Como si el desgraciado estuviera de antojo! Y luego ya tú sabes: al que mató un perro le llaman mataperros.

—Sin embargo, no te quejarás muncho de tu querer —observó el morenciano con sorna, si bien su voz estaba apagada y enronquecida.

—¡Válgame Dios, Gertrudis, no hay quen me salga con otro cuento! Mira, por Dios y esta cruz te digo que too lo que hay de cierto en esto es que... pos sí, hombre... ha habido, ha habido, ¿a qué negar la luz del día?... Ya tú sabes que quen manda, manda... Pero de eso a que yo haiga sido su querer, mienten y retemienten.

—Has de ser de munchas esigencias pa que el hombre no te cuadre con ese lomo que Dios le ha dao y con tu corazón que pa naiden falta...

—¡Mira, hombre, yo no quiero que tú me hables ansina! Bien saben Dios y tú que pa ti siempre he sido otra cosa... ¡Mala gente! ¡A que no te acuerdas de allá cuando éramos unos chamagosos todavía!...

Marcela suspira, su voz decrece, decrece, se llena de ternura, y las lágrimas la turban, la hacen quebradiza, hasta extinguirse en un dulce rumor. Reminiscencias de sus primeros años; evocaciones de una mirada, un gesto, una palabra. La vida infantil rota de repente al despertar de sus almas en la desfloración de un beso en pleno corazón del bosque.

—¡Valdría más que nunca me acordara!

Y como arrepentido de haberlo dicho, al instante el morenciano desvía la conversación. La enfermedad de señor Pablo que ha acabado con sus ojos; el frío y las nevadas allá en el Norte; el dinero que se gana la gente trabajadora en los Estados Unidos y los jornales miserables de México.

Marcela le escuchaba sin interrumpir su facna. Acabado el aseo de la cocina, suspendía ahora, de largas espinas de maguey clavadas en los adobes, ollas y cazuelas por la oreja, en torno de

44

un cromo mugriento donde San Camilo y los diablos se disputaban el alma de un agonizante. De espaldas y en flexión se arredondeaban más aún las morbideces de su dorso, de sus hombros, de sus caderas y sus muslos; tras los pliegues verticales del chomite sus recias piernas se delineaban fuertemente y quedaban al desnudo sus tobillos bronceados bajo la franja verde del guardapolvo.

Magnetizado, Gertrudis avanzó paso a paso y la abrazó por la cintura. Sin protestar, Marcela volvió el rostro sonriente y empurpurado, radioso bajo el encanto de la caricia ardorosamente deseada y provocada. Sus labios se juntaron.

Un grito sobreagudo y el epiléptico se desplomó, los ojos en blanco tras las órbitas, contorsionado el rostro, espumante la boca, todo su cuerpo sacudido por violentas convulsiones. Pasaron tres minutos y fue quedándose silencioso, paralizado, inerte.

—Epa, tú, Marcela, ¿pos ora qué hacemos?... Croque ya se murió...

—No, hombre, es el acidente; le da toos los días. Vamos a llevarlo al cuarto de mi papa, porque lo ques ora no despierta en toa la mañana. Ven, ayúdame pues...

El cuerpo, pesado como un buey, fue conducido a rastras de un cuartucho al otro.

Cuando se quedaron solos, Gertrudis, limpiándose la frente, dijo sombrío:

—Pos ora sí... adiós, Marcela, hasta otra vista...

—¿Cómo?... ¿te vas?...

—Adiós...

—Pero si ni te lo puedo creer...

Ahogando su pesar hondísimo, que traslucía el acento quebrado de su voz y la tremulación de su mano, cogió la tosca y encallecida del morenciano.

—Adiós, pues....

"¿Eh, qué tendré yo?", se dijo Gertrudis en la soledad de la montaña, presa de inexplicable inquietud. "Pero ¿qué he hecho yo?", exclamó angustiado y sintiendo todavía la humedad de los labios de Marcela.

Y ella, absorta mucho tiempo, clavadas las pupilas en el cielo insondable, fijo su pensamiento en el vacío, sintió de repente mojados los ojos y las mejillas y susurró: "¿Eh, qué tengo yo?"

IX

AL MEDIODÍA Marcela coge la hoz clavada en las junturas del muro, se echa una soga al hombro y parte. No hay un celaje que tamice los rayos cenitales; el cielo está limpio como un satín. En las ramazones se acurrucan silenciosos los pájaros; las gallinas, a la sombra de mezquites y huizaches, matizan el verde esmalte del prado con el vivo colorear de sus plumajes; jaspes de oro y negro, capuchas de perdiz, albos plumones esponjados; reflejos metálicos, crestas sangrientas y ojos inyectados. Unas esconden la cabeza bajo un remo; otras, como insoladas, abren el pico.

Marcela entra en el milpal, abriéndose paso a través de una apretada fila de lampotes y maíz de teja, cuyos aurinos florones cabecean al separarse bruscamente. Los tallos de las aceitillas y las blancas flores despetaladas caen al rudo golpe de la hoz. Zigzaguea la rozadera a lo largo del surquerío y las cañas se doblegan al paso de la robusta moza.

Al cabo de media hora regresa por el mismo surco, recogiendo los haces de yerba tronchada, enrollado el mandil a la cabeza y la gavilla de pastura a todo el caber de sus brazos enarcados. Tira al suelo el pesado montón y ya fuera de la milpa se detiene a tomar aliento, sudorosa.

Un alfombrado encendido se extiende a sus pies: cinco llagas y lampotillos, yedras azules, maravillas moradas y blancas estrellas. Como pétalos arrancados por el viento revolotean vívidas mariposas. Una libélula hiende el aire abrasador con su mirífico tisú bordado de oro. El sol quema, los pájaros se pierden discretamente en las enramadas; la inmensa sabana está desierta. Como una voz vagarosa y llena de misterio desciende el rumor de la montaña. De cara al poniente yérguese la Mesa de San Pedro como un monstruo que contempla impasible las llanuras verdes, las lomas azules, las pálidas serranías esfumadas apenas en el azul zafirino que se pierde en el infinito azur. Hacia el suroeste blanquea el risueño caserío de la peonada de San Pedro de las Gallinas.

Entrecerrados los ojos por la deslumbrante claridad, Marcela percibe los adobes negruzcos del mesón, los muros encalados de la vinata de Juan Bermúdez y hasta el color de la falda de Mariana. Pero nada de lo que insconcientemente buscan sus ojos: ni una bluza azul, ni un pantalón de mezclilla. Su pecho sigue oprimido bajo una tristeza indefinible.

Afianza en sólido y estrecho nudo el pesado tercio de yerbas y ya se apresta a levantarlo y a ponerlo sobre su espalda cuando un ruido de cañas bruscamente derribadas la hace volver la cara.

—¡Oh, mocho bueno, don Jolián, mocho bueno, pero osté no ser buen amigo, osté no enseñar mí mejor ganado!

Al ingeniero americano se le tuerce el cuello de voltear a ver a Marcela, hasta entrar por la gran puerta de la hacienda.

La muchacha, que sostuvo impávida las miradas de tan inopinado adorador, se desternilla de risa. Sazona su regocijo el picante de Julián, mudo testigo de la escena. ¡Ya lleva para un derrame de bilis! Y con eso basta para sentirse librada de sus penas. Ella otra vez, ella, la que jamás supo ceder a otros impulsos que a los de su deseo o de su ciego capricho. El malestar, la vaga tristeza, el desasosiego que le dejara la visita del morenciano se desvanece en su último éxito; y su buen humor renace sólo de pensar en el mal rato que le da a su amo.

A Julián la visita del americano le había caído como agua de mayo. Lo vio llegar con sus tripiés, teodolitos, estuches y demás avíos y salió a su encuentro hondamente regocijado. Imaginábase que con la atiborrada que iba a darse ahora de cálculos y proyectos acabaría de desechar seguramente la malhadada y ridícula pasioncilla que le tenía cogido. Huyendo de la soledad y del aislamiento se había entregado a las rudas faenas del campo, al igual que cualquier peón. Así distraía sus pensamientos durante el día, y por la noche su cuerpo se entregaba a un profundo sueño. Discutiéronse, pues, proyectos y más proyectos.

—Yo creo que aunque la cebada cuesta menos, el chilar rinde más, míster John.

—Con una sola cosecha de chile paga la presa, don Jolián.

—Pero es mucho gasto. Además, ¿si se nos viene el barrenillo?

—¡Oh, no, gente que entienda, que cuidar la tierra limpia... y tamaño cosechón!

—¿Y si viene un granizal?...

—Don Jolián, entonces osté querer dinero como agua del cielo.

Después de una larga discusión se venía a parar en las mismas indecisiones del principio; pero el ingeniero supo sacar avante la aprobación de sus trabajos, lo único que a él le interesaba. Justamente esa mañana salieron a tirar las líneas de los cimientos de la presa y Julián acabó de convencerse, con los hábiles razonamientos del americano, de que todas las ideas que señor Pablo le había metido en la cabeza eran descabelladas, sólo gruñidos inofensivos de perro viejo.

Al atardecer, cuando Marcela, cántaro al hombro, baja al agua, lo primero que encuentra es al atribulado míster John. Buena de corazón, caritativa por temperamento, inagotable en sus dádivas de amor, le lanza una mirada incendiaria, pliega los labios en su mohín peculiar y pasa de largo altiva y airosa, segura de que el ritmo de sus movimientos y la gallardía de sus líneas dirán más y mejor de lo que con palabras pudiera prometer.

Fascinado, el ingeniero va a seguirla cuando aparece el morenciano, cual brotado de la tierra. Marcela cruza sus ojos con él, y míster John siente una ducha helada. Una mirada torva del mocetón lo hace calcular sin matemáticas la potencia de sus músculos y medir con sus propios pies, *incontinenti*, la distancia que lo separa de la casa grande.

De regreso del arroyo, Marcela enarca su recia cadera al peso del cántaro lleno sobre uno de sus hombros. Pero ahora no viene con miradas insinuantes, ni con provocadoras sonrisas; más parece que ha llorado. Sus ojos buscan algo a lo lejos y de pronto se detienen en un bulto azul que se perfila en el llano, allá por el caserío que se esfuma en las últimas luces del tramonto.

—¡Oh, la mochacha ser mocha hembra, don Jolián!

—¡Ps... no vale un comino!... Mire míster John, mientras nos hacen el chocolatito, venga para enseñarle algo que no conoce. Sígame.

Atraviesan un amplio patio de limoneros. El americano se detiene a respirar a plenos pulmones el perfume exquisito y raro en la rústica fragancia del valle aromoso sólo a cactus, mezquites y huizaches. El ambiente es sedante para sus nervios excitados.

—En su tierra no se usan de estos patios... yo también he ido allá. Llevamos una partida de caballos hasta San Antonio. ¡Diablo! Viven ustedes en palomares: casas y casas hasta llegar al cielo. Ya no miraba la hora de largarme de allí; se me figuraba que de repente se me venían encima aquellas *masamostras*. Duramos no más de una semana y poco faltó para que me sacaran *extraviado* con tanta gente y apretura... ¿Eh, qué tal?... Mire, míster, ésta es la vaquera para el trajín de lazar y colear...

Habían llegado a un pasillo y Julián levantó una gruesa manta de ixtle, dejando al descubierto dos hiladas de sillas de montar, a horcajadas sobre toscos burros de madera.

—Tiente no más... purito tanate de toro; da usted con todo y bestia en el suelo antes de que al tirón de la reata se zafe la cabeza de esta silla. ¿Y qué me dice de la charra? Tiente; vaquerillo de piel de tigre... ¡Vea qué cosa más primorosa!...

Se le desató la lengua. Y como dudara de que su huésped comprendiera tanta minucia de carreras, coleaderos, rodeos y otras charreadas, le hablaba a gritos, imaginándose seguramente que mientras más alto subiera la voz, mejor se haría entender.

—¡Oh, sí, mocho bueno, don Jolián, mocho bueno! —asintió el americano, mascando un pedazo de tabaco y estudiando un plan para apalabrarse con la hembra esa misma noche.

—Risa da ver cómo nos pintan ustedes. Pero sí le digo que para eso de ponerle una mangana a una yegua bruta o tirarla de las orejas, nosotros los dejamos a ustedes con la baba caída. ¿Qué tal lustre? Curtido de Oaxaca; no lo hay mejor en todo México. Chapetones de pura plata y este bordado de hilo de oro de lo mero fino. ¡Un platacal de veras, míster! Mire, esta reatita es chavinda ganadora corriosa como un taray y para un pial no conoce compañero.

—¡Oh, sí, mocho bueno, don Jolián...!

—Mire qué espada. Toledo legítimo. La cojo por el puño, pongo la punta en el suelo y hago un arco cabalito. ¿Qué tal hoja, eh?

—Amo, amo, acaba de parir la Gobernadora; ande su mercé, venga a ver nomás qué potrillo; está que ni pintao... Yo se los dije. Va a ver su mercé cómo es del Mono. Por ningún lao niega al tata...

—Míster John, vamos al corral, ande véngase.

—Mochas gracias, don Jolián, mi doler la cabeza y quiere dormir.

Sin escucharlo, Julián corre alborotado tras de Andrés a ver la nueva cría.

El ingeniero, con la idea ya clavada en la mollera de una aventura donjuanesca a medianoche, respiró al fin con desahogo y se puso en fuga hacia su pieza, en el fondo de la casona. Al atravesar la sala donde vegetaba el valetudinario anciano, se regocijó de haber escapado a la segura exhibición de los avíos de labranza ahí aglomerados; rejas, coyundas, arados y timones en cada rincón; bateas, canastos, cuernos blancos de cal, debajo de las sillas y la cama. Entró en su cuarto y al instante se metió en el lecho.

"¡Diablo de gringo tan flojo! —se dijo Julián media hora después, cuando viniera a llevarlo a cenar—. ¡Ni siquiera he podido enseñarle mis armas de fuego!"

Un museo, comprendiendo desde la pistola de chispa del tiempo del cura Hidalgo hasta la pequeña y rebruñida escuadra del ejército federal de don Porfirio. Todas a la cabecera de la cama, ocupada ahora por el ingeniero, enguirnaldando y haciendo marco a una afligida Dolorosa con siete espadas colosales abiertas en abanico sobre el corazón.

Pero el americano roncaba profundamente y Julián tuvo que salir de puntillas para no turbar su sueño.

—Madre, dame de cenar; el gringo ya rindió. ¡Farolones estos! ¡Tamañas manotas y tamañas patotas! ¡Que hacen y tornan! Ya se ve: una vueltita a caballo y se le acabó el aliento. Así lo viera yo pegado a la canasta. A ver si no escupía hasta los bofes.

En la cocina, arrimado a una rústica mesa trashumando ajos y cebollas, con el sombrero hasta las narices, comenzó a comer ruidosamente con avidez. Luego que calmó sus primeros ímpetus, habló con la boca llena:

—Ahora sí está todo arreglado; planos, presupuesto, tirada la línea de los cimientos y pagado el trabajo del ingeniero. Se los aviso.

—¿Y a nosotras qué nos va? —respondió una trapajosa muchachota, de voz hombruna y gesto altivo.

—Les va, hermana, que el día de la Asunción se bendecirá la primera piedra de la presa y tendremos fiestecita. Les va que tienen que prevenir la casa, porque quiero convidar al señor cura de San Francisquito, a Gabriel, a mi tío Anacleto, a tía Poncianita...

—¡Ah, qué tanteada! Ésa sí que no. Convida al dianche en persona; pero por vida tuya que si traes a la tía le araño la cara. ¡No más eso nos faltaba!

Para reír a carcajadas, Julián se despachó el bocado, empinando de un sorbo una olla de agua azul, mientras que su hermana, de frente y clavada de codos sobre la mesa, le contestaba con energía.

—¡Válgame Dios, hija, no digas eso!

—Madre, no la quiero. No me gusta decir lo que no siento. Ya me figuro que todo es llegar y comenzar a dar órdenes y a ponernos a todas a su mando. Para ella nunca están las cosas bien hechas; da consejos hasta de lo que no entiende; a todo le halla defectos ·y sólo lo que ella dice y hace está bien dicho y hecho. No, Julianito, no nos traigas a la tía. ¡No la quiero, no la quiero, y no la quiero!

Julián, riendo todavía, tendió su platillo, que doña Marcelina por segunda vez colmó de frijoles con chile verde deshebrado.

—No sabes lo que estás diciendo, Cuca. Tía Ponciana nos va a servir mucho a la mera hora de la hora. En la presa se nos va a ir un dineral y si la cosecha no se logra ella sabrá sacarnos de apuraciones: tiene plata como maíz.

—He vivido en su casa y lo sé mejor que tú, hermano; pero sé decirte también que primero le sacas una onza al cromo de señor San José que tlaco a la tía Ponciana. ¡Dios te ampare si a ella te atienes!

—Bueno, convengo en que no resulte de tu agrado esa visita; pero algo hemos de hacer unos por los otros. Como luego dicen: Hoy por ti, mañana por mí. Yo le traigo a mi Pablón...

—¡Peor!... ¿y ése?

—No me echen al agua que *mi hogo*. No le pondrás tamaña jeta a tu futuro, ¡Ja... ja... ja...!

Cuca se puso en pie haciendo un gesto de disgusto y salió en seguida de la cocina. Julián empinó otro jarro de agua y siguió hacia su alcoba.

Doña Marcelina, como todas las noches, luego que se quedó sola, encendió un cabo de vela de Nuestro Amo y comenzó a rezar y a persignar bendiciendo rincones, puertas y ventanas, hasta acabar por una abierta al occidente en dirección de la capital, de la penitenciaría, donde sus dos hijos mayores purgaban delitos de sangre.

Madre cristiana, poseía la firmísima esperanza de que, mediante sus preces y sus lágrimas, sus hijos volverían regenerados.

X

A LA falda de la Mesa de San Pedro, entre añosos encinos y resquebrajados mezquites llorando espesa goma, nopaleras y pencas alzadas al cielo como manos chatas e implorantes, yérguese la faz risueña de la casa grande de San Pedro de las Gallinas, la que en fechas no remotas fuera la matriz de la gran hacienda de San Pedro, con sus blancos portales encalados, su mirador de ladrillos rojos y dos oscuras ventanucas en el fondo. En contraste con su rústica gracia y sencillez, en cada uno de sus ángulos álzanse pesados fortines poligonales de angostas rendijas bien mordidas por la metralla, desperfectos religiosamente conservados como blasón del más alto valor. Abajo del saliente mirador se abre la entrada principal defendida por enorme puerta de mezquite y mohosa herrajería, testimonio fehaciente de la inquieta vida de los moradores que tales guaridas hubieran menester para dormir tranquilamente.

Se dice por toda la comarca que los Andrades no entraron en juicio sino hasta la hora y momento en que la manaza de don

Porfirio apabulló los alientos de las hordas de bandidos que, con humos de fogueados militares, fueran por largos años la plaga más calamitosa del país. Desde las guerrillas de Independencia hasta el triunfo de Tuxtepec los Andrades habían hecho un feudo de la provincia, y aún se escalofrían muchos viejos al solo nombre de un Andrade. Gracias también a la revolución, la prolífica especie quedó bien mermada. Cuando el abuelo, el único superviviente a las contiendas y refriegas, estiró la pata, piadosamente auxiliado y con señales de muerte muy ejemplar, sólo quedaron en el mundo tres herederos legítimos: doña Ponciana, don Esteban el primogénito y don Anacleto el jocoyote. Tres fracciones hiciéronse por consecuencia de la propiedad. La Mesa de San Pedro para doña Ponciana. "El ganado es ganado; por tanto el ganado para las mujeres", decía axiomáticamente el viejo. A don Esteban le tocó San Pedro de las Gallinas, llamado así por la abundancia de tales bípedos que bastaban para surtir plazas hasta de remotos pueblos. Y a don Anacleto, San Pedro Abajo. La sabiduría del testador realizó el milagro de satisfacer a los tres hijos. Doña Ponciana con los ricos pastales, magueyeras inagotables y criaderos de primer orden; don Esteban con las tierras de mejor calidad y más susceptibles de mejora, y don Anacleto con el terreno más vasto, sobrado para llenar sus necesidades de borrachín cuya vida discurría de rancho en rancho, de bodorrio en bodorrio, siempre a caza de amigos, fiestas y divertimientos, sin más gastos que los propios, muy exiguos, y los de su acompañante, un grandullón con aires de babieca, a quien llamaba mi Pablón, y por mi Pablón conocido de todo el mundo. Producto adquirido detrás de la iglesia, mi Pablón daba punto y raya a su padre y señor, lo que no era poco para los dieciocho años escasos que contaba.

En tal medio cayó doña Marcelina, siendo su historia de las más triviales de la época. La muchacha del pueblo que gustó al rapaz latrofaccioso y que es arrebatada del hogar en cualquier noche orgiástica de aguardiente, de mujeres y de sangre. Si algo tenía que agradecer a don Esteban sólo era el que se hubiese prendado de sus cualidades hasta el punto de hacerla su legítima esposa.

El primer vástago trajo la resignación; con los siguientes la casa se pobló de gritos y de alegría; paréntesis muy breve de felicidad para la madre, porque los cachorrillos muy pronto sacaron las uñas y enseñaron los dientes. En hora aciaga renacían sus turbios atavismos. Lejos de encontrar los mozalbetes un mundo dispuesto a festejar su gracia y travesura, y autoridades sórdidas, cosa que por la buena o por la mala consiguieran sus progenitores, el intruso destacamento rural de San Francisquito, sin urbanidades ni miramientos, de buenas a primeras les echaba garra por un quítame esas pajas. El mayorcito, por ejemplo, entró a la penitenciaría asombrado: ¿quién de los Andrade no había asesinado a alguna de sus queridas, sin dejar de dormir una sola noche en su casa? Otro le siguió antes de seis meses, por más inocente fechoría. Un octogenario viene por el camino real; el Andrade, en dirección contraria, monta un corcel brioso y de falsa rienda; se encuentran de pronto en una curva pronunciada; el caballo es pajarero, da la estampida y por poco tira al mozo. Estas cosas le dan coraje a cualquiera, ¡qué diablo!, saca uno su pistola y ¡zas! ... El más mocito, un decadente digno de la pluma de Thomas de Quincey, le abrió el vientre a una mujer encinta sólo por darse un espectáculo novedoso. Por el honor del nombre, algo había hecho Julián: dos homicidios calificados de los que supo salir avante y cuando no cumplía veinte años. Miembro inofensivo, por último, era Gabriel, un matón en ciernes que, gracias a nuestro señor el alcohol, habíase estancado desde sus más tiernos años en perdulario marrullero y gruñidor, perro viejo y desdentado. Su amor a los espirituosos era tan grande, que ni su propio padre don Esteban se avino a soportarlo en el seno del hogar. Vivía el pobre diablo cosido a las faldas de una horripilante pulquera de San Francisquito que le daba todo: amor, comida y vino.

En medio de tal negrura discurrían dos vidas dulcemente dolorosas y tristes, la de doña Marcelina, madre abnegada hasta el heroísmo, y la de Refugio su hija, que poseyendo los rasgos varoniles y fieros de la casta, su gesto altivo y recio continente, llevaba el alma profundamente sencilla y recta de la madre.

Como es de regla en gentes de esta ralea, las mujeres no tenían voz ni voto en su propia casa; su misión era la de contemplar atónitas la grandeza de sus terribles señores, estar prontas a adivinarles sus menores pensamientos y a servirles de rodillas si ellos así lo pedían.

Al berrear de los becerros, cuando se daba comienzo a la ordeña, despertó Julián. Vistióse y, ya al salir, reparó en que no llevaba nada en la cintura. La víspera en la noche, como de costumbre, había suspendido su pistola a la cabecera de su cama, ocupada ahora por el ingeniero. A tientas y de puntillas entró en la alcoba, tropezando aquí con una silla, más allá con la misma cama. Apenado por su involuntaria falta de atención, encendió

53

un cerillo; pero al tomar su revólver reparó en que la cama estaba vacía. Al instante y por extraña asociación le vinieron dos nombres a la mente: míster John y Marcela. La idea era absurda, pero de una violencia abrumadora. Fue a la puertecilla que daba al campo y la encontró abierta. Entonces, seguro, regresó al cuarto y sacó un puñal que estaba debajo del colchón, se lo puso en la cintura y salió.

Agazapándose entre la yerba, muy lentamente, para no despertar a los perros, se encaminó hacia las espaldas de la casa de Marcela; saltó el cerco de huizaches y se detuvo breves instantes. Su corazón latía con regularidad pasmosa, su pulso era firme y sosegado; sus músculos no tremulaban y se sentía dueño y señor de todas sus facultades. Dio un salto y se precipitó en la oscuridad de la casuca.

XI

Sustentadas sus recias posaderas por monumental burra canela, contra viento y marea llegó la tía Poncianita a San Pedro de las Gallinas una bella mañana. Nada había valido, pues, el ponderarle en larga carta los males que aquejaban a Julianito, la erisipela ampollada que lo tenía en el lecho. Se le había advertido con toda oportunidad la decisión de diferir la fiesta inagural de la presa. "Con todo y eso iré; pues ya hice la intención; el señor cura está convidado ya para el quince de agosto, y llueva o truene, el quince de agosto pondremos la primera piedra dedicada a María Santísima de San Juan. No han de llegar a tanto los males de mi sobrino que por eso deje de hacerse un bochinchito. Tengo antojo de cócono con pulque de las magueyeras de San Pedro y de que Juliancito me baile el jarabe y me cante la valona como él lo sabe hacer."

—¡Ay, chulas de mi vida —exclamó apeándose penosamente y sacudiendo los insubordinados pliegues de sus enaguas de manta estampada—, qué camino tan pesado! ¡O será que se va uno haciendo vieja!... Marcelinita, ¿qué haces?, ¿estás buena?... ¡Cuca, ven acá, qué hermosota estás, muchacha!... El vivo retrato de tu padre. Hagan de cuenta que vieron a Estebanito cuando todavía no le pintaba el bozo.

Sudando y pujando llegó apenas a uno de los poyos del zaguán, donde se dejó caer.

—Déjenme descansar tantito. ¡Ay, hija de mi alma, si la cara la heredaste de tu padre, no sus modos! ¡Dime, qué escurrimiento es ése? ¡Qué desabrida y qué pan con atole estás, chula! Ven, abrázame, apriétame, que somos de la misma sangre. Todos los Andrades hemos sido reaspaventeros, pero tú, ni de la familia pareces, encanto. ¿De dónde te vendrá lo encogido y esa sangre de horchata?

Doña Marcelina contestaba con sonrisas de resignación y obligados monosílabos, mientras que Cuca se acordaba de su promesa a Julián: "Si me trae a la tía Ponciana le araño la cara."

—Agradézcame que con todos mis años venga a salvarlas del compromiso que se han echado encima; mañana llega el señor cura, y eso de atender a los señores eclesiásticos tiene su más y su menos. Ustedes, tan alzadas por acá, se asustarán ya no más de ver gente. ¡Dios de mi vida, escogí la burra canela por mansita y para no cansarme tanto, y estoy rendida! Las primeras leguas, sí, caminé tan a gusto que pude rezar mi rosario de quince caballito; pero de la bajada de los Caballos para acá ¡qué trabajos, Señor!... Es una vergüenza que Julianito tenga ese camino.

Eso decía, caminando ya adelante de las dos mujeres, en dirección de la salona donde vegetaba don Esteban. Perfectamente inmóvil en un gran equipal de cuero, el viejo no daba más señales de vida que en la llama ardiente de su mirada.

Echóse sobre él doña Ponciana llorando a lágrima viva. Lo abrazó, lo besuqueó y lo estrechó con emoción cada vez más grande. Y para mejor afirmarle su cariño le espetó una jaculatoria: "¡Dios Nuestro Señor quiera y la Madre Santísima del Refugio me lo ha de conceder, hermanito, que tengas una muerte tan ejemplar y tan santa como la de nuestro padre: bien merecido te tienes el no pasar ni por las llamas del purgatorio!"

Su voz velada se entrecortaba por el llanto:

—Lo único que te encargo, hermanito de mi alma, es que ante la presencia de su Divina Majestad le pidas por nosotros los pecadores que nos quedamos sólo ofendiéndole con nuestros pecados en este destierro, en este valle de lágrimas...

Solía don Esteban tener ganas de entender y en esa vez muy a las claras lo manifestó, dejando escapar de su coriácea laringe un formidable gruñido.

—Pues ya te saludé, Estebanito —agregó imperturbable la tía, sacando grueso reloj chapeado de entre las pretinas—; ya volveré a platicar contigo más despacito, que tiempo no ha de faltar. Va a ser la una ya, y es mi hora de la guardia de honor del Sagrado Corazón de Jesús.

—¿No quieres antes saludarle a Julianito? —habló doña Marcelina—. Tiene muchas ganas de verte, pero no sale de su pieza todavía.

—¡Anda, tú de mi corazón, cómo no! ¡Pues no se me había olvidado ya este figuroso! Les digo que llega uno aturdido con tanto sol. Sí, anda, vamos luego a ver al consentido... Julianito, alma mía, me había olvidado de ti. Pero ¿qué es eso, chulo? ¡Dios me proteja! ¡Hijo de mi corazón, eso no es erisipela! ¡Las cinco llagas de Cristo! ¡Muchacho de mis pecados, dejarías de ser Andrade! ¡Mira nomás qué moretes! Si te hubieran puesto vino aromático era la hora en que estarías bueno y sano. ¿Por qué no preguntan a quien más sabe, Marcelinita? No te apures, mi alma, yo te curo ahora y para pasado mañana no te dará vergüenza que te vea la gente. ¡No faltaba más! ¡Ay, Julianito, yo no sé qué les ha sucedido a ustedes que se han hecho tan dejados! Pregunten quiénes fueron sus tatas. Pero tal ha de ser la voluntad de Dios y hasta puede que sea para bien. A fin de cuentas, es mejor que ya se les vaya quitando lo mitotero. Anda, pero si ahora que me estoy fijando, ésta es la sala de mis padres. Ay, Marcelinita, han hecho ya recámara de lo mejor que esta casa tiene, su sala. Miren, pónganme cuidado, el padre Comendador de la Merced, que era un sabio —fue de peregrino a los Santos Lugares—, decía que sólo por las pinturas esta sala vale un dineral. ¡Dios tenga en su santo reino a mis padrecitos! ¡Cuánto recuerdo para llorar! Cuca, ábreme bien esa puerta; quiero verlo todo para hacer memorias.

Las lágrimas irrumpían en crisis y las carcajadas con igual facilidad. Refirió historias de sus progenitores y dio detalles interminables de sus costumbres. "Aquí se sentaba a hacer costura mi nana Chonita, en aquel rincón rezaba el Sábado Mariano mi tata Monchito." Y a medida que evocaba un difunto, hacía un panegírico, resultando que de los Andrades no había uno que no llevara camino de beatificación. "Porque dirán lo que quieran de ellos, mialmas, pero los de nuestra sangre nunca pelearon en contra de la religión. ¡A gloria de Dios que si dieron guerra, sólo fue para matar chinacos!"

—Oiga, tía Poncianita —observó Refugio, despegando por primera vez sus labios—, ¿y es cierto que Pablo, el de mi tío Anacleto, es hijo de una monjita que se robaron de un convento?

—¡Han visto deslenguada! ¿Qué sabes tú de esas cosas, niña? ¡A los padres oírles su misa y dejarlos! ¡Qué hablas tú de la religión!... Mira, niña, esas cosas no están bien a tu edad... ni a

56

ninguna. Si tu madre no ha sabido darte educación, no creas que yo por eso vaya a soportarte. Entiende que yo estoy aquí y no soy tu espantajo. ¡Mira la que no quiebra un plato!

Un gesto de doña Marcelina contuvo a su hija, pronta a responder y con una sonrisa de tremenda ironía en los labios.

Doña Ponciana se hizo la desentendida y prosiguió impertérrita.

—Esta sala la hicieron mis abuelos. Por su recuerdo siquiera debían ustedes haberla conservado como ellos la dejaron. ¿Ven esa jaculatoria desteñida ahí en la pared de enfrente? Me la sé de memoria, como todas las que están escritas aquí. Mi padre nos la leía desde que tuvimos uso de razón y antes de aprender a leer ya nos la sabíamos de cuerito a cuerito. Porque los Andrades siempre hemos sido muy religiosos. Van a oírla de un tirón.

Enderezó su busto de salchicha, meneó tres repliegues de su cuello, entrecerró los ojos y carraspeando comenzó su recitación con voz ladina. El vendedor de novenas, triduos, apariciones y sucesos milagrosos de la Villa de San Francisquito había hecho escuela. Al final de la primera estrofa, un torrente de lágrimas le cortó la palabra y así se quedaron pendientes para mejor ocasión las alabanzas escritas en letras de molde en las paredes, dentro de cuadrilongos enguirnaldados de almagre desteñido, alternando con pinturas murales del más demoníaco realismo; angelitos abotagados y piernudotes que ofrendaban devotamente al ojo de cartón de la Divina Providencia en lo alto de la cabecera, un ojo torvo dentro del triángulo simbólico que de secante impío hiciera por cada uno de sus costados; fetos alados ofrecían chiquigüites (industria genuina de San Francisquito) colmados de flores y frutos. Unos alzaban sus incensarios, mofándose de las leyes más elementales de la física; otros sonaban los timbales y platillos. Con tal decoración armonizaba el cielo raso, un cielo legítimo donde anidaban alicantes y ratonviejos en los cuernos de una luna de manta de no malos bigotes, en el revés de un sol de tez bermeja como de fraile bien servido y en las tiras de lienzo que servían de sostén a las estrellas.

Doña Marcelina, con el pensamiento siempre en sus hijos, interrumpió las reminiscencias de doña Ponciana:

—¿No has visto a Gabriel?

—Pues, tú, mucho hace que no lo veo. Te diré, él me procura muy poco. ¡Como les tengo tanto horror a los borrachos!... Hace cuatro meses me fue con la embajada de un préstamo. "Cuatro reales nomás, tía Poncianita." Le troné los dedos, mi alma. Ya tú me conoces; con ese vicio yo no puedo ver a nadie, ni a los de la misma familia. Desde entonces... ni más... ¡Bendito sea Dios!... Yo no sé de dónde le vendrá lo borracho a este muchacho; de nuestra familia no. Los Andrades toman, sí, toman su copita como toda gente decente, sin descompasarse ni mucho menos. ¿Y de los muchachos presos qué has sabido, Marcelinita?

—Escribió Lenchito; dice que él está bien, pero que a Ramoncito ya lo sacan al sol en silla de manos; las humedades de la celda le han empeorado su reumatismo...

Los sollozos le cortan la palabra.

—¡A Monchito no lo volveré a ver!

—¡Sí, vida mía, empéñense y sáquenlos de la cárcel, cueste lo que cueste!

—Es un dineral lo que piden. Sólo para el gobierno son diez mil pesos y no sé qué tantos más para los licenciados.

—Pues hagan un sacrificio y paguen lo que les pidan.

—Es lo mismo que yo pienso; pero a Julián se le ha metido ese brete de la presa y no quiere soltar ni tlaco.

—La verdad, tía Poncianita —irrumpió Cuca—, nosotras no tenemos más esperanzas que usted.

—¡Hija de mi alma!...

Ante tan imprevisto ataque doña Poncianita abrió los ojos desmesuradamente, sin hallar al punto armas para repeler la agresión.

—¡Qué bueno fuera!... ¡Qué más quisiera yo!... Pero si vieran, de veras, qué escasa de centavos estoy ahora. Con estos años tan malos, las cosechas perdidas, el maíz tan caro... ¡Oh, les aseguro que ya no hallo la puerta!... ¡Callen, callen, ni me vuelvan a hablar de dinero!...

Cuca apenas contenía la risa. Doña Marcelina estaba pasmada de la audacia de su hija.

—Pero si usted no tiene gastos ningunos; para usted, tiíta, querer es poder.

—Eso se te figura, chamagosa. Calla, te digo, ¿qué entiendes tú de dinero?

—Bueno, tía Poncianita, usted nos quiere mucho a todos sus sobrinos y ahora no va a encontrar pretexto que poner. Nos presta nomás veinte yuntas de bueyes, Julián nos da lo que falte y los muchachos saldrán pronto en libertad. Para usted veinte yuntas es nada... como quien le quita un pelo a un buey...

—¡Hija, vamos!...

—¡Ay, Marcelinita, qué niña tienes! Mira la mosquita muerta, tiene más alilayas que un licenciado...

Más se empeñaba doña Ponciana en desviar la conversación, mayor esfuerzo ponía en sostenerla Refugio. Por fin la tía, rabiosa, acosada por todos lados, se puso en fuga so pretexto de sus devociones. Cuca lanzó una sonora carcajada y dijo:

—¡Ah qué mi tía Poncianita!, ¿está creyendo, pues, que lo que digo es en serio? Si sólo ha sido para que mi madre y Julián se convenzan de lo que les aseguré una noche: "Primero le sacan una onza de oro a la estampa del Cura Hidalgo que a mi tía Ponciana cuartilla." ¡Ja, ja, ja!...

Doña Ponciana se puso lívida.

—Ave María en esta casa; buenos días les dé Dios...

—¡Anacleto! —exclamó doña Ponciana reconociendo en seguida la voz aguardentosa de su hermano.

—Ábranse las puertas que aquí viene la alegría...

Don Anacleto y su hijo desensillaron y, rodeados de las señoras, se quitaron las espuelas. Aquél llevaba sus ropas habituales; ancho calzón de manta, chaparreras de vaqueta, blusa de rayadillo azul y ancho sombrero de petate; el mozalbete, sombrero de pelo canario, bufanda de estambre de siete colores y pantalonera de venado oliendo a corambre todavía.

—Este muchacho anda miando ya detrás de los romerillos —observó doña Ponciana al estrechar en efusivo abrazo a su sobrino.

—¡Ay, qué chula estás, niña Refugita, qué cachetes; ganas me dan de morderlos! —dijo tío Anacleto, mirándola de hito en hito.

Luego, volviéndose de soslayo al grandullón, añadió muy bajo:

—Ándele, mi Pablón, no se las coma...

De un tremebundo abrazo el viejo borrachín estuvo a punto de derribar a la crónica doncella, su hermana.

Entraron. El viejo, charlando confianzudamente; el mozo cortado por su falta absoluta de maneras.

—Dígame ¿qué es lo que le ha pasado a mi sobrino? ¿Dizque un gringo lo puso moro a trompadas? La verdad, yo no lo he pasado a creer, porque Julianito es de la familia y a nosotros nadie nos ha tentado la cara.

—Puras mentiras, Anacleto —se apresuró doña Ponciana—; invenciones de las malas lenguas; una mojada en el sol, una erisipela mal cuidada y eso es todo...

—Pues ello será o no será; pero yo necesito hablar con mi sobrino. Los Andrades semos de los hombres y por la vida de la madre que me pa...riente, que si ha habido algún jijún...chi...

que le haiga puesto la mano a Julianito ya puede irse compo-
niendo. ¡No faltaba más! ¿Qué dice, mi Pablón, cómo se tantea?

—Pos ai asté es el quiá di dicir... Hasta hágale jalón... —respondió el mancebo a la sordina.

—Así mero me cuadra, mi Pablón. Miren, niñas, mi Pablón
es de los hombres y no se apellida Andrade nomás dioquis. Epa,
tú, Refugia, ¿no tienes por allí un traguito de mezcal? Si vieran
que ya me ponen malo las andaditas a caballo; pero, no me lo
han de creer, con una nadita así de aguardiente se me quita siempre esta polisma: dicen que es irritación, que son puras bilis...
Bien a bien no sé qué será esto.

—Sí, tío; no un traguito, le voy a traer una botella de cuartillo
y medio; pero entren acá al comedor.

Refugio, como al descuido, miró sonriendo a doña Ponciana...

La vieja tía se hizo la sorda. Comiéndose el coraje con sus
rezos, prometióse no poner nunca más los pies en la casa de
aquella gente malagradecida que no comprendía que sólo ella los
sacaba de su compromiso con el señor cura.

XII

—Mira, Anselma, mira cómo Gertrudis no quita los ojos de
Marcela.

—Pero tú, si no lo paso a creer.

—¡Bah, te digo que lo tiene dañao!

—Pos muy aturdido será si se enamora de esa... Pero, por
más que tú me digas, no, no lo paso a creer.

—¡Hum, es que has visto muy poco mundo! Mira, Anselma, de
que los hombres dan en eso, son más duros que una calavera
de burro.

—Si lo que se te afigura, Mariana, juera cierto, dende cuándo
estarían enredados.

—No queda por ella, júralo, mujer; él es el que no se anima.

Las dos muchachas callan. Tía Melquiades, la madre de Anselma, se acerca a ellas. Es una vieja corcovada y tosigosa.

—¿Qué haces, Mariana? Buenas tardes te dé Dios.

—¿Cómo le va, tía Melquias?

—Oigan, ¿qué han óido decir por ai? ¿Quizque los amos no
están aquí?

—Eso dicen, que salieron muy de mañana a un día de campo.
Pero, mire, allí viene sabelotodo. Epa, tú, Andrés...

—Payaso de los títeres... ¿No oyes?...

—¿Qué le duele, tía enjurtido?

—¡Tu ma...drina!...

—Cállese, no se diga ansina, que pa los fríos que vienen me va a hacer falta Anselma... y usté tiene que ser mi...madrina.

—¡Pior, tú, por chulo!... No los busco de tu pelaje —tercia encolerizada la muchacha.

—¡Vaya!... no te enojes, mi alma, que ansí mero, como tú, me la dio el padre de penitencia.

—No te aflijas, alma en pena: no ha de ser pal pior puerco la mejor mazorca —salta tía Melquiades.

Carcajadas como matracas de Semana Santa acogen los dicharachos cambiados entre la tía y el peón que sale de la troje hecho un fantasma, blancos de tamo los enmarañados cabellos, blancas las cejas, blancas las cobrizas espaldas empapadas de sudor. Acosado por las hembras que se hacen una en el ataque, abandona el campo. Coge a dos manos el cántaro que está a un lado de la puerta, empina, y un grueso chorro de agua zafirina gorgotea en su garganta, sin que de sus gruesos labios escape una sola gota. Limpia su frente sudorosa con ancho paliacate de flores rojas que se anuda a su cuello, con él se cubre la boca y la nariz después, y se cuela en el granero.

La charla de las comadres, que esperan sus raciones, prosigue. En un crescendo de aguacero torrencial se oye el resbalar del maíz sobre las hojas de lata perforadas de los harneros, fuertemente sacudido por la manaza del peón. Una nube cerrada de polvo se levanta, y los trabajadores, que van y vienen con bateas a la cabeza, del fondo de la troje a los cónicos receptáculos de los harneros, se esfuman en el tamo. Apartando moloncos y hojas secas, silba la escobilla que acaba la limpia.

El olor seco del tamo se difunde, apagando la frescura y la fragancia que llega de las praderas.

—Pos si los amos no están en casa, cuente con que tío Pablo va a ser el que nos reparta las raciones. Mire, comadre Petra —dice tía Melquiades al oído de su vecina—, mientras yo me arrimo a tío Pablo y le búigo el agua, usté se va a la pila del frijol... ¿eh?...

—¿Y si no nos llaman juntas?

—No li hace, nos hacemos zorongas y de toos modos nos metemos a un tiempo. Al cabo tío Pablo no mira. Yo le doy plática y usté...

—Ya las estoy oyendo, señá Melquiades; ande, que lo sabrán

mis niños —interrumpe una vieja asmática, que abre los ojos, la boca y las narices, a cada inspiración.

—¿Y a usté quién le dio vela en el entierro, señá Antonia?

—Naiden me la da; yo me la tomo.

—Oiga, pos entonces dígales a sus niños también que usté y yo nos levantamos del potrero todas las noches la leña que gastamos. . .

—Miente, que a mí me dejan sacar lo que yo quiero, a mí me la dan. . .

—¿A usté se la dan? Pos yo me la tomo, porque como dice el dicho: el que a la iglesia le sirve, de la iglesia se mantiene. Y a más que ni le está eso de andar ora con sus temideces; acuérdese de las canastas de tunas que, año por año, nos robamos del monte pa ir a venderlas a San Francisquito. ¡No me pele tantos ojos!. . . ¿Ya se le había olvidado? Coma hojas de lantén que son regüenas pa la memoria.

—Cállense, déjense de pleitos, que ahí viene Marcela y ésa sí sabe de los amos.

—Epa, tú, Marcela, ven acá

Al oír ese nombre la vieja asmática frunce el ceño, Anselma alza los hombros despectiva y Mariana se levanta y se aleja del grupo.

—Oye, tú, ¿quizque no están aquí los amos? ¿Pos quén va pues a repartirnos las raciones?

—Ha de ser la niña Cuca, tía Melquiades, ella jue la única que no salió en desta mañana.

—¿Pos adónde jueron, tú?

—Croque ahora jue la bendición de la primera piedra de la presa.

—¿Primera piedra? ¡Qué trazas! Más piedras nos queres volver con tus cuentos.

—Cierto, señá Melquias; vino padrecito del lugar, aquí están los amos grandes y otras munchas vesitas.

—Anda, pos pue que digas verdá. Y ahora que estoy haciendo acuerdo, muy cierto lo que tú dices; antier que vine a mercarle un queso a la niña Cuca, se apió en la puerta de la casa grande una curra petacona. Por más señas que llegó montada en una burra canela, así de grande. . . ¿Quién será ella, tú?

—Es hermana del amo don Esteban. ¿Pos quién había de ser?

—Mira qué reguajolota soy. Muy verdá lo que tú me dices; pos ora que me acuerdo son sus mismas faiciones. . . ¡Hum, pos ni les cuento!... Han echao una peliada la niña Cuca y esa siñora, que sólo santas les faltó que icirse.

—¡Ánde, estese!... cuente, cuente, señá Melquias.

Se formó un corro de curiosas y Marcela se alejó discretamente.

—¿Oiga, doña Marcela, que el amo don Julián jue también a la fiesta?

Marcela repara con extrañeza en Anselma que la ha seguido, y tuerce la boca sin responderle.

—Oiga, le pregunto, ¿tambièn Julianito anda allá?

—Pos si te interesa tanto saberlo pregúntaselo a la noche.

—¡Pior!... ésa será asté... ¡vaya!

—Y tú ¿por qué no? Si lo mientas con tanta confianza, has de tener por qué... al menos, ganas no te faltan, ¿verdá?

Como ya las dos han alzado mucho la voz, las carracas se percatan y se acercan. Pero Anselma cede al instante. La pobre moza que dio ya su resbalón, sin que de nadie sea misterio, vive en la creencia de que su secreto sólo es de ella, de Dios y de... él; y huye por miedo a que las malas lenguas la metan en cuentos con una de tantas.

—Todo lo que está contando son puros chismes y mentiras —gruñe la vieja asmática, en una interrupción del relato interminable de tía Melquiades—; lo que es de mis niños naiden diga nada, porque aquí estoy pa defenderlos de toda perra, mordulla y argüendera:

—¿Argüendera yo, señá Antonia?

—Que la lengua se me pudra si hay algo de verdá en too lo que está diciendo. Sepa que mi niña Cuca no es capaz de eso. ¿A quén le falta la tortilla, a quén los alimentos cuando las enfermedades nos ponen en la miseria, malagradecidas? Aistá señá Agapita que no me dejará mentir, aistá mi compadre Bonifacio y tantos y tantos... Y yo también: ¿qué juera de mí sin la carnita que nunca me faltó, sin los pollitos en mi mera gravedá y mi vino blanco pa la convalecencia? Después de Dios a ellos les debo la vida y mi salú.

La voz gruñona se corta por un brusco acceso de tos; la cara de la vieja tórnase negruzca, sus ojos se salen de las órbitas. Cualquiera habría creído que iba a estirarse la última defensora de los Andrades, la vieja nodriza de la manada de chacales. Pero el acceso pasa pronto; señá Antonia, respuesta y con mayores bríos, acomete de nuevo.

—No, ya no me diga la última palabra —grita señá Melquiades—, ya cállese; ya adivino lo que nos va a dicir, que si no juera por sus niños no estaría tan aliviada. Mire, lo qui ha de hacer es dejarnos en su testamento la receta que tan güena y sana la ha dejao... Quén quite y algún día se nos ofrezca... Le rezaremos un padrenuestro y un avemaría.

—No, la verdá ha de icirse, lo que es en eso yo convengo con señá Antonia; los siñores serán muy matones y malentrañas; pero las niñas...

—¿Matones y malentrañas mis niños, señá Agapita? Guzga, malagradecida, ¿dime por quén vives y por quénes no te faltan nunca las tortillas ni los frijoles? Miren, pa que no me colmen la medida, les voy a dicir quénes tienen la culpa de veras y por quénes mis probres niños sufren destierro, cárceles y privaciones... ¡Por ésas, sí, por ésas!

Y sus garras de gavilán se tienden señalando a Marcela y a la hija de señá Melquiades.

El siseo de la multitud y el crujir de los goznes de la puerta interrumpieron la disputa. Todo el mundo se había puesto de pie al parecer la niña Cuca. Saludando con llaneza, Refugio atravesó entre los grupos de peones y mujeres y entró en la troje.

Cesó al instante el ruido estridente de los harneros y poco a poco fue asentándose la densa nube de tamo, a la vez que la turbulenta comadrería hizo silencio.

Refugio sacó una hoja de papel de su gran delantal de percal y comenzó a pasar lista:

—Esteban Gordillo... cuatro días y medio.

La mujer del interpelado, con un chico a cuestas, entró saludando melosamente, luego se informó de la salud del amo don Esteban y de cada uno de la familia, extendiendo al pie del montonazo de maíz su tilma.

—Dos almuditos y un cuarterón —repercutió estentórea la voz del medidor por los ámbitos sombríos de la troje.

—Cleto Ramírez, cuatro días.

A cada hombre, Refugio marcaba en la lista una cruz con un lápiz rojo. El ruido y el desorden subieron de pronto; atropellándose las comadres se aglomeraron a las puertas de la troje. Mariana y Anselma juntas, lamentándose ésta de las palabras injuriosas de señá Antonia. ¡Qué iban a pensar de ella ahora! ¡Señalarla al igual de Marcela!...

—No les hagas caso. Todas sabemos bien que tú no eres una de ésas. Mira, mira cómo Gertrudis y Marcela no se quitan los ojos. Te digo...

La voz se le cortó por la emoción. Sus ojos se arrasaron.

—Se lo merece por muy bestia.

—Es que yo le tengo voluntá... si vieras...

—¡Sí, tú, voluntá!... ¡Estate, dolor de estómago, ya te voy a dar tu té!...

La risa maliciosa de Anselma y sus dos ojillos avispados se clavaron en los ojos negros y ardientes de Mariana.

—¡Válgame, mujer...!

—¡Hum!, ¿pos qué piensas que no te lo he echao de ver?...

—Palabra que no es más que interés de amigos, Anselma.

—Pablo Fuentes, su ración —gritó Refugio con voz firme y bien timbrada.

Entonces se produjo un movimiento de intensa curiosidad.

La querida de don Julián frente a frente de la niña Cuca.

Ésta hizo un mohín a la proximidad de Marcela; pero rehízose en seguida, apartando su mirada de ella y volviéndose a su lista. Marcela había entrado cortada y sin alzar los ojos, derecho al medidor que la acogía con malévola sonrisa.

Y eso fue todo, para desazón de las comadres que se esperaban escena de mayor interés. Apenas señá Antonia gruñó con voz de canónigo decrépito:

—¡Vergüenza había de tener pa no ponérsele ni por enfrente a mi niña!

Y mientras gangoreaba sus injurias, reventando de cólera, las otras viejas se apretaban el estómago de risa.

Con sacos a la espalda, canastos sobre la cabeza, muchas con la carga de semilla y un canijo suspendido a los hombros, se dispersaban ya por las veredas. Las muchachas ayudaban a las viejas, conduciendo el resto de la cría.

—Mira, Tico —exclamó un holgazán viendo salir a Marcela—, ahí viene ya tu novia. ¿A que no le das un pellizco en los cachetes?

—¡A que sí!...

—Pos ándale, ponte avispa, que ya está aquí.

Marcela pasó cruzando una fugaz mirada con el morenciano.

Tico, en vez de seguir el consejo, plegó el rostro haciendo pucheros. Sólo unos instantes: mientras la garra de hierro de Gertrudis lo mantuvo inmóvil.

Y nadie se atrevió a sonreír, porque todos se dieron cuenta de que aquello podía pasarse de broma.

Entonces Gertrudis, sin volver ni una vez el rostro, se alejó.

XIII

—¡Ay!... ¡ay!... ¡mi riuma!... —exclamó Mariana de repente
encogiendo una rodilla y apretándola a dos manos, mientras que
una mueca de dolor turbaba su cara trigueña y sus ojos de extra-
ordinaria viveza. Adelántense, tía Melquias, porque yo no puedo seguirlas a ese paso. Anselma, quédate conmigo a descansar un
ratito, mientras que me pasa esto.

Las rucias vejarrucas, sin parar mientes en los aspavientos de
Mariana, siguieron de largo, en tanto que las dos mozas se apar-
taban hacia la fresca sombra de un mezquite. A su proximidad
alzó el vuelo con algarabía una parvada de bucheamarillos.

—Mentiras, Anselma, no tengo nada.

Con presteza alargó y encogió la pierna, riendo a media voz.

—¿Sabes?, vamos a esperar a este bruto de Gertrudis... ¡Por
vida de mi madre que yo no le dejo enredar con esa... desgra-
ciada!

—¿Qué piensas hacer, Mariana? —inquiere Anselma, abriendo
con asombro sus ojillos pizpiretos.

—Lo vas a ver. Yo no sé lo que éste vaya a pensar de mí;
pero si con el consejo que le voy a dar no queda bueno antes de
dos semanas... pierdo. Es mi secreto, no me preguntes, te lo
diré después. ¿Qué quieres? Le tengo voluntá. ¡Es tan bueno!
Hay que sacarlo de ese lodazal...

Echadas boca abajo sobre el mullido césped aspiran el aroma
y la frescura del campo.

—¿De modo que tú crees que sea capaz de casarse con ella?

—¡Es un pazguato!

—¿Y tú quisieras mejor...?

—Yo nada, mujer, ya me canso de decírtelo, le tengo voluntá
y ya.

Anselma no replica, pero levanta la cabeza y su mirada pica-
resca se llena de expresión; la risa zumba en sus dientecillos de
roedor travieso.

—Eres testaruda, Anselma...

—Tú, que me quieres hacer tragar piedras...

—¿Y que fuera?... ¿no valdré yo más que... ésa? ¿Tan poco
favor me haces?

—Lo que yo digo es que miras puros moros con tranchetes.
¿De dónde te vino a la cabeza eso de que Gertrudis se quiere
casar con ella?

—Bien se ve que no tienes nadita de mundo, Anselma; Gertrudis está dañado... yo no sé lo que ella le habrá hecho. Y lo mero malo es que la Marcela y don Julián andan a la greña; y si él se la quiere quitar de encima, la casa lo mismo que a las otras; y yo te juro que va a dar con Gertrudis, que es el hombre más tonto que yo conozco.

—¡Anda, no me cuentes! ¿Ya perdieron Marcela y el amo?

—Todo el mundo lo sabe; desde la noche en que se la halló con el gringo no se ha vuelto a parar en su casa... Pero oye, cuánto interés pones en esto... Mira que tú eres la que ahora me estás dando en qué pensar. ¡Ay, Anselma, eso nomás te faltaba!

—¡Válgame... Mariana!...

Anselma, muy encendida, no podía esconder su regocijo.

Un vozarrón las interrumpió a lo lejos.

—Oigan, chulas, si vieran que no les está eso de agarrar sol a estas horas. Lo que es ansina menos van a jallar marido. Síganla pa sus casas, mialmas, que el comal las está esperando.

—¡Pior, viejo malcriado!... ¿A usté qué?...

El bromista siguió su vereda sin esperar más réplicas. Nerviosa, Mariana se puso en pie, levantó la cabeza en dirección a las paredes de la casa grande que asomaban entre la arboleda. Erguida y esbelta, destacábase su blanca camisa y su zagalejo escarlata en el verde formidable de la campiña infinita.

Como nada percibiera de lo que sus ojos buscaban, se echó de nuevo de bruces, hundiéndose en el zacate.

Mancebos y mujeres rezagadas pasaban con sus fardos. Alguien se informó de la causa que detenía a las muchachas y ofreció sus buenos servicios de componedor; sobaría la pierna *enriumada* tan bien, que en un decir Jesús la niña podría hasta galopar. Pero Mariana, de negro humor ya, lo despachó en hora mala.

Por fin apareció el morenciano cabizbajo, abstraído.

—¡Ay... ay... que te pica!... ¡que te pica, Gertrudis!

Él, que no había reparado en las muchachas, se detuvo sorprendido y tirando manotadas al aire, hasta que las carcajadas le hicieron comprender la chanza.

—¡Por Dios, Gertrudis, te has vuelto un manso; estás ya como el burro de la leche; ni las orejas alzas!

—¿Cómo les va?... De veras, no las había visto...

—Ya no ves nada. ¡Quién sabe qué se te ha metido en la cabeza que en vez de mirar pa fuera no más miras pa dentro! ¿Qué, estás malo, hombre?

—¿Yo?... más güeno que toas ustedes juntas...

—A ti te han hecho daño... Pero mira, sólo por eso que tu querer ni caso te hace, que se muere de risa de verte como perro enjerido...

—¿Qué me dices?

Anselma se había incorporado. Mariana, lánguidamente echada boca abajo, levantaba una pierna que caía sobre la otra. Su cabeza se apoyaba sobre sus manos abiertas.

Gertrudis repara en la carne virgen, en la madurez sabrosa que se le ofrece. ¡Si Mariana no hubiera cogido tanta prisa! Pero, la verdad, eso de que las mujeres le hablen a uno, casi es cosa de no aguantarse. Y vuelve a reparar en las curvas insinuantes, en el rico manjar de feminidad ardorosa, mientras que un pensamiento intruso le ennegrece el humor: "¡Mariana sería mía, sólo mía!... mientras que Marcela... Pero ¿por qué Marcela, Dios del cielo?"

—No pongas esa cara, hombre, que no es pa tanto. Te lo digo por tu bien; pero no te hagas un inocente, que eso a tu edad choca. Mira, hombre, ¿quieres curarte de veras de ese mal de corazón? Yo tengo un remedio que en jamás de los jamases miente... arrímate...

—Mal de corazón es el que ustedes padecen, locas, y pa eso yo también sé cuál es el mejor remedio.

Incorporadas las muchachas al calor de la charla, se acercaron a Gertrudis.

—Mira, no te salgas con chistes; ponte la mano sobre el corazón y responde con un sí o un no, como si te estuvieran confesando. ¿Estás enamorado de la Marcela?

Por más que el morenciano previera el paradero de aquella plática, no pudo resistir la oleada de rubor que le subió a la cara. Y constreñido a disimular su turbación, inclinando la cabeza, escondiendo el rostro, buscaba en las pretinas de su pantalón de mezclilla un nudo de tabaco.

—Invenciones de la gente —rumoreó como si ello se le diera muy poco—, invenciones de los que no tienen qué hacer.

—Bueno, pos tú te sales con la tuya; pero yo me quedo con la mía y digo que este macho es mi mula, ¿sabes?

Sin alzar los ojos de una hoja de maíz que pasó dos veces por el borde de sus gruesos labios, y luego de encarrujarla ya llena de tabaco, se dijo:

"¡Pobre de Mariana! Quiere dar consejos de amor ella que está esperando marido hace no más treinta años. Cree que no se le adivina que todo es puro odio y envidia que le tiene a la otra."

—Te quiero dar la receta, porque eres un papanatas que necesita ayuda. Arrímate y oye. Hazlo como te digo y si antes de dos semanas no me das la razón a mí... me cuelgan del mezquite que más te cuadre.

Tan pudibunda como coqueta, Mariana miró de todos lados cual gandul que va a hacer una travesura; luego, rápida, encendidos los carrillos, acercó sus labios ardientes al oído del morenciano y rumoreó breves palabras. Hecha un granate, al momento se volvió de espaldas, llevóse el delantal a la cara y exclamó:

—Ora sí, lárgate de aquí, vete...

Gertrudis, con sorna, contraído el ceño, golpeó con su eslabón un pedernal; brotó una chispa amarillenta y se difundió el humo aromoso de la yesca.

—Bueno, bueno; no me hace falta tu consejo hoy por hoy... pero si algún día...

—¿Todavía estás aquí, cuerno de Judas?... Anda pronto, que no tengo cara con que verte.

—Por eso pues. Mariana, ¿qué jue lo que le ijiste?... ¡Judíos!... me tienen como los pastores en Belén.

Mariana se acercó al oído de Anselma y susurró unas palabras tan quedas que parecía que temiera hasta de la indiscreción de las urracas voltijeantes en el ramaje.

—¡Ay, mujer, qué bárbara!... ¡Ja, ja, ja!... ¡Mariana, tienes más valor que el que le habla a un muerto!

XIV

GERTRUDIS se aleja de las muchachas presa de inquietud y desasosiego. Bien se comprende lo que arriesga Mariana; se juega el todo por el todo. Su envidia a Marcela es clara. Pero ha cogido mal camino: para atrapar marido tiene ciertamente más mundo del que una mujer honrada ha menester. Así es que en vez de componer las cosas en su provecho las pone peor. ¡Ah, pero las mujeres son el vivo demonio! ¿Conque si de veras el consejo fuera resultando provechoso?

Llega al caserío de la peonada y no halla su campo. Se mete a su cuarto, un cuchitril del mesón de Juan Bermúdez, y tampoco encuentra qué hacer allí. Al mediodía no se acuerda siquiera de que no ha almorzado y sale a la puerta a cada instante a ver el cielo. ¡Nada, el sol no camina, parece que se ha clavado en el espacio! Y la diabólica idea no se quita de su pensamiento; ahí la siente como una estaca. Él, a la verdad, no está malo de eso de que Mariana pretende curarlo. ¡Qué capaz! ¿Enamorado él de Marcela? Ni ahora ni nunca. Marcela le gusta, Marcela le hace buen placer. Sí, es cierto que donde ella no está todo le parece solo, aburrido, triste. Pero es porque ha estado acordándose de Morency, cuando allá tan lejos se ponía a pensar tanto en ella: la chicuela que jugaba todo el día cuando iban a cuidar los becerros; la chiquilla que besó en la boca, quién sabe por qué, la víspera de su marcha a los Estados Unidos.

A efecto de distraer sus pensamientos sale al corral. Como todos los sábados, ese día hay gran movimiento de arrieros. Durante dos horas, bajo un diluvio de sol, se emborracha del olor penetrante de las cuadras apretadas de borricos, y en el trajín de descargar adormece sus inquietudes.

Al sol por fin le ha dado gana ya de descender. Pero un sordo trueno se alza tras la Mesa de San Pedro; luego otro ronco y sonoroso la hace retemblar. El morenciano mira con intenso desconsuelo una nube coronando la cresta de peñascos, una nube que va creciendo y ennegreciéndose rápidamente y que se torna espumosa e hirviente como el vaho de un cráter. En breve el horizonte se cubre de la arrumazón avasalladora; en el denso manto del vendaval todo se va borrando: casas blancas, la sierra azulosa, los campos floridos. Comienzan a caer gruesas gotas, por fin, que lo hacen meterse de nuevo en su cuarto.

Afuera zumba el viento huracanado y la lluvia atruena torrencial; dentro todo ha quedado bajo la calma y la paz de la resignación.

"No hay remedio —piensa—; esta tarde no la veré. Hay agua para toda la noche."

Y boca arriba, tirado en un petate, echa bocanadas de humo, aspira con fruición el humo del tabaco y de la hoja de maíz y se queda silencioso, adormecido, escuchando el estruendo de la lluvia.

¿Cuánto tiempo ha pasado? Despierta con sobresalto. La tempestad va lejos ya; se oye apenas una menuda lluvia y luego no más las gotas que caen de los tejados y las ramazones. Una franja luminosa se cuela por la puerta, y él, que no ha pegado los ojos, se los restriega como quien acaba de pasar por un largo sueño, y se incorpora apresuradamente sintiendo que aquel pedazo de sol le ha bañado el alma.

Una gran tarde de cielo límpido y aire fragante. El sol se hunde dorando cerros y valles. El morenciano siente su alma agigantada y sedienta.

Remanga su calzón a media pierna, se pone los guaraches y, envuelto en su jorongo musgo, sale en derechura de la hacienda con el corazón que se le escapa.

El sol se ha hundido ya; un tinte de topacio se descorre como tenue película sobre el fondo de zafir; un filetillo de lumbre tiembla en las aristas de las casucas y en las lomas. Los charcos parpadean como estrellas caídas en el llano; los arroyos en minúsculas cascadas espumeantes rumorean cadenciosos; la cinta negra de la carretera deja ver las rodadas de los carros en dos líneas paralelas, brillantes de agua.

Antes de llegar a la casa de señor Pablo da una vuelta por los alrededores. Todo está bien; bajo el portalito de la troje, el viejo da conversación nutrida a los vaqueros. Entonces, ahogándose de emoción, se va derecho al jacalucho.

—Marcela... dispensa ¿eh?... pero como está lloviendo me metí... digo...

La voz seca y gutural casi se extingue.

Estupefacta, Marcela se pregunta qué significa eso. Mira por un ventanuco el cielo como un satín. ¡Si se habrá vuelto loco este hombre!

Y él sigue dando disculpas y contradiciéndose. De pronto, sin ser invitado a ello, quizás por lo inoportuno de su visita, coge un banco de tres patas y se sienta.

—Marcela, siéntate tú también... tengo que hablar contigo...

Afuera mugen las vacas, se oyen los cantos estridentes de los grillos y de las ranas, el berrear de los becerros enchiquerados. Dentro de la choza, nada: silencio del morenciano que no sabe por dónde comenzar; silencio de Marcela que no entiende y está llena de zozobra.

Los pensamientos confusos de Gertrudis se revuelven en su mente entrechocándose; sus ideas son borrosas, opuestas, contradictorias y sólo lo aturden más. Porque ahora ni él mismo sabe a qué ha ido allí. Sí, él iba a otra cosa; pero apenas se enfrentó con ella y toda la cabeza se le ha vuelto marañas. No, él nunca la ha deseado así... así como se lo aconsejó la pérfida Mariana.

—Marcela —pronuncia de pronto, y se detiene para tomar aliento—, yo necesito decirte... es decir... yo quiero hablar contigo... Vamos, es cosa de que... Dime... ¿podríamos hablar? ¿Cuándo?...

—¡Ay, hombre! ¡Por Dios! No me mires ansina, que hasta horror te tengo... No sé qué queres decirme; pero, la verdá, juere lo que juere, mejor cállate. Ya sabes que te quero mucho, pero ansina vas a hacer que hasta miedo te cobre...

—¿Pero de veras me queres tú, Marcela?

—¡Qué preguntas, hombre! Si eso lo sabes tan bien como yo; pero deja este misterio y háblame de otro modo, como siempre nos hemos hablado, como amigos que hemos sido siempre... ¡Ansina no!... ¡ansina no!...

La faz del morenciano resplandece; el fuetazo imprime a sus pensamientos una orientación definida.

—Bueno, pos mira, Marcela, yo venía... a otra cosa... pero eso no... lo que yo quero es muy distinto... ¿Cómo te diría?... Bueno, pos que tú dejaras de... mira que... pos que ya no hagas eso... ¿me comprendes?... Mira, otro modo de vivir ya... sí, eso es, otra vida...

—¿Por qué me dices eso?

—Por esto...

Gertrudis siente confusión, vergüenza, como si alguien lo estuviera sorprendiendo en una acción muy vil, y su voz tiembla insegura otra vez; pero lo que viene de muy adentro se impone con fuerza inexorable:

—Por esto... porque quero que seas mi mujer...

—¡Tu mujer!... ¿Yo... tu mujer?...

Marcela empalidece y siente frío.

—Júrame por ese Dios que está en los cielos que ya no...

Marcela calla y deja transcurrir instantes de suprema angustia.

—¿Cómo... no te animas a esto?... —prorrumpe él, pasmado de tal monstruosidad.

Entonces Marcela vislumbra el rayo de luz libertador. Sí, es doloroso lo que va a hacer: es el asesinato a mansalva del único amor puro, del único amor casto de su vida. Su pensamiento coincide punto por punto con el malévolo de Mariana: entregarse a Gertrudis para matarle la ilusión, para salvarlo de ella misma.

El tono de su voz adquiere un encanto indefinible entonces; se acerca a él y sus brazos cálidos le rodean el cuello, lo envuelven en una oleada de voluptuosidad calosfriante. Y lo atrae a su pecho muy suave, muy tiernamente. Sus carrillos frescos rozan las ásperas mejillas de Gertrudis; sus labios ardientes mariposean palpitantes y sensuales por las híspidas barbas del macho que se retira brusco e intempestivo.

—No, Marcela... eso no...

Su pecho indómito se estremece ahogando un sollozo; las lágrimas se agolpan a sus ojos resecos. Y dice con inmenso desconsuelo:

—No me entiendes, Marcela... no me entiendes...

Y Marcela, que se ha asomado a lo más profundo de aquella alma ingenua y ha leído en ella como al través de un cristal, exclama, desfalleciente:

—Sí, Gertrudis, todo lo entiendo...

—Entonces júrame que nunca más...

Con voz quebradiza y angustiada Marcela jura.

Gertrudis le coge la mano.

—Adiós...

Y escapa como un loco. Quiere que las estrellas del cielo empalidezcan a la floración de estrellas que ilumina su alma. ¡Marcela redimida ya! Y suya, sólo suya...

Y Marcela absorta, estupefacta ante el absurdo, ante lo imposible, gime: "¿Yo esposa de Gertrudis?... ¡Nunca!..."

XV

UN DOMINGO por la tarde, de vuelta de la Villa, señor Pablo llegó a morirse a su casa. Marcela se le había huído. Sabedores del caso, las mozas de San Pedro se miraron de soslayo; pero algo vieron tan extraño en la curtida faz del viejo que ninguna se atrevió ni a sonreír. Los amigos, haciéndose desentendidos, guardaron a su vez piadoso silencio. Todo habría sido igual; de señor Pablo no quedaba ya más que el cascajo, y se mantenía en pie sólo como esos viejos robles heridos por el rayo y con el corazón hecho cenizas. Y una blanca mañana de noviembre, el mismo acompañamiento que meses antes escuchara sobrecogido de pavor la negra historia de los Andrades en torno del cadáver del vaquero asesinado, ahora seguía el cajón que se tragara al viejo narrador.

Gran mañana de primer helada. Alburas inmáculas revestían los penachos de los olmos, se desparpajaban en los pastos acamados; blancas gasas flotaban en un cielo tímidamente azul y el mismo sol naciente, contagiado, asomaba anémico sobre la blanca crestería.

De uno y otro lado del camino se extendían maizales de ventrudas mazorcas, despuntados ya, tremolando al vientecillo helado jirones de hojarasca.

Los peones rezaban por el alma del difunto; pero con pensamiento distraído: el matrimonio a vuelta de pizcas, el marrano para engorda, la compra anhelada del caballo o del borrico, la apuesta para las carreras del año nuevo: todo lo que se podía soñar de una próspera cosecha.

Y ni siquiera el *Alabado*, aquel su canto lúgubre, tenía acento ni alma. Alzábanse las voces varoniles, destempladas y monótonas, cual cántigas de iglesia.

La misma tierra con sus pomas ostensosas parecía burlarse del que en vida pretendiera haberle arrancado sus secretos. No era, a la verdad, día propicio a la muerte. La madre tierra y el padre sol estaban de fiestas y había que celebrar con ellos las bodas de oro en los panojales, las bodas de plata en las alamedas yertas y las bodas de esmeralda en los trigales prometedores.

Apenas si se ensombrecieron los rostros cuando la última paletada aplanó la fosa. Los rancheros derramaron una mirada melancólica sobre el montón de tierra removida que en breve quedaría hollada, aplanada y perdida en una tumba anónima. Dieron vuelta y desfilaron gravemente, sin que una sola palabra turbara el seco chasquear de sus guaraches y zapatones por el polvo suelto del cementerio.

—¿Les parece que hagamos la mañana? —propuso austero uno de ellos, ya en las afueras, mirando un tenducho.

Nadie contestó, pero era tan atinada la idea que, calladamente y sin perder su aire fúnebre, mozos y viejos entraron en una taberna. Pedro, el carretero, desanudó su ceñidor azul y contó los centavos. Libaron pronto y en seguida se alejaron sin que se turbara un punto su recato y compostura.

A poco andar, el morenciano se detuvo a la puerta de otra cantina, entornó los ojos y tendió una mano invitando a entrar a sus compañeros. Después del primer tendido todo el mundo estuvo acorde en que el cuerpo pedía refrigerio y descanso. Un anciano dio un gran suspiro y, aludiendo al difunto, hizo filosofía sobre "lo ensenificante que en el mundo semos", luego hubo sermón con la obligada anécdota del mal cristiano que quiso mofarse de un difunto y se quedó patitieso cuando éste se enderezó respondiendo: "Como te ves me vi, como me ves te verás."

Entretanto los más mozos habían hecho su mundo aparte en el extremo opuesto de la tienda. Vino la segunda hilera de tequilas y un poquillo de regocijo. Gertrudis desenrolló la víbora de cuero que llevaba a la cintura y la hizo vomitar sonorosos pesos duros y tostones sobre el mostrador, pidiendo más copas. La conversación tomó color. Se habló de Marcela, la hija de señor Pablo. El morenciano se escabulló hacia los viejos.

74

—Pos yo vide en el peso de la medianoche —dijo el carretero, los ojos avispados ya y la lengua fácil— al gringo aquel que le dio de moquetes al amo rondando la hacienda.

—¡Qué capaz! —exclamaron muchos.

Después de lo ocurrido entre Julián y el ingeniero, era materialmente imposible suponer que éste pusiera nunca más los pies en dominio de los Andrades.

—Pa nosotros son la jiebre, pa los de juera no son arañas que pican —repuso Pedro, bajando mucho la voz y con gesto receloso.

—Lo que yo sé —terció otro— es que la Marcela, de que iba a la Villa, entraba a la casa del gringo ese.

—Puros díceres nomás. Lo cierto es que hoy ni de ella ni de él dan razón. A bien que, pa lo que ella sirve, ha de andar dándole vuelo a la carlanga.

—Repítalas, amo —dijo uno al cantinero.

Ya la jácara se armaba formalmente. Un gendarme se había apostado en la esquina. Pero como el tendero cuidaba de sus clientes, les advirtió luego el peligro: "El Ayuntamiento está urgido de gente que trabaje sin sueldo en los empedrados." Advertencia más que suficiente para amedrentar a los borrachitos que salieron luego muy humildes y callados, aunque un tanto bamboleantes, y cogieron camino de su rancho.

—Me voy a la leña, Mariana, ahí te dejo, al cabo esos amigos la perdieron ya y no habrá quién venga a darte guerra —dijo Juan Bermúdez a su hija, al pardear la tarde, dejándola tras el mostrador de la vinata, entregada a sus largas ensoñaciones.

Mariana alzó la cabeza asintiendo con un guiño, luego volvió a dejarse mecer por el arrullo de sus pensamientos.

Hundidos los carrillos entre sus manos muy limpias y muy rojas, de codos en el basamento del ventanuco que hacía de mostrador, frente al caserío de doradas techumbres de paja y parduscos muros de adobe, siguió con embeleso las volutas grises de las humaredas incipientes que de trecho en trecho manchaban la aurina inmensidad de los campos y de los cerros escuetos y cascajudos. A su lado se erguía ventruda olla de barro vitroso, derramando por sus bordes la espuma del pulque en fermentación. Unos cuantos botellucos verdes y apastes rojos y redondos completaban la cantina.

Los que de regreso del entierro vinieron a acabar su borrachera a la vinata habían desaparecido ya, unos conducidos por sus mujeres o sus hijos más pequeños a sus chozas, otros tirados y roncando a las sombras de mezquites y huizaches.

"¿Y Gertrudis, por qué no se ha parado hoy por todito esto? Gertrudis también fue al entierro y ha de andar borracho. ¿En dónde habrá quedado, pues?" ¡Lástima de muchacho! Ahora que las cosas se estaban poniendo tan bien. Y cualquiera pensaría que esa manía que ha cogido de beber vino es por lo de la Marcela. Justamente desde que desapareció la moza, Gertrudis se emborracha. Afortunadamente Mariana sabe muy bien que no es por eso. Infinidad de veces, siempre que el mezcal se le trepa a la cabeza, el morenciano ha dicho que la tal Marcela se burla de los hombres porque no se ha encontrado todavía uno que sepa marcarle un cachete con la punta del cuchillo. ¡No la puede ver ni pintada!...

—¡Ja, ja, ja!...

Pero su risa declina insensiblemente en honda melancolía, y cuando menos lo piensa está llorando. Llorando, y lo que es peor, sin saber por qué.

¡Loca de ella, sí, loca que se atormenta con los celos más inmotivados y más tontos! ¿Cuándo estuvo Gertrudis más cordial y expresivo? Lo cierto es que ella lo quiere con alma, vida y corazón y se encela hasta de su propia sombra.

El consuelo entra como ráfaga de sol después de la tempestad. En verdad, el mancebo antes tan tosco y tan bruto se ha vuelto un terrón de amores; la va a ver muy seguido, siempre sus ojos la andan buscando. ¡Sangre de Cristo! Con esos modos de mirar que tiene, da antojo de cogerlo a pellizcos. Y es un pícaro acabado; el otro día le cogió un cachete al descuido, y cuando ella le riñó por su atrevimiento, él soltó la risa, una risa tan sabrosa que daba gana de apagársela a puritos besos. Y peor cuando le pide una canción. Apretaditos, muy apretaditos los dos, ella siente desfallecimientos, una falta de voluntad y un extraño abandono de todo su cuerpo y de toda su alma.

¡Uy, qué miedo...!

Y bruscamente se pone en pie, sus oídos zumban, y sus ojos se dilatan, y llena de zozobra se persigna y reza con paroxístico fervor: "Ave María Purísima del Refugio. Sin pecado original concebida. ¡Tentaciones del demonio!"

Y bajo la imperiosa necesidad de echar fuera al enemigo malo, se pone a dar vueltas aprisa, aprisa, a lo largo de la vinata, hasta fatigar el cuerpo. Cuando se ha tranquilizado un tanto, busca qué hacer. Saca un chiquihuitito y de ahí una escobeta de lechuguilla, un peine de cuerno y una cazuelita con moco de membrillo. Vuelve a sentarse tras del mostrador. Un espejito redondo, más pequeño que la palma de una mano, le sirve de tocador. Deshace su nutrida trenza en un raudal de pelo negro y crespo que cae abundoso de cada lado de sus carrillos febriles.

"Lo extraño —piensa cediendo a la invencible obsesión— es que él no venga sino de que se pone alegre. ¡Ah, tan chocantes que son los hombres borrachos! Pero ¡qué caray! si lo que pretende es otra cosa..."

¡Hum!, eso sí que no. Mariana sabe bien lo que son los hombres. Dejaría de ser quien es para dar un resbalón a estas horas. Por vida de Dios y María Santísima que eso nunca. El que la quiera la ha de tener por derecho, con la bendición del cura, como Nuestra Santa Madre Iglesia lo manda. Que para eso mero, para no llevarle una vergüenza a su marido, ha sabido ser honrada siempre. Y su indómita actitud y sus grandes energías de eso cabalmente le vienen.

La escobeta pasa y repasa sus cabellos desenredados en haces sedosos e hilos suaves. De pronto los invierte totalmente y su cara se pierde bajo un manto negrísimo que resbala sobre sus hombros y alcanza sus senos apenas esbozados.

—Buenas tardes te dé Dios, Mariana.

Sobresaltada porque ha conocido la voz, bruscamente se endereza y separa sus cabellos en dos gruesas matas, asomando su carita delgada, su frente pequeña y comba, sus ojazos negros, vivos y brillantes, su nariz fina y sus labios escarlata.

—Traigo el cólico, Mariana; cuéceme unas hojas de naranjo.

—¡Qué tal! ¿No te lo he dicho? ¡Esa maña que has cogido de beber tanto! ¡Mira nomás qué cara trais!

—No me regañes, ándale pon la agua luego, lueguito.

Compungido, el morenciano inclina la cabeza y se oprime a dos manos el estómago.

Gertrudis, sentado en el poyo a un lado del oscuro ventanuco, espera, doblegada la cerviz.

—Ya la puse en la lumbre, Gertrudis.

Ahora Mariana reanuda con inconsciente coquetería la faena de su peinado. Mientras, el morenciano la mira y la remira. "¡Ah, si ella pudiera arrancarme la espina que se me ha encajao aquí en la mera chiche!"

Mariana abre una raya muy derecha en medio de su cabeza, desvíala en la frente hacia un remolino por donde escapa un gracioso ricillo. El mucílago ha dado a sus cabellos brillantez de ala de cuervo.

—Te dejo tantito, oigo ya el hervor del agua.

Mariana recoge sus cabellos en un nudo improvisado y corre a preparar el brebaje.

La taza vaporizante expande el perfume delicado de la infusión. Sobre el líquido verdoso y diáfano Mariana vierte a boca de botella un chorro de aguardiente. Los ojos del morenciano brillan con avidez.

A los primeros tragos su dolor se disipa, las líneas de su rostro se despliegan como por encanto, su mirada se anima, y cuando escancia las heces, deja escapar un suspiro de satisfacción. La alegría de la vida; un raudal de juventud corre por sus venas. Y al volver los ojos, agradecido, encuentra otros ojos que se lo comen y unos carrillos que se le ofrecen como riquísimo manjar. "¡Qué tonto soy: estar siempre con la pinción de la otra, cuando hay tanta mujer buena, bonita y honrada!" Y *ex abrupto* exclama:

—Mariana, ¿te casarías conmigo?

La moza, tan lista para acometer, se demuda y busca la primera salida falsa:

—¡Anda... qué cosas tienes!... Toma la guitarra y canta... No estés disvariando, hombre...

Y ríe, pero sus labios tiemblan, su cara se pone como amapola, sus oídos zumban y las palabras se le ahogan:

—Anda, canta una canción... Toma la guitarra y no digas cosas...

El sol, allá a lo lejos, esconde ya la mitad de su ígnea comba, las sombras agigantadas de los huizaches y nopales se dejan engullir por la sombra invasora que enorme asciende de las hondonadas. La tarde se extingue: en la lejanía braman las vacas.

Mariana sale por la puerta del mesón y viene a sentarse en el mamposte de ladrillo, muy cerca del morenciano, sobre cuyas rodillas pone la guitarra destemplada.

Gertrudis comienza a torcer las clavijas, luego sus dedos toscos desfloran las cuerdas gemebundas, primero en vibraciones aisladas como lamentos, luego en acordes y arpegios rebosantes de expresiva ternura.

Una nube ensombrece su faz radiosa. Se aproximan más, ensayan a media voz, se igualan en tono y surge la canción:

> Pero oyes, María, dicen que ya no me queres.

Es lánguida, en terceras que se integran como los píos de una pareja de torcaces en su canto monorrítmico. Una grave, melancólica; la otra aguda y llena de dulzura.

La tonada se repite a cada nueva estrofa. Ellos parecen perdidos en su mundo interior. Las notas se vigorizan, surgen llenas y se prolongan luego hasta desvanecerse tenues como suspiros, como que no pudieran acabarse nunca.

Aquel canto es como el de las currucas en el saucedal, cual el del viento gemebundo que abanica los yertos varillajes de los olmos: una voz perdida entre las mil con que el alma de los campos solloza sus tristezas infinitas.

Gertrudis y Mariana no saben siquiera de aquel momento supremo y único de su vida, en que les ha tocado compendiar en sí mismos toda la melancólica poesía de sus praderas desoladas y la intensa tristeza de su raza sufridora y resignada.

Cuando en un acorde seco termina la canción, se miran extrañadamente. Quién sabe qué abismo se ha abierto entre los dos.

Y permanecen mudos largos minutos, mientras que la canción va perdiéndose como un sollozo, de lejanía en lejanía, en la aflicción de la tarde; en el momento en que el ocaso, radiosa pulida de moribundo, derrama su paz sepulcral en los campos ateridos, en las ramazones esqueléticas, en los remolinos como sudarios flotantes, en la Mesa de San Pedro, túmulo colosal, férreo y herrumbroso.

Mariana, que sorprendió la congoja de nuevo en la mustia faz del morenciano, ha comprendido plenamente su fracaso. Y ella, que momentos antes escondiera su inmenso regocijo por la brusca declaración de Gertrudis, ahora pugnaba como un titán por esconder entre los jirones de su alma la vergüenza de su derrota final.

Cuando oscureció y él quiso ceñirle su brazo a la cintura, ella lo alejó y con rencor que le corroía la garganta dijo:

—Vete... vete... es hora de que te vayas...

XVI

—Echa aquí —dijo Julián.

Gertrudis destapó el olote de la botella y vertió sobre el hueco formado por las manos juntas de Julián un chorro claro y límpido.

—Cógemela muy bien del bozal.

Julián desparramó una mezcla de tequila, vinagre y mezcal sobre la cruz de la Giralda, abrió las manos y con fuerza y prontitud la frotó del lomo al encuentro y en todo lo ancho del abdomen. Nuevos chorros empaparon las paletas de la yegua y la vigo-

79

rosa fricción descendió de los ijares a los muslos y a las corvas delgadas y enjutas. Estrechamente sujeto, el animal volvía de vez sus ojazos curiosos hacia el amo, cual si comprendiese la faena. Su piel se estremecía en suaves ondulaciones de alcohol frío.

Julián acabó sudoroso, con respiración anhelante, las manos rojas a verter la sangre. Entonces Gertrudis envolvió la yegua rápidamente con mantas de jerga, dejándole sólo descubiertas la cabeza caída y lánguida y las patas muy derechas, como enclavadas en la arena. Luego, para evitar intempestivas y funestas corrientes de aire frío, llenó el claro de la puerta con un petate.

—Lo que es a este animal no le montas sin collar. Yo no quería; pero, por lo que hoy he visto, nadie lo puede correr en puro pelo.

—Como lo mande el patrón.

—Tiene un modo de arrancar, que en la pura salida te despacha a pepenar las muelas a ca mi señor Jesucristo. ¿Tú cómo te tanteas?

—¡Ah, no, lo que es por mí, pierda su mercé cuidao! Cierto que el animalito tiene su maña; pero croque me crié entre las patas de los caballos pa que hasta orita no me infunda mayor recelo. Pero, como digo, se hará al modo que el amo lo mande.

—¡Qué te le habías de quedar! Si ahora en un ensayo nomás ya te daba fiebre ¿qué será cuando el animal sienta la vara? Por que eso sí quiero que no nos deje con la curiosidad de saber todo lo que pueda dar de sí; al cabo es la última de su vida. Le bajas la vara y... duro... dé donde diere.

Un olor acre e irrespirable se difundía por todo el cajón. La Giralda sudaba copiosamente.

—Ya está echando el molimiento. Vámonos saliendo, Gertrudis.

El sombrero a media cabeza, las manos abajo de la espalda, haciendo rechinar sus bayos zapatones, Julián paseó de largo a largo de la caballeriza, absorto. De tarde en tarde se acercaba a la boca del cajón, separaba levemente el petate y veía con atención.

De espaldas al muro, bajos los ojos, Gertrudis esperaba las órdenes del amo.

De veras que la demontre de yegua tiene su maña; pero si el patrón no se armara, la verdad él la montaba en pelo. Tan feo que ha de verse uno pegado como chapulín al collar y allí delante de tanto señor decente. No, lo bonito es el corredor en camisa y calzón blancos nomás, los cabellos parados como el animal lleva sus crines en la vertiginosidad de la carrera; uno haciendo brillar su pelo de oro al sol, el otro tendido airosamente como águila que hiende el aire. ¡El vértigo de la carrera! ¡Caramba, si sólo por sentirlo se puede correr una buena bestia! Y después, el retorno triunfal muy pasito a pasito, conteniendo los ímpetus del animal que resopla ansioso, en tanto que a uno y otro lado de la pista se levanta el huracán atronador de los aplausos. ¿Y si le tocaba la de malas? ¿Si del vértigo de la carrera iba a dar al otro, al último? Gertrudis alza los hombros con desdén y sonríe con esa sonrisa que a veces hace de un idiota un héroe.

—Hombre, Gertrudis, ¿y tú no sabes del gringo aquel que vino a tirar el plano de la presa?

¡Vaya una pregunta! Gertrudis hace un gesto, de mofa tal vez, de rabia contenida quizás. Menea la cabeza y tiene la osadía de no responder.

—Señora Melquiades, buenos días.

—Buenos días le dé Dios, niño Juliancito. ¡Cuánto gusto de verlo en la casa de los probes! Pase, niño, pase; no está aquí Anselma, pero orita mesmo la voy a arrendar.

Encorvada sobre el metate, señá Melquiades, desde el rincón oscuro de la cocina, habla. Levanta su cabeza enmarañada y sucia; hunde las manos en el apaste de los machigües y desprende costras secas de masa de sus brazos. Con una garra de rebozo en la cabeza, el delantal a medio cubrir sus senos colgantes y pellejudos, se incorpora mostrando su cuello de caduco zopilote y sus brazos sarmentosos y apergaminados.

—¡El gustazo que a la demontre de muchacha le va a dar! Conque ayer pasó su mercé por aquí, ¿qué le parece que me dijo Anselma? "Mama, mama, mira, ai va el niño Juliancito, asómate: la misma cara del Santo Niño de Atocha."

Remata la vejarruca con una risotada de cascajo, y Julián, que adivina la intención última, tiene un arranque de munificencia:

—¡Qué marranos tiene, señora Melquiades! Esos talachudos no le van a pagar ni el trabajo de engordarlos. Vaya mañana a la hacienda por una puerca prieta que pare en estos días; se la doy a medias.

—¡Alma mía de su mercé tan güeno, amo don Julianito; sólo Dios ha de pagarle tantas caridades que hace con los probes! Pero siéntese, niño, en un decir Jesús alcanzo a Anselma. Salió a pepenar moloncos y hojas pa la puerca. Apenas irá al barbecho.

—No corre prisa, tía Melquiades.

—¡Ah, pero si a ella tanto que le cuadra verlo! Le digo que la probecita es de tan güen natural, que el día que se le jue a su mercé la vieja esa, la mentada Marcela, no pudo probar el sueño en toa la noche, retecapuradísima porque asiguró que su don Juliancito estaría hecho un veneno. Si le digo que no quisiera que a su mercé le diera el aire.

Tan inoportuna alusión pliega la frente de Julián.

—Siéntese aquí, niño, voy corriendo a trairla, y dispense la cortedá de silla; a fin que está en la casa de los probes.

Sale volando la bruja y Julián, medio aburrido, se hace tres dobleces en una sillita de tule.

Regresan madre e hija, y ésta, enrojecida y con aspavientos y melindres de niña bonita, hace que Julián repare en que no está del todo desechable, sobre todo por aquello de matar el gusanillo que tanto daño le sigue haciendo. ¿Qué mejor remedio que un amorcito de pasatiempo?

La charla incesante de señá Melquiades llena los huecos que pudiera dejar el silencio obstinado de los pichones. Una botella de mezcal se queda a la mitad, en una vuelta de boca en boca. Anselma se enciende; brillan sus ojos. En la paliducha faz de Julián aparecen dos chapetones amoratados y en sus ojos azulosos chispean vagos fulgores.

—¿Ya sabe que se le va el pastor, amo?

—¿Quién? ¿Gertrudis?

—Sí, está nomás esperando que pase la carrera. Dizque unos señores particulares le ofrecen güenos destinos allá en la Villa.

—No me ha dicho él nada.

—Cómo se lo había de decir a su mercé, si todo el brete que trai es por la tal Marcela.

Julián siente un estacazo en el pecho, pero se refrena.

—¡Marcela!... ¿qué tiene que ver con ése?...

—¡Cómo qué, niño Julianito...! ¿No sabe su mercé pues que está enamoradísimo de ella?

—¿Gertrudis...? No lo creo...

Los tics sacuden sus líneas convulsas.

—Tan es ansina, que su mercé tendrá que verlo.

Julián se muerde los labios. No gusta de tratar asuntos tan graves con la primer comadre, pero tampoco puede fingir indiferencia por lo que tanto le interesa. Opta por guardar silencio, y desde ese instante el humor se le agria a punto de que la misma

82

scñá Melquiades se da cuenta de su torpeza. En otra vuelta se escancian las últimas gotas de mezcal.

—Vaya al mesón, tía Melquiades y dígale a Mariana que mande una botella de tequila.

Julián tiene la cara ya muy roja y la nariz erecta.

Tía Melquiades, regocijada de dejar solos a los pichones, musita por el camino padrenuestros y avemarías. "Ánimas benditas del Purgatorio, que este milagro se me haga. Santo Niño de Atocha, te prometo una vela de a dos riales y una misa rezada con devoción si me lo haces."

A su retorno asoma discretamente y mira con infinita decepción a sus polluelos alicaídos, silenciosos y tristones. ¡Maldita idea la de haber hablado de Marcela! ¡Tan de buen humor que llegó el niño! Pero ya todo lo compondrá el aguardientito.

—¿Y Marcela está pues en la Villa, señá Melquiades?

—Sí siñor, ¿lo pasa el amo a creer? La muy sinvergüenza vive amartelada con el gringo aquel que trujo su mercé a cosas de la presa. Y a mí naiden me quita de la cabeza que Gertrudis se va a la Villa a servir, sólo para tenerla más cerca. ¡Hay hombres tan sirvergüenzas, niño Julianito! Y habiendo dónde escoger: tanta mujercita hacendosa, muy de su casa y de muncho juicio. . .

Señá Melquiades se acerca a su hija, que está haciendo el papel más desairado, pues que Julián no repara siquiera en que se la ha cosido a un cuadril, y le dice al oído:

—Arrímate, arrímate más. . .

De pronto parece despertar Julián, vuelve la cara hacia la muchacha, la mira libidinosamente. Anselma baja los ojos, pudibunda y empurpurada. Y entonces él brutalmente la coge y se la pone sobre las rodillas.

Tía Melquiades respira como quien acaba de ganar una partida muy difícil, y discretamente se eclipsa.

XVII

DE FIESTAS estaba esa noche San Francisquito: los mesones y casas de alquiler atestados de carreteros; las cuadras no podían albergar más bestias, y las gentes que seguían llegando iban y venían en ruidoso tropelío por los empedrados, en busca de un corral siquiera para sus caballos. Los venteros no ponían los pies en el suelo, prontos a servir a tanto amo gritón o impertinente; pero vendiendo como madejas de seda la paja y el rastrojo. Los fonduchos centuplicaban sus tarifas y la fatiga de las fregonas, y contenían apenas la multitud de rancheros en alegre yantazgo. Caras regocijadas e ingenuas; ojos límpidos, azulosos; barbones cejijuntos; sombrerazos hundidos hasta las narices; rostros bonachones y radiantes de estupidez.

En la plaza reinaba igual vocerío y desorden. Lo mismo que en otras partes no se hablaba sino del tapado. Emitíanse mil conjeturas como verdades indefectibles acerca de las bestias y se auguraban triunfos al capricho de cada quien.

Dando las ocho, Gertrudis desensillaba tranquilamente en la casa de su amo. Retrasó su arribo cabalmente para evitar el mosquero de preguntones que le habría asaltado. Pero, a esa hora y con su vestido de morenciano, pudo aventurarse a meterse entre los grupos de rancheros sin ser reconocido.

Vagando sin rumbo fijo, se detuvo ante una casita muy iluminada, alegre y recién pintada. A través de la gasa de una cortina había creído ver un rostro conocido. Pero no; era una dama elegante, vestida de blanco y sólo con unos ojos que... ¡Bah, si no se viera que era de veras decente... él habría jurado!...

¡Que la libre Dios de ponérsela por enfrente!

Siguió adelante y, a poco andar, unos finos y sonorosos taconcillos le hicieron volver el rostro. Se replegó a la pared para dejarle el paso. "¿En dónde diablos me habré metido?"

Mirándolo con irritante pertinacia, la mujer vestida de blanco pasó en la oscuridad.

"¡Ay, ya sé!... Con razón esta curra me ha hecho acordarme de... la otra... ¡Mulas de la misma manada! ¡Mí qué caso! ¿Una señora sola a estas horas por la calle? A otro perro con ese hueso. Muchas gracias, no fumo... Bonito modo de prepararme pa la carrera de mañana."

Sus sospechas se confirman: la dama se ha plantado y le espera en la esquina. ¡Caramba! Sacarle la vuelta no es cosa de hombres. ¡Bah, qué diantre, le dirá que nones y se tapará bien los oídos!

Pero al llegar a la esquina alumbrada débilmente por un farol se queda estupefacto.

"¡Ella!... sí, ella!"

—Te vi, Gertrudis, te quise conocer... y salí a seguirte... a ver si era cierto. ¡Qué ganas tenía de verte!

Un sordo murmullo, algo que puede ser clamor del animal herido, algo que tiene mucho de la bestia azuzada, es la contestación del morenciano.

—No me respondes; estás sentido. Tienes razón... pero mira, oye...

Y Marcela habla, habla aprisa, siguiendo el torrente de sus pensamientos que se desbordan y se confunden. Sus frases no tienen sentido ni sus palabras se coordinan.

El morenciano la contempla embobecido. Con sus gasas blancas, su pelo sedeño en cocas encrespadas, sus ojos negros como jaltomates y sus labios como un corazón de tuna, está adorable.

—...Ha sido por ti, sólo por ti; te lo juro por esta cruz que beso. Así me salvaba y te salvaba a ti... Yo te quiero con toda mi alma, pero tú jerraste el camino. ¡Dios del cielo! ¿De dónde te vino el mal pensamiento de ser mi marido?... ¿Yo tu esposa?... ¿Yo?... ¡una de tantas!...

Y prorrumpe en sollozos, mientras que el morenciano se acuerda del puñal que lleva en la cintura.

—Es por demás que me mires ansina... ¡Tú no sabes lo que yo te quiero!... ¡A naiden más en la vida!... Sí, sólo tú... sólo tú... ¡Ja, ja, ja!...

Marcela sonríe con risa amarga, a la vez que tiende su mano regordeta y suave y coge la de Gertrudis más fría que el acero empuñado ya.

—Sí, ya lo sabía. Todos me lo han dicho. Que el día que dieras conmigo... ¡ja, ja, ja!... No serás tú ése... Es tan imposible como hacer día de la noche... Porque mira, arrímate, porque tú me queres tanto como yo a ti...

Sigue hablando y Gertrudis, adivinando hasta en sus más íntimos pensamientos, vencido, más que por las palabras, por el acento ingenuo y el gesto casi infantil de la muchacha, va soltando poco a poco la empuñadura del cuchillo hasta abandonar su mano entre las dos ascuas que la aprisionan.

—...No, tú no puedes matarme porque nunca te hice traición... Como soy, ansina me quisiste. Ansina me has querido... Yo te dije que sí un día y no te lo cumplí. Pero eso era imposible, imposible de los imposibles. ¡Casarnos, nunca! Yo no sé decirte por qué, pero ansina es.

Entonces Marcela cambia bruscamente de voz y de gesto:

—¿Sabes a quén de veritas le tengo mucho miedo?... Al don Julián; ése me matará, ése nos matará a los dos...

Marcela dilata sus ojos alucinados y tiembla de los pies a la cabeza.

—¡Un miedo horrible, te digo!...

La barrera de nieve sigue fundiéndose; pero aún lucen en

la mente de Gertrudis rudimentos de moral, de religión, de honor.

—Gertrudis, vente pa acá. Ai viene el cuico... Vamos a platicar a donde naiden nos estorbe... Ven a mi casa.

—¡A tu casa... nunca! —prorrumpe él, retirando bruscamente la mano, hosca de nuevo la mirada y enronquecida la voz.

—Pero si no te he de ir a perder, criatura.

Marcela desgrana una carcajada.

—Iré al infierno contigo... pero no a tu casa.

Y se deja conducir como un manso corderillo.

¡El maldito modo que tiene ella de dominarle! Imposible de creer lo que dice; ella tan altiva y tan soberbia jura que lo ama, y no puede ser sino porque así lo siente.

Empujan una puerta y los baña una bocanada de luz que ilumina una franja de empedrado y el muro frontero de la calle.

Ascienden la escalera y Marcela grita:

—Pablo, echa la llave del zaguán y si viene míster John dile que salí y te dejé encerrado.

—¡Ah!... ¿entonces es cierto, pues?...

—Sí, Gertrudis; pero no cosa de amor... Miedo, puro miedo... Aborrezco a Julián con toda mi alma y le tengo un miedo horrible... Por eso me jullí del rancho... Tú no comprendes...

Gertrudis siente que la sangre le hierve, y va a ofrecer la fuerza de su brazo para defenderla, a tiempo que algo como una ducha helada lo agarrota. Han entrado en una recamarita muy coqueta, iluminada en rosa por tres foquillos incandescentes que se abren en sus guardabrisas como una corola invertida, sobre una espléndida cama de encino ricamente ataviada. Gertrudis ve a Marcela y su garganta se anuda. Porque no es ella, su Marcela. Mentira, su Marcela nunca se puso afeites, su talle nunca estuvo aprisionado en esos varillajes extraños, ni calzó jamás botas de glacé dorado.

—Marcela, yo no quiero estar aquí... no me jallo... Dejam'irme...

—Sí, nos vamos los dos. Ya sé que estas cosas no te cuadran... Vamos adonde tú mesmo me lleves. Pero espérate un ratito... Me quito estos trapos que te dan en cara y me pongo mis naguas de percal, así como andaba en el rancho. ¿Verdá que eso mero es lo que tú queres?

¡Cómo no amarla, cómo no adorarla, Dios de los cielos, si todo lo adivina!

Con impudor inconsciente ella deja caer la falda que se abullona a sus pies, y desanuda su corsé... Sus senos ruedan sobre los encajes finos y sus piernas se modulan tras el negro sedeño, descubierta desde el borde de los volantes bordados de la enagua de linón.

Al morenciano se le va la cabeza; un sillón de mimbres cruje y casi revienta al peso tosco que se ha desplomado encima.

Marcela está ya lista: un rebozo de hilo, un chal de lana bien escondido detrás y la falda de gasa aérea.

Enero sopla y el cielo cintilante se pierde, a trechos, en jirones aperlados.

Parten y no hablan. Parece que cuanto tienen que decirse dicho está. Caminan, caminan hasta salir del poblacho.

—Vamos allá —pronuncia ella desfalleciente cuando deja muy atrás el último farol.

—Sí, vamos allá —responde Gertrudis con voz velada y como un eco lejano.

Y aquel allá son sus campos amados, allá adonde cantan los gallos perdidos en remotas rancherías, allá donde el silencio de las noches es matizado con aullidos de coyotes y ladrar de perros.

Entran por fin a un barbecho infinito de soledad y de silencio.

Ya están allá, en sus praderas idolatradas, allá donde hubieran soñado en secreto la mutua realización de sus amores inconfesos, en sus campos adorados donde al tropezar sus labios en juegos de niños supieran prematuramente del supremo deleite del amor; sus campos saturados con los mejores años de su vida, aquellos campos que tanto lloró cuando partió para Morency siguiendo a su viejo padre y adonde volvía sin él, y en busca de una boca... de una boca que ahora todo el mundo podía besar...

Y su silencio acaba en lasitud. Caen en el surcal, y ahí, en medio del oro del barbecho, en la desolación infinita de la naturaleza bañada de luna, enero riega sobre ellos las blancas flores de himeneo de su menuda lluvia de nieve.

XVIII

UN NUTRIDO aplauso se hizo oír a la hora en que Julián Andrade llegó a la cantina principal, punto de cita de los más connotados carrereros. Con eso y dos copas de coñac, los últimos nubarrones que enturbiaban el espíritu del mozo se disiparon del todo. Charros atrabancados siguieron llegando: atravesaban los cabestros sobre la banqueta y se metían con mucho ruido de espuelas y rechinar de zapatos. Cuando no hubo sitio vacío, con desenfado treparon al mostrador y al sotabanco. Allí estaba ya tío Anacleto, camisa de manta nueva, cotona de gamuza sudosa y abrillantada a fuerza del sol y aire; afuera, entre piafantes bestias, su alazán brioso, digno de hacerle compañía al Mono de Julián. Encogido y hosco, mi Pablón, de blusa crujidora de holanda, pantalonera de venado, sombrero de pelo verde y galón de oro, y mascada solferina, se perdía entre la bulliciosa multitud. Su orizbaya, de falsa rienda apenas, relucía entre las yeguas y los potros como onza de oro acabada de troquelar. De intruso en el círculo se había colado también Gabriel, el hermano mayor de Julián, borrachín escandaloso, desdeñado de los suyos. Escupía por un colmillo y tosía recio cuando algún pelagatos, su compañero de juergas, acertaba a pasar por las inmediaciones. Su carroñoso jamelgo, tomado de ocasión, soportaba con mansedumbre tan cristiana como la de su amo los trompicones y coces de los arrogantes corceles en torno.

Mil blancas polvaredas se alzaban en las cercanías del corredero. Catrincillos del poblacho, salta que salta por los surcos de salitre, doblados los pantalones, invertidas las faldas de sus sombreros y cubiertos de tierra blanca, llegaban entre los grupos de a caballo, irradiando alegría por cada poro de su cuerpo.

Una maltrecha diligencia se detuvo en medio de una nube de polvo; descendieron damas empingorotadas, graves y austeras como devotas en Viernes Santo. La aristocracia de San Francisquito.

La multitud crecía más y más. Marejada de soyates, jamelgos extenuados, de orejas caídas, y corceles de pura sangre.

La pista se estiraba como cinta negra, muy recta y muy larga, en una planicie reverberante de blancura salitral.

A los cables tendidos a uno y otro lado aún nadie se acercaba. Apenas de trecho en trecho alzábanse en sus cabalgaduras, escuetas y melancólicas, los guardas municipales, con sus bigotazos negros prolongados por los barbiquejos, como perros con tramojo. A un lado se levantaba apretada fila de olmos, desnudos como haces de púas de plata; del otro, una nube de polvo impalpable; más lejos, millaradas de volutas blancas y, al fin, cerrando el horizonte, una nube gris e impenetrable de tierra.

Apeáronse de unos borricos con aparejo multitud de mozas de la vida alegre, jacarandosas y marchitas como rosas de papel de china. Sin saber que el bermellón ostensible de sus carrillos y el torpe lápiz negro de sus ojos de nictálopes fueran insultos, bombardeaban luego a los charros más gallardos. Un viejo enclenque y encorvado casi desaparecía bajo enorme canasta pizcadora reventando de comistrajos. Con ollas y cazuelas de cócono a cuestas, gordas comadres sudaban a chorros. Recuas enteras llegaban con cargas de quiote, cañas de Castilla, huacales de naranjas y de limas.

Hubo un momento en que los remolinos de polvo se esfumaban en un cortina impenetrable de tierra. El sol dardeaba deslumbrante; la gente de a pie se defendía, al arrimo de los glaucos troncos de los olmos; los de a caballo, a la sombra de rizados perules. Se hablaba desmayadamente; las riendas caían laxas sobre las crines; los párpados se entrecerraban abrumados. Todo el mundo escondía lo mejor posible su zozobra.

De extremo a extremo los puestos desplegaron sus blancas alas y se comenzó a oír el chirriar de la manteca. Sobre el rumor confuso de aquel mar de gente se levantó una voz que pasó como un relámpago de boca en boca: "Los Ramírez." Media docena de güeros pecosos, de cabellos azafranados e hirsutos, en arrogantes corceles, haciendo rechinar los correajes de sus sillas plateadas, se detuvieron en una entrada de la pista. Uno de ellos, el más viejo, haciendo caracolear su caballo, se adelantó y la recorrió paso a paso, registrando minuciosamente el terreno.

—Adiós, don Jesusito: ya sabe que soy con usté, mi patrón.
—Por usté doy tronchao, mi jefe.

El charro se tocó levemente el sombrero, correspondiendo al saludo de los descamisados.

Los grupos comenzaron a concentrarse y pronto los cables podían apenas contener la apiñada muchedumbre.

Faltaba nomás media hora para la carrera. La inquietud tornábase en impaciencia. Las mil suposiciones que corrían acerca de las bestias del tapado exteriorizábanse con creciente ardor; se habló mucho en voz baja. Cada quien pretendía poseer el secreto y aconsejaba piadosamente a su vecino. Iniciáronse las apuestas en favor de los Ramírez. Hay rumores de que han traído un caballo fenómeno de los Estados Unidos. Se puede apostar tronchado.

La afluencia cesa; el polvo se apaga en la lejanía. Lo que antes fuera sordo murmullo es ahora vivo vocerío. Trascienden el pulque y el mezcal. Aumenta la impaciencia, los sombreros de anchas alas giran sin cesar, los rostros cejijuntos se vuelven a cada instante hacia el camino, hasta que por fin, en una última avalancha, aparecen los Andrades, que es el más escogido grupo de charros. Tío Anacleto en medio, mi Pablón a su izquierda y Julián a su derecha, haciendo caracolear al Mono. Al mismo tiempo, y como brotados de la tierra, surgen en camisas de lona gris, ribeteadas de rojo, los animales de la carrera.

La entrada de Julián a la pista fija por un instante todas las miradas. Es una fuerza de atracción ineludible, igual a la de una mujer hermosa que se presenta en un salón. El rudimentario sentimiento artístico del rudo hombre del campo revelado en su boba admiración al corcel de pura sangre.

El Mono hacía cabriolas. El negro satinado de su cuello y de sus ancas ondulosas se desparramaba en madejas nutridas y sedeñas de azabache, limpias y frescas como cabellera de gitana. Sujeto al freno, su cabeza se yergue, encorva el pescuezo como resorte de acero, su hocico tasca el freno dejando escapar blancos copos de espuma por entre los filetes bordados de plata. Ostenta gruesos chapetones niquelados en la frente endrina, y sobre los pectorales combos y pujantes, cual los de una bailarina etíope; relampaguean arreos argentados a cada lado de sus narices anhelantes y de sus ojos impetuosos.

Pero las miradas no pueden detenerse más en él; bruscamente todo el mundo concentra su atención en las bestias encamisadas que siguen a distancia de Julián, conducidas estrechamente de la brida por los caballerangos.

Con ansiedad imposible de esconder, Julián entrevera sus miradas en las filas de uno y otro lado. Busca unos ojos, espera una saeta que de un momento a otro habrá de clavársele en el corazón. Y porque la espera, mayor es su tortura. Pero al llegar al extremo opuesto respira con desahogo. ¡Ella no está! Tanto mejor. Aprieta las piernas, y el Mono, que siente una mosca, se crece en gallardía; sus corvas muy derechas, inflexibles, como vaciadas en una pieza, avanzan con movimientos rítmicos y contenidos; ondulan las redondas ancas; el cuello esbelto y flexible se estremece en una cadencia de color y de forma.

En el sitio de arranque, Gertrudis está ya en ropas ligeras esperando la lucha.

"Mil veces mejor que ella no haya venido, porque si la veo con ese gringo, aquí se arma la de Dios es Cristo." Y justamente cuando Julián piensa eso, torna sus ojos hacia un puesto de comida y se queda estupefacto. ¡Ella! En pleno florecimiento, cual nunca la hubiese visto así de hermosa.

Marcela, incapaz de sostener la mirada de Julián, baja los ojos. Él no puede contener la tensión de sus nervios; aprieta las piernas, las espuelas se clavan en los ijares; el potro se dispara y un brusco tirón de riendas lo sienta sobre las patas traseras que abren dos rayas paralelas en cuatro metros de terreno.

—¡Ése es el Mono, don Julián! —exclama entusiasmado el juez de partida.

El traje de pueblo hace más provocativas las formas de Marcela. Lleva una gardenia prendida en sus trenzas negras y rebruñidas. Julián se relame y quiere hablarle. Aunque sea dos palabras nomás. Pero ¿si la diablo de mujer le va a hacer una de las suyas? ¿Si lo va a poner en ridículo allí donde todo el mundo los está observando?

—¡La Giralda! —exclama el más joven de los Ramírez, reconociendo demudado a la yegua que va pasando.

—¡Qué Giralda ni qué jijos de. . .! ¡Qué conocimientos de. . . tal! ¡No seas. . .!

El muchacho se desconcierta; pero un rápido juego de gestos de su hermano mayor y un tirón de la cotona, todo inadvertido por los curiosos en torno, le hacen comprender su indiscreción. Al instante se pone a charlar como perico y despista a los que le escuchan como al propio oráculo. Y entonces, seguro ya de que su estupendo descubrimiento no fue nunca misterio para sus hermanos, sigue el mismo juego de ellos. Se aleja, se entrevera con los rancherillos piltrafientos, y sin ser advertido alarga un fajo de billetes a uno de ellos, rumora breves palabras a su oído y se marcha luego a repetir la maniobra en otros sitios.

Por segunda vez las bestias de juego recorren paso a paso la pista. La polvareda, apagada ya, no impide examinar detenidamente a los animales enmantados. El vocerío va en aumento. Rancheros irrespetuosos hacen entrar a viva fuerza sus matalotes hasta las primeras filas; los de a pie se entreveran con los hocicos espumosos de los caballos. Potrancas y potrillos se reconocen, se desean; algunos vuelven melancólicamente sus cabezas y relinchan la nostalgia de sus cuadras.

En el extremo de partida se han situado los Andrades, en la meta los Ramírez.

—Cien pesos a la rubia —es el primer grito que rompe la algarabía general.

Una avalancha de encamisados pasa ofreciendo dinero en favor de la yegua.

"¿Quién quiere cien a la rubia?" "Doy cincuenta al caballo." "¡Aquí doscientos a la rubia!"

La muchedumbre toma dinero por todas partes. Los que han

reconocido a la Giralda se guardan el secreto como riquísimo hallazgo, medio desvanecidos de emoción; los que confían en el caballo fenómeno, traído de los Estados Unidos, toman cuanto pueden apostar por él.

Aturde la grita de los corredores; las apuestas se cruzan rápidas e incesantes.

En el arranque, los corceles esperan bajo sus mantas, enseñando nomás las erguidas cabezas y las patas. Uno es oscuro, de gran alzada, de gruesas piernas y musculación de acero; la otra, fina de formas y tostada como oro viejo. *Zulema* dicen las grandes letras rojas de la camisa de la yegua; Nerón es el nombre del caballo.

"Doscientos a la yegua." "¿Quién quiere cien a la yegua?"

Con entusiasmo delirante, dentro del cable van y vienen los gritones con las manos desbordantes de billetes y pesos fuertes. Se entreveran, se estorban, se atropellan; aquí se detienen, corren a un llamado más allá; sus manos se vacían y, como por milagro, reaparecen al instante con, más pesos y billetes. El vocerío no deja oír nada distinto; pero se adivina ya una lucha desigual. Un río de dinero, nacido quién sabe dónde, viene corriendo a favor de la yegua. Los Andrades parecen ajenos al juego y se mantienen en sus puestos sin emoción. En cambio, la alegría más sospechosa brilla en las miradas felinas de los Ramírez. Comienza la zozobra. Corre el rumor de que, viéndose perdidos, ellos mismos están apostando a la contraria. Y entonces el combate afloja. Los voceadores se desgañitan, van y vienen con los puñados de dinero que todo el mundo rehusa de pronto.

—¡Doy setenta y cinco a la yegua!

—¡Yo doy tronchado a la yegua! ¿Quién quiere pesos a cuatro reales?

Pero los esfuerzos son inútiles y el timbre suena al fin, anunciando el final de las apuestas.

Como relámpagos los voceadores desaparecen de la pista.

Callosos pechos treman de emoción. El Juez de arranque está ya en su sitio, los veedores a cada lado del cordel. Es el momento de descubrir las bestias. Lentamente, teatralmente, los corredores desabotonan las camisas de sus corceles.

Un grito como un chispazo eléctrico recorre el circuito humano. Una exclamación unánime pasa como lívida ráfaga por los rudos semblantes:

"¡La Giralda!"

—Es un robo. ¡Salgan siquiera al camino real, bandidos!...

La gendarmería rural realiza el milagro de sofocar oportunamente un tumulto, poniendo a buen recaudo al inconforme.

—Cinco minutos —grita el Juez de partida, fijos los ojos en su cronómetro.

Las dos bestias lucen sus sedas al claror refulgente del mediodía; la yegua dardea su oro; el caballo su esmalte endrino.

Julián ora mira a Gertrudis, ora a Marcela.

El morenciano, hosco, pide el collar al viejo Marcelino y lo ajusta holgadamente al onduloso de la Giralda.

Hasta entonces repara Julián en la gardenia que Gertrudis lleva prendida en la pechera, la misma que ha desaparecido de las negras trenzas de Marcela.

Su boca se seca y rechinan sus dientes.

—¡Quítale eso, Gertrudis! —ruge con voz descompuesta y rostro cadavérico.

Gertrudis se vuelve inalterable y en vez de ojos encuentra brasas, pero sostiene tan serenamente la aguda mirada, que Julián tiene que volverla hacia otro punto.

Sonriendo, despectivo, Gertrudis coge el collar del cuello de la yegua y lo rompe de un tirón arrojándolo como al descuido a las patas del Mono que se encabrita.

Los ojos de Julián son dos puñales.

—Tres minutos —anuncia el Juez con voz estridente.

—Hombre, Juliancito, mira lo que vas a hacer. A esta yegua nadie le ha montado nunca sin collar. Mata al muchacho —clama el tío Anacleto.

—Mis corredores han de ser corredores, y si no que se los lleve la...

—No tenga cuidado el amo; nada le hace —afirma Marcelino, mostrando sus dientes agudos de lobo.

Pero Gertrudis nada escucha ya. A un tiempo han saltado los rivales sobre los sedeños lomos y ensayan a ponerse a un tiempo preciso en la raya.

—Dos minutos...

—Así no la montes, Gertrudis, te va a matar —llega una voz perdida entre la multitud agitada.

Marcela intensamente pálida se acerca a la pista y permanece extática.

El morenciano pertenece sólo a su yegua; es el alma misma de la Giralda, y lo que afuera bulle no existe más para él.

—Un minuto...

Silencio formidable. Los dos animales retroceden de la raya, paso a paso avanzan y se igualan, a un tiempo pósanse cuatro pezuñas en el cordel y un grito agudo y doble hiende los aires. Tendido, untado al lomo de la Giralda, Gertrudis sale arrebatado en un torbellino de tierra.

Instantes después la Giralda recorre triunfal y muy lentamente la pista; su pelo de metálicas tonalidades muestra las huellas de las pantorrillas y los talones, cual si se le hubiesen incrustado, y el morenciano, sin sombrero, la greña al aire, lleva madejas de crines en las manos e hilos rubios en los dientes.

XIX

De regreso de las carreras llegaron los Andrades con un noticón que revolucionó a todo San Pedro de las Gallinas. Los pacíficos labriegos sintieron corazonadas de mal augurio; muchos pechos femeniles palpitaron con azoro y otros con el regocijo y los deseos mal contenidos de los quince años. Doña Marcelina sufrió un desvanecimiento y Refugio lloró lágrimas de regocijo. Que ya van a salir excarcelados los Andrades; que con desprendimiento, apenas para visto, don Anacleto ha facilitado el pago al Gobierno por la libertad de sus sobrinos. Allí en la vieja salona donde vegeta don Esteban, tío Anacleto refiere por centésima vez cómo ocurrieron las cosas, y por centésima vez le escuchan atónitos don Esteban, que entiende cuando le da la gana, doña Marcelina, que tiene surcos en las mejillas, de llorar, y Refugito, que en fuerza de las circunstancias, hase visto constreñida a dar placentera acogida a las galanterías intempestivas de mi Pablón.

—Pues sí, hermano —repite don Anacleto, ya con la mirada brillante y erectas las rojas narices, en los comienzos de la primera borrachera del día—, ya vas a tener el gustazo de dar un estrechón a esos buenos mozos. ¡Pues no faltaba más! Ser uno de la misma sangre y no hacer nada por ellos. ¡Buen trabajo que me dio el rasabioso de Juliancito! ¡Quién lo había de creer! Pero nada le valieron sus alifafes, le apreté duro la clavija y tuvo al fin que convenir. Como ustedes saben, en los cuatro mil pesos de la apuesta íbamos por los. No más cayó el dinero en mis manos y le dije: "Mire, amigo, dos mil son de usted, dos mil míos; bueno, pues ahora todos son suyos; nomás coja esos centavos y váyase al lugar, hable con sus licenciados para que echen luego, lueguito, a los sobrinos de la cárcel." "No, tío Anacleto, no hay con qué pagarle pronto, estamos llenos de compromisos." Y que esto y que lo otro y que va y que vino y que fue y que volvió. "¿Quién ha dicho aquí nada de pagar, Juliancito? Ándele pues, haga lo que le mando; pero antes páguele a su corredor, que muy bien ganados se tiene sus cuatro mil reales." ¡Qué corredor, niñas! ¡En mi vida he visto cosa igual! Demontre de pelao; ¡pues no le ha puesto la vara a la Giralda, en puro pelo! Les digo que es el mismo demonio. Bueno, como les iba contando, comprometí a Julianillo, le piqué la cresta, delante de todo el mundo, y ahí venimos a la Villa con todo y su muina y coraje. Estaba de tostar chiles. Llegamos a casa del licenciado y eso fue de partes y partes al Gobierno todo el santo día de Dios, hasta que dejamos el negocio redondito. Cuatro mil pesos nada menos por la libertad de los sobrinos. Dentro de dos o tres semanas los tendremos aquí en la casa, pues. ¿Qué dice usted de esto, niña Refugito? ¿Qué le parece, doña Marcelina? Ni ganas de ver a esos buenos mozos, ¿verdad?

Nadie, ni menos Julián, que víctima de su horrendo humor se mantenía a distancia del grupo, sospechaba adónde habrían de parar los desprendimientos del tío.

—Bueno —prosiguió éste, cambiando bruscamente de voz—, pues ahora tenemos que hablar de otra cosa, ¿eh? Pónganme cuidado, hermano, Marcelinita, y principalmente usté, niña Refugito.

Removió sus cansadas posaderas, arrastrando el equipal se acercó al viejo valetudinario y, mirando por un momento interminable su cigarro, después de echar una bocanada de humo a la cara de sus parientes, dijo apausada y solemnemente, con la gravedad que el estado de su embriaguez le permitía:

—Ustedes habrán oído decir por ahí... Pero ahora que me estoy acordando ¡qué decir ni qué decir!... Lo que se ve no se pregunta... Estos dos demonches de muchachos...

Se detuvo; sus ojos enrojecidos y brillantes de malicia se posaron sobre los primos que se mantenían sentados lado a lado

Ante una alusión tan inesperada, doña Marcelina dejó de llorar su regocijo y clavó sus atónitas miradas en "mi Pablón" y Refugito.

La muchacha, lejos de ruborizarse, se había puesto lívida de indignación. Pero una y otra enmudecían, pendientes aún de los labios del vejete ebrio.

—Lo de menos habría sido traer al señor cura; pero ya pensé: "¿A qué vienen todas esas políticas entre los de la familia?" ¿No les parece que lo más claro es lo más decente? Bueno, pues vengo

95

a pedir la mano de Refugito para mi Pablón y sanseacabó. ¿Qué dices tú de esto, hermano?

El interpelado lanzó un gruñido de marrano amarrado y su mano trémula se agitó; un dedo, todo arrugas, se desplegó con inaudito esfuerzo. Cualquiera habría dicho que mostraba la puerta al pretendiente; pero la interpretación de tal gesto fue otra para don Anacleto:

—¡Ya lo ven, niñas, ya lo oyen!... Quiere decir mi hermano que cuanto antes sea, mejor.

Las caras compungidas de las mujeres se encontraron en su indecisión.

Al fin Refugio respondió resuelta:

—Tío Anacleto, la verdad es que usted está engañado, nada de lo que piensa es cierto. Puede preguntárselo al mismo Pablo. ¿Verdad, primo, que mi tío está mirando lo que no hay?

—¡Je... je... je...! Mi padre tiene mejor vista que usté, Refugito. ¡Je... je... je...!

Doña Marcelina estaba consternada; Refugio se retorcía las manos.

—¡Por Dios, madre, digo la pura verdad!

Entonces Julián se acercó:

—Mira, Anacleto, las cosas han de hacerse bien a bien y como Dios manda. Cada cosa quiere su cosa. Tú pides a Refugio para Pablo y estás en tu más legítimo derecho. Bueno, mi madre te pone un plazo para la contestación, y ella está en lo justo.

—¿Y a qué vienen plazos? Entre Pablo y yo no hay nada, ni ha habido, ni habrá jamás... ¿Entonces...? Si le digo pues que no, desde ahora mismo, a nadie le hago un desaire.

—¡Ah, sobrinita, conque así...! ¡Hum... pos está bueno... está bueno...!

El viejo sonreía, los ojos fijos en el suelo. Arrojó el cigarro con mal reprimida cólera y exclamó:

—Pos entonces a ensillar, mi Pablón... Ya lo vido, amigo, resultamos aquí de más... Ándele, salga y ensille, vamos a ver dónde no salimos sobrando...

—Anacleto —prorrumpió angustiada doña Marcelina— no tomes esto a desaire; pero ponte tú en nuestro lugar...

Al viejo paralítico le relampagueaban los ojos de alegría.

—Ándele mi Pablón —prosiguió don Anacleto despectivamente, levantándose a duras penas, escupiendo por un colmillo y sordo a las disculpas de la afligida madre—. Ándele a ensillar. ¡Qué quiere, amigo, nosotros no semos de botita amarilla, ni bufanda de estambre, ni chaqueta de casimir francés! ¿Quién se lo manda ser pelao, mi Pablón?.. ¡Ándele, sígale y ensille su recua! ¿Qué no le da vergüenza? Acuérdese que usted es de los meros hombres y nadie le ha arañado nunca las barbas... Porque no es usted de los que manchan el pabellón de los Andrades.

Julián se acercó y en voz baja dijo a doña Marcelina, implorando todavía:

—¡Déjelos, madre, déjelos que se larguen lejos al... tal!

—Conque ya nos veremos, niñas; adiós, hermano; hasta más ver, Julianillo...

—¡Anacleto, por Dios, no tengas ese genio, no te vayas así! Dame un plazo siquiera... No es posible que salgas de esta casa de esa manera, después del beneficio tan grande que nos has hecho.

—¡Ah, madre, pierde cuidado —saltó Julián—, no te apures, que no hay compromiso alguno! Tío Anacleto, aquí tienes tu dinero. Si algún día lo necesito, iré por él a tu casa.

—¡Hombre, Julianillo, quién se acordaba ya de esto!... ¡Cabal, cabal!... Dices muy bien, amigo, pero retequebién que hablas. Vengan acá buenos mozos, que no hay más amigo que es Dios ni mejor pariente que un peso en la bolsa. Conque viéndonos... Arrímese el prietito, mi Pablón, y ayúdeme a subir, que ya está chocheando su padre.

Franquearon el portón y ya en pleno campo raso el viejo lanzó un grito:

—Mi Pablón, apriete la cincha que le voy a meter un caballazo pa que se le enfríe la muina... Compóngase, mi Pablón, que me fui...

Arroja su potro oscuro a la vez que el muchacho alinea su orizbaya.

Chocan con estrépito y, a un ruido hueco, viejo y cabalgadura dan formidable batacazo en los tepetates.

El bruto mansamente se endereza y se mantiene quieto en espera de su amo. Pero éste no puede moverse y gime adolorido:

—¡Ay... ay... ay...! ¡Hombre, mi Pablón, mire nomás qué porrazo me ha dado!

—¡Ah, qué mi padre!... ¿Pos pa qué se atravesó ansina?... Parece que no sabe... ¡Eso se saca por pendejo!

Retraído a sus negros pensamientos, Julián vio desaparecer a sus parientes con muda indiferencia. Su faz patibularia escondía una fragorosa tempestad interior.

En ese momento acertó a pasar el viejo Marcelino con una brazada de hojas crepitantes de maíz.

—Oye, Marcelino, ¿vino ya Gertrudis?

—No, amo; ni tiene a qué venir...

—¿Cómo?...

—Sigún razón cargó ya para juera con sus tiliches. Pero si al amo se le ofrece algo.

La cara mortecina del sirviente escudriña con avidez el semblante de Julián. El amo chico nunca había querido hacer su confidente al pobre viejo que tan buenos servicios supo hacer a los señores grandes. "Muy mal he de cairle pa que destinga al mocoso Andrés... ¡Hum!... ya veremos... ya veremos... aquí estamos sobrando uno de los dos... o Andrés o yo..."

Julián sostiene una lucha; comprende la mirada inquisidora de Marcelino, y su rebeldía y su obstinación crecen. No quiere implorar ayuda de nadie, por no descender al punto de una confesión absurda; de mostrar su llaga, incurable quizás; de enseñar a un mísero peón su alma corroída de celos y de impotencia. Y hace un esfuerzo de serenidad imposible; pero el viejo perro ve muy bien el brillo conocido de la mirada del felino, el músculo que sacude un espasmo y la faz asimétrica.

Tío Marcelino comprende que tiene que llegar su hora y sigue su camino con la brazada de rastrojo.

—Primo —exclamó de repente Pablo, entrando a trote al patio—, dispensa la grosería; mi padre está allí afuera con una pata desconchinflada; lo tumbó el cuaco. Dame licencia de meterlo aquí no más en mientras voy a traer a tía Remigia la componedora.

—Anda, hombre, vamos por él; no me digas más.

Las señoras, que se dieron cuenta del caso, entraron en consternación y se apresuraron a preparar alojamiento al tío. Doña Marcelina armó un desvencijado armatoste y lo acolchonó con tilmas hilachentas. Refugio amontonó los olotes del cuartucho húmedo y oscuro en un rincón. Barrieron, trapearon y, cuando llegó don Anacleto gimiendo y lloriqueando, ya todo estaba listo.

—Niñas, un vasito de mezcal de por el amor de Dios —pidió el lesionado para apagar su sufrimiento.

No uno, sino repetidos vasos llenos son necesarios para sostener al hombre y ponerlo a roncar como un cochino.

Cuando despertó, dando terrible alarido y lanzando tremenda interjección, dos garrudos rancheros lo tenían inmovilizado de pies y manos, y tía Remigia, la curandera del Refugio, acababa de dar un formidable tirón a la luxada cadera, haciendo entrar con un trac neto y sonoro la pierna en su lugar.

Y aunque el resto se redujo a maniobras de masaje un tanto bruscas, el tío siguió dando desgarradores lamentos que no hubieran de cesar sino hasta la hora y momento en que la comadre, con una sonrisa de triunfo y sonando sus veinte reales en la bolsa, dio sus disposiciones complementarias: una bilma de palo lechón en el golpe; no beber leche ni atole blanco en quince días, so pena de que se formen las materias y todo se eche a perder.

XX

TODAS las tardes, al oscurecer, cuando el ganado se ha recogido y rumian somnolientas las vacas en la majada, mientras los toros cruzan sus recias encornaduras en la postrer disputa del día, aparecen en la loma, al poniente de la Casa Grande, dos borrosas siluetas, don Julián y Marcelino, de regreso de la presa en construcción a punto de terminarse ya. Los vaqueros los esperan para echar las trancas del corral y volver luego a sus hogares. Pero aquella tarde primaveral los peones vieron cómo, al llegar al ángulo donde divergentes veredas confluían, amo y mozo se desviaban hacia la ranchería parpadeante en rojizas lucecillas, en la inmensidad de rizadas y tiernas ramazones, en el boscaje vagamente perfilado sobre una radiación luminosa de anaranjado diluido.

—Buena señal —dijo el carretero—, al amo se le va a espantar la murria. ¡A poco le cuadra Mariana ora! Van derecho a casa de tía Melquias. Me alegro y me retealegro. Yo le tenía buena disposición a Anselma; pero lo hacen a uno menos, nomás porque lo miran probe. Y más gusto me da porque van a quedarse como el perro de las dos bodas, sin una y sin otra. Ya se les quemaba la cazuela, creiban que iban a meterse en el corazón del amo. Y nada, ¡qué ya les olió su maíz podrido y se los avienta a las puras narices!

Y cuenta el desairado pretendiente cómo el amo don Julián logró conquistar a Anselma o, mejor dicho, cómo se dejó conquistar por ella. Y dice que los proyectos de las viejas dieron al traste; pues con una sola visita hubo para que al amo se le acabaran las ganas de volver a poner más ahí sus pies.

—Pa mí no es que le tenga mala voluntad a la muchacha —observa alguno— sino que está enhechizado. Miren cómo ya parece charal. ¡Qué va a poder querer a las mujeres!

—Sigún razón, lo tiene ansina Marcela la de señor Pablo. Pa mí también es reteverdá; yo vide una noche a tía Crescencia con sus dos hijas que las traiba a vistas... ¡Don Julián, como si pa maldita de Dios la cosa! Les digo que ni alzaba a verlas.

—Yo lo que vide, lotro día, fue a señá Remigia, la de El Refugio, que pa eso de curar enyerbaos no tiene compañera. Toda una tarde se estuvo allí adentro con el amo.

—Echaremos pues las trancas, muchachos; lo que es ora no viene hasta la madrugada.

Crujen las agujetas de encino enfilándose en los orificios de los soportes: Al rudo rechinar despiertan las vacas y mugen. Después todo vuelve al sosiego, y la soledad y el silencio reinan de nuevo. Los peones se meten al portalito, trepan al carromato, se tiran boca arriba y, mirando al cielo que comienza a cintilar, prosiguen sus relaciones.

Andrés, el mozalbete que aspira al puesto defendido por Marcelino, habla con encono de éste, vaciando todos sus odios y envidias. Cuenta que sólo a fuerza de bajezas el viejo mozo de don Esteban ha recobrado su predominio, ganándose las confianzas del amo chico. Se dicen horrores de Marcelino. La exaltada imaginación de los labriegos encuentra ancha veta que explotar en las mil leyendas que corren de boca en boca acerca del cómplice de las fechorías de don Esteban Andrade. Cada cual refiere la parte de historia que sabe. Hay quien diga haber escuchado una noche, en la vinata de Juan Bermúdez, a Marcelino, borracho, contando el número de homicidios perpetrados por sus propias manos. Mostraba una daga de una hoja muy fina con muchas rayas: por cada raya un cristiano. Otro, aterrorizado, refiere que oyó de boca de Juan Bermúdez que Marcelino, ebrio, había dado un pormenor de cómo él y don Esteban hacían perdedizos a los que estorbaban. Era en un sitio muy escondido de la Mesa de San Pedro, llamado la Cuevita. A la medianoche sacaban a los hombres, amarrados los codos tras de la espalda, con un trapo metido entre los dientes, y al llegar a la boca de un foso recién abierto, a una señal de don Esteban, Marcelino, sobre el cuello bien tendido de la víctima, ¡rájale! un tajo certerísimo; y caían como los bueyes en el abasto.

Andrés callaba ahora, temeroso de que los peones excitados repararan en que cualquier elegido por los Andrades para mozo de estribo a tales faenas estaba destinado. Procuró encaminar la conversación por otros derroteros; pero todo en vano; una vez puesto en tensión aquel resorte, materia de plática había, y de sobra, hasta rayar el alba.

—Mariana, Mariana, unas bandejas de pulque.

Julián, sin apearse del caballo, doblada la cerviz, metía la cabeza por la ventanuca de la vinata.

Marcelino apenas podía creerlo. Cualquier otro habría desesperado del silencio pertinaz de su patrón. Cuatro meses ya de mutismo absoluto, cuatro meses de aguantarse aquel genio endemoniado. Pero todo cambia repentinamente. Por quién sabe qué conductos llegó a oídos de Julián que Gertrudis, el morenciano, apurado por despilfarros de la Marcela, se enganchaba con muchos trabajadores a Morency. Y con eso había sido bastante para que los negros pensamientos se ahuyentaran y su acritud se tornara en regocijo. Esa misma noche, deshechos los hielos, invitaba llanamente a su fiel criado a echar unos tragos a la cantina de Juan Bermúdez.

El viejo Marcelino presiente la hora de realizar al fin sus ensueños. Si al amo se le ofrece uno de esos servicios de que tanto gustaba don Esteban, está ya asegurado el porvenir de un pobre viejo a quien odia todo el mundo y que, inútil para las rudas faenas del campo, está próximo a verse abandonado, sin familia, sin pan y sin hogar.

Mariana, que ha vuelto con dos vasijas de barro rebosantes de pulque, se mantiene de pie y respetuosa, esperando que sus clientes las agoten. Julián se anima, galantea a la muchacha; aunque ahora, sin que él sepa a punto fijo por qué, le es menos atrayente, Mariana, flor exquisita, exótica y rara en los campos incultos, contrasta por su finura y esbeltez, por su neurosis de gente civilizada, con todas aquellas hembras panzudas, piernudotas y recias de pechos como vacas suizas. En más de una ocasión sus ojos perturbaron ya a Julián Andrade.

Se retira con las vasijas vacías, enciende luces e invita a los honorables visitantes a entrar en la vinata. Ellos no se hacen del rogar, abandonan sus cabalgaduras al cuidado de un chico oficioso que se apronta, y pasan.

—Mariana —exclama Julián sin pizca de mala intención—, a ti te está haciendo falta tu media naranja.

Pero Mariana, que tiene su pensamiento bajo la obsesión aplastante de su fracasado amor, piensa que de todo el mundo es sabido su intento vano de matrimonio, y siente encono, saña y mofa de su dolor en las palabras más sencillas; con el corazón sublevado de odio para todos los hombres y para toda la humanidad, los ojos ardiendo de cólera, responde con inesperada altivez:

—Más falta le está haciendo a usted la suya... Y así se queda.

Ante un ataque tan imprevisto, Julián abre los ojos.

Marcelino sonríe despectivamente. ¡En lo que han quedado los Andrades! ¡Qué esperanza que uno de aquellos viejos, de veras hombrecitos, hubiera aguantado un segundo nomás semejante chifleta! Este infeliz, insultado por una mujer, todo lo compone con reírse, sí, con reírse como un imbécil, como Tico el bienaventurado; y no sabe qué contestar.

Julián ciertamente calla, pero buscando la manera de apagar el insulto con otro mayor, más mordaz, más doloroso, que haga verter sangre del alma. Estudia, pues, a Mariana detenidamente, la escudriña de los pies a la cabeza.

Ella está de pie, con un cantarito entre los brazos, pronta a llenar de nuevo los apastes.

Julián ve de pronto su venganza.

—Pero, mujer, ¿qué te ha sucedido? ¡Estás hecha una compasión!... Marcelino, ¿ya le viste la pata de gallo a Mariana?... ¡Ja... ja... ja.... ja...! ¡Ya Mariana tiene pata de gallo, Marcelino!

—Y hasta espolón —responde el viejo, arrimando la luz de un farolillo a la cara empurpurada de la muchacha.

—¡Ja... ja... ja...! ¿A poco te has hecho vieja de la noche a la mañana? A mí no me la pegas, Mariana; tú estás dando gato por liebre. Marcelino, esta chicharra vieja se pone colorete.

Amo y criado ríen a carcajadas, y la guasa prosigue brutalmente.

—Anda, abuelita, repite los vasos... a tu salud.

A cada nueva libación Marcelino en señal de respeto se aleja, vuelve la espalda a su patrón y de un sorbo se voltea la jícara hasta morder el barro.

A Mariana se le agolpan las lágrimas y los sollozos. Julián ha dado un certero golpe. Desde la gran desilusión final se ha dejado de aliños y composturas, y los treinta años se le han echado a la cara con refinamientos de crueldad. Su color quebradizo está marchito, sus ojeras, antes un tanto sugestivas, se han tornado en cuencas cenicientas de matices mortecinos. Si algo restaba en sus negrísimos ojos de aquella luminosidad esplendente, no era más que un odio enorme, inconmensurable y eterno a la vida; el anhelo dolorosamente melancólico de la desaparición, el abatimiento final de la doncella frustrada que tardíamente derrama lágrimas por el desvanecimiento de toda una vida estéril, encerrada en una esperanza, en un deseo sano y casto.

—¡No te arrugues, cuero viejo... que te quiero pa tambor! —grita Julián ya en plena excitación alcohólica—. Mariana, busca novio, agárrate al primer tacuache que se te ponga enfrente.

—Yo ya soy vieja, niño Julián, y peores cosas me han de suceder; pero ¡qué vergüenza que a usted, tan buen mozo, tan jovencito y con tanto dinero, lo hagan menos!... ¡Que uno de sus sirvientes le haya quitado la novia...! ¡Ja... ja... ja...!

La risa de Mariana adquiere una sonoridad metálica, estridente; risa histérica.

A Julián se le pone erecta una venilla azul que serpentea en su frente paliducha. No encuentra contestación y finge haber llegado al momento de embriaguez en que se comienza a no entender. Balbucea insolencias y frases sin sentido.

Marcelino, estupefacto, sale a la defensa del amo:

—No te apures, Mariana, que las cosas no son lo que parecen. Ya ves que no dice nada, ni te responde... pues él sabe bien su cuento.

—Con paciencia y un ganchito, Marcelino, hasta las verdes se alcanzan —ulula Julián.

—Sí, dicen que la paciencia es virtud de los burros —responde Mariana, inaudita.

Marcelino, helado, piensa: "¡Oh, de los Andrades no queda ya más que el nombre!" Pero le falta algo más que escuchar.

—Mire, niño don Julián, lo que ha de hacer es ayudar a esos pobres muchachos para su camino. Ya que su dinero de las carreras les sirvió para tanto tiempo, acábeles de hacer el favor: auxílielos para un buen viaje a Morencia.

Julián salta de su asiento; pero no para romper aquella boca que así lo injuria, sino para informarse de lo que tanto le ha intrigado. ¿Cómo sabe Mariana eso? ¿Quién le ha contado que Gertrudis se lleva a Marcela? Y pierde los estribos del todo, mientras que tanto Mariana como Marcelino se burlan interiormente de él.

Intensamente regocijada del mal que hace, Mariana sonríe radiosa de venganza y afirma que todo lo sabe de buena fuente, que antes de dos semanas muy lejos de San Pedro de las Gallinas estarán ya los amantes envidiados.

—Marcelino, Marcelino, ya es muy noche; los caballos, Marcelino.

Julián se ha puesto ansioso y en su mirada hay vaguedades de locura.

—Marcelino, ¿qué hacemos? —exclama cuando se han alejado del caserío.

El viejo socarrón finge ingenuidad:

—Si su mercé está resuelto ya, no hay otro remedio. Vamos a la Villa, se la quitaremos y si él quiere estorbar... ¡pior pa él! ...

Impacientísimo, Julián afirma que se le ha ocurrido igual cosa, pero que eso pasa de difícil. Las maldecidas gentes del Gobierno han dado en cobrar por la vida de cualquier pelagatos infeliz una barbaridad de dinero. Ahí están sumidos en la cárcel sus hermanos por falta de cuatro mil pesos. ¡Este maldito Gobierno no se llena nunca! No parece sino que la gente trabajadora tiene obligación de juntar dinero y más dinero para tanto haragán. Y tras ese pretexto vienen otros más poderosos aún. Sólo que el verdadero está tan escondido que ni al mismo Julián se le asoma. No es capaz de confesar su miedo aterrador al morenciano. No quiere ni acordarse de que en más de una ocasión, camino ya de San Francisquito, con el firme propósito de ajustar sus cuentas a Gertrudis y a la querida, ha vuelto bridas en breve. La maldita imagen indeleble; "mis corredores han de ser corredores o se los lleva..." Y Gertrudis, que va a correr la Giralda sin collar —audacia mortal— sólo le ha contestado con su mirada terriblemente serena; unos ojos que le burilaron en el alma una impresión de terror implacable.

—Sí, amo, ya sé que hoy es la de malas pa los patrones; pero si uno sabe darse sus mañas...

—¿Qué harías tú, Marcelino?

—Hum, pos ni me lo pregunte; lo llevaba allá arribita, a la Cuevita... y luego ya podían venir los de la Montada a buscarlo... el amo nomás diga...

A Marcelino le castañetean los dientes; un raudal de juventud y vida nueva circula por sus venas. Aunque está frontero a los sesenta, ¡caramba!, todavía se siente capaz de gozar... a su modo; cada cual tiene el suyo. Sus dientes entrechocan y el placer se hace tan intenso que supera las pobres fuerzas del viejo, quien, para ocultarlo y poder resistirlo mejor, vese constreñido a buscar pretexto que le sincere ante sí mismo. Y lo encuentra.

—Yo me comprometo a traerle aquí mesmo a Gertrudis, amo; pero su mercé va a hacer también algo por este viejo, ¿verdad?... Estoy en la miseria, la gente no me puede ver ni pintado y cualquier día amanezco tieso en el chiquero.

104

—Dí... dí... ¿qué pides?...

—El amo don Esteban me quería mucho; pa mí las mejores tierras. Hoy no puedo trabajar... su mercé tiene muy buenos caballos en sus caballerizas... el Mono es un buen cuaco.

Julián gime como si hubiese recibido intempestivo sofocón.

"¿Conque el Mono pide este salvaje a cambio de Gertrudis? ¿Qué tal canalla de gente es toda ésta? ¡Mi mejor caballo a cambio de ése...! ¡Todos iguales; atajo de bandidos...!"

—El Mono será tuyo, Marcelino —prorrumpe haciéndose violencia.

Mariana ha reído con crueldad al principio; ha gozado acordándose nomás de la tortura en que puso a Julián; pero después de reflexionar un poco le viene a la cabeza extraña idea. Una sospecha inaudita, terrible. Aquella retirada intempestiva de Julián. Su despertar instantáneo de la embriaguez. ¡Dios mío, si habrá hecho una barbaridad! Y cada vez más luminosa aparece la idea en su mente. Del desasosiego va a la angustia. ¡Dios del cielo, que no vaya a suceder semejante cosa! Si ella no ha tenido la intención... ¡Madre mía del Refugio!

Y se pone a rezar con gran devoción ante una estampita de la Virgen. "Madre mía, que no caigan en manos de esos hombres... que no caiga Gertrudis en sus manos, ni..."

Sus labios se rebelan a pronunciar el nombre aborrecido; pero su corazón enorme lo dice. Y cae de rodillas ante la Virgen del Refugio, estrepitosamente sacudida por el llanto

—¡Ni Marcela!...

XXI

EL BRIOSO potro cabecea, a veces bufa cuando imprevisto tropiezo le detiene; pero avanza siempre seguro la empinada cuesta entre escarpaduras de la Mesa de San Pedro. La luz del amanecer, en una franja rosada de cada lado de la Mesa, va diluyéndose en el esplendoroso violeta de un cielo apagado ya de estrellas. La tenue claridad empieza a filtrarse en sombras vagas; luego árboles, rocas, grangenos y nopales destácanse distintamente. De pronto, hacia la empinada cresta pétrea asoma una aureola de luz roja, un río de oro se desborda inundando las sabanas blancas e inmensas con manchones de tiernos y rizados retoños primaverales.

El caballo de Julián se encabrita, se niega a seguir adelante;

la espuela, al hincarse, sólo le hace revolverse sobre sus tensas corvas. Como un sonámbulo, Julián apenas se da cuenta de que han llegado al límite de lo accesible y al punto preciso de cita. Marcelino, talache en mano, está esperándolo desde la madrugada y él aún no repara en su presencia.

Apéase, se sienta al borde de la meseta, encajonado entre dos peñas, las piernas oscilando sobre el abismo.

Abajo álzanse los peñascos como cristalizaciones gigantescas de sílice en agujetas verticales y delgadas; más abajo aún, la inmensidad del valle repulido como la superficie de un cartón de agrónomo; grandes cuadros y cuadrilongos de tierra divididos por negros surcos prodigiosamente paralelos, manchones plomizos de abandonados barbechos, claros de eriales blancos como marfil bruñido, superficies de malezas glaucas, líneas que se entreveran en madeja, cercas de piedras mohosas, nopaleras bordeando larguísimos vallados, el camino real como delgada culebra de alabastro. Y en aquel vasto campo donde el saucedal, a orillas del río, describe una gallarda·curva cual lira gigantesca, las yuntas de bueyes llevando tras de sí un monito blanco encorvado sobre la mancera y seguido de la negra cauda del surco recién abierto, parecen inmóviles, enclavadas en la tierra. A plena luz del día álzanse ya los remolinos del polvo, débiles como los que un soplo pudiera levantar. Los viandantes bosquéjanse como hormiguitas de movimientos más lentos que las manecillas de un reloj.

Pero Julián escapa al espectáculo; una visión roja se lo borra todo. La tragedia en preparación lo obsesiona y le da la ambliopía de la sangre. Una idea da vueltas en su cerebro como rueca sin fin y es imposible arrojarla de allí.

Marcelino, pues, ha llegado al escritorio y da el aviso ansiosamente esperado: "Ya está aquí Gertrudis." "Pues que entre —responde Julián—, pásalo al escritorio. Pero hay que sacar la cuenta de las raciones atrasadas que se le deben." Marcelino sale. Marcelino vuelve a entrar: "Ya está aquí Gertrudis." Ahora han entrado los dos. No hay tiempo de nada. Marcelino le ha puesto la pistola amartillada sobre el pecho. Lo demás. Sí, lo demás que es muy fácil. A la Cuevita. Y... falta una cosa. ¿Qué falta, señor, qué falta?... ¡Ah sí, una cosa muy divertida! ¡Ja... ja, ja!... Marcelino quiere como premio el Mono. Descuida, Marcelino, se te dará tu premio.

Y Julián ríe con risa de supremo deleite, exquisita floración del placer más refinado.

Marcelino ha comenzado a trabajar ya, apartando cactus y grangenos que enraizan en las junturas de la boca de la Cuevita. La pica repercute lúgubre, peña por peña, y su ronco retumbo asciende y desciende por la abrupta crestería hasta que Julián despierta como de una pesadilla.

—Marcelino, por Dios, no hagas tanto ruido.

Cuando Julián se levanta y va a ayudarlo en la fatigosa faena, han transcurrido ya dos horas. Marcelino lo ha limpiado todo y sólo falta levantar la enorme peña que cierra la entrada de la Cuevita. Tras largos y prolongados esfuerzos logran al fin bornearla. Los dos se mantienen de pie para respirar, profundamente fatigados.

Julián alza la cara y ve las siluetas negras de los cuervos bajo la diafanidad azul. Arriba de su cabeza se levantan peñascos enormes cortados a pico y, por encima todavía, la cresta circular de la montaña cual pétrea corona de un coloso. Peñas cobrizas y herrumbrosas, repujadas por el beso candente de millares y millares de soles; peñas oblicuamente sobre la cima como si se extasiaran en su propia contemplación, abras enormes de entre las que surgen fofos colorines balanceados por el viento sobre la nada, tremolando sus hojas coriáceas cual mariposas verdes borrachas de insolación; grangenos abotagados como miembros de elefancíaco estiran sus brazos deformes e hincan sus garras en las hendeduras de las rocas. Y hay un glauco invasor que llena todos los resquicios y lo mismo flota en apretados haces entre las peñas, que cobija bajo su piadosa sombra a los caracoles resbalados de los helechos, el glauco de las varacenizas, sacudido por el viento, incensando a la mañana con el perfume de la montaña.

Hacia los bordes del desfiladero sopla el viento en ráfagas tremendas; pero ahí donde todo es enorme, apenas se percibe la caricia del coloso.

Los hombres continúan en su ruda faena; en un vigoroso empuje hacen girar la piedra. De canto ha dado media vuelta sobre el desfiladero, bambolea de un lado, luego de otro, pierde el equilibrio y en su desprendimiento parece llevarse a Marcelino que tiende sus manos con desesperación, cual si quisiera detenerla.

Julián contempla embelesado el descenso retumbante de la roca que salta y salta arrastrando pedruscos, desgajando troncos, arrebatando las copas de los árboles y las pencas de los nopales, hasta agotar su fuerza a distancia que los ojos no alcanzan ya. Julián sonríe con sonrisa de demente, contemplando la cara pálida de Marcelino.

—¡Quedamos bien! ¿Pos con qué vamos a tapar eso ora, amo?

"Caracoles —piensa Marcelino mirando los ojos vagorosos de Julián que lo oye sin comprender—, ni por pensamiento me pasó que este patrón fuera tan probecito de alma. Se ha vuelto loco nomás de pensar en lo que vamos a hacer."

Y con el sano propósito de distraerlo e infundirle un poco de ánimo, comienza a referir aventuras del amo don Esteban, allá en sus mocedades. ¡Oh, el amo don Esteban nunca se tentó el corazón para quitarse de enfrente al que nomás comenzaba a estorbarle! A los niños Andrades de hoy en día les suceden tantas desgracias por eso, porque se pasan de buenos. La gente abusa siempre del que se deja. Y cuenta cómo por aquella negra garganta, acabada de abrir, desaparecieron muchos que ni tanta guerra dieron.

—¿Y si Gertrudis no quiere venir, Marcelino? —exclama Julián de repente, angustiado ante tan tormentosa idea.

—De eso pierda cuidao el amo. Queda de mi cuenta. Si entre semana, cuando usté esté en la casa, él no quiere venir, lo que es un domingo me lo retetraigo.

—Pero entonces...

—Entonces... cuando su mercé esté aquí de vuelta...

Julián en su potrillo, a pie el viejo Marcelino, comienzan a bajar silenciosamente de la sierra.

Ante un monte espeso de nopalera, detiénese el viejo:

—Mire, niño, ahí donde se mira ese nopal manso nos jallamos una vez, su papá y yo, a un muchachillo que andaba apiando tunas. El amo su papá era retetravieso. "Chelino —me dijo—, agárrame a ese muchacho; ya verás la diablura que le voy a hacer; no le quedarán ganas de volver a robarse mis tunas." Me bajé de mi caballo y en dos por tres lo pepené. Un mocito de diez años, un demonche que chillaba, loco de miedo. El amo, a risa y risa, le quita la cuchilla y le tumba los calzones... ¡zas... zas...! de donde semos lo que mero semos... ¡ni rastro...! Me acuerdo y echo el estómago de pura risa...

Carcajadas estrepitosas acogen el relato de Marcelino, y Julián asegura que aquello tiene tanta gracia que vale la pena de repetirlo el día que se pueda ofrecer.

XXII

Cuando Mr. John se instaló en San Francisquito, pueblo cercano a un gran puente de la línea del F.C.M. que estaba en construcción, el vecindario se alarmó. Era bastante con que el advenedizo viniera de esos países infectos donde prosperan las nefandas doctrinas de Lutero, para que las gentes pudibundas y asustadizas temieran el contagio y aun la muerte eterna de algunas almas buenas. Tal sentimiento se amenguó bien pronto, porque Mr. John se ocupaba de vinos buenos y manjares bien condimentados, pero nunca de religión. Además, su bolsillo supo captarse sucesivamente las simpatías del cantinero, de la casera, del sastre, de la planchadora, y aun ablandar la rígida austeridad de algunos ancianos que le consultaban asuntos de su profesión. A los mozos, ¡claro!, desde el principio se los echó en la bolsa.

Pero un día corrió la voz de que el ingeniero, tras de raptarse a una rancherita de San Pedro de las Gallinas, había emprendido un viaje a los Estados Unidos. Y antes de tres meses, cuando aún estaban calientes los comentarios del extraordinario caso, el gringo regresó con todo y hembra, alquiló la mejor casa del pueblo y se instaló en ella con desenfado. Entonces sí que se pusieron erectos los pelos de muchos venerables pechos. Graves jefes de familia, matronas pasadas de los cincuenta, y todos aquellos que por hábito, edad o enfermedad vivían condenados a la continencia, pusieron el grito en el cielo.

Gastaba la diabólica mujer tal desenvoltura y desparpajo, que los mozos que antes jamás hubieran reparado en la rancherilla flechadora de los domingos en la misa de once, ahora se desalaban por alcanzar una mirada o un mohín siquiera.

A fin de poner coto a semejante escándalo, reuniéronse en conciliábulo muy comentado el señor cura, el maestro de la escuela de niños y el Alcalde. En casos parecidos siempre se llegó a pronta y fácil determinación: el destierro. La mujerzuela que osaba poner los pies en San Francisquito anochecía en su casa y amanecía a muchas leguas de distancia, seguramente custodiada por personas de conciencia y edad respetables. Mas el caso en cuestión no era un lugar común; vulnerábanse los derechos civiles de un súbdito norteamericano y el primero en formalizar su veto fue el mismo señor Alcalde. Así, acordaron las conclusiones siguientes: primera, excítese a los fieles a elevar sus más fervientes plegarias a su Divina Majestad, pidiéndole, con gran dolor de su corazón, remedio para muy grave necesidad; segunda, procuren los vecinos privar a los amancebados de todo auxilio así de servicios personales como provisiones de boca, vestimenta, etc. (no olvidando que hay que aborrecer el pecado, pero nunca al pecador); tercera, verifíquense solemnes cultos en honor de San Judas Tadeo, patrono contra visitas inoportunas; cuarta y última, distribúyanse los gastos de triduos, rosarios, misas y novenarios entre los vecinos principales por su piedad y temor de Dios.

Las aflictivas voces se hicieron oír más pronto de lo que el cura hubiera deseado; a medio novenario apenas, desaparecieron el gringo y su concubina.

Por lo demás, los chicos, que con tanto fervor desearan el arraigo de la planta venenosa, se cuidaron de no traslucir nada el día que de buenas a primeras reapareció Marcela bajo nuevo atavío. La entallada falda estilo sastre habíase trocado por flotante enagua de gasa, la camisa de aplanchada pechera y rojo corbatín por una blusa de encaje y rebozo de bolita.

Miel sobre hojuelas, pues; salvo las maneras un tanto despectivas con que ella regresaba y la fiera altivez de su nuevo acompañante.

El domingo de Pascuas, a la hora en que la banda municipal desgarraba el aire con sus agrios latones y sus locos golpes de platillos y tambora, llegó Gertrudis muy inquieto:

—Marcela, ponte tus trapos y vamos a los toros.

—Son de aficionados; a mí esos curros no me divierten.

—Aquí más nos hemos de aburrir.

—Además, mira cuánta gente; es hilo que no se corta. Quedaremos como cigarros en cajetilla.

"Si ella se niega a ir, algún motivo oculto tiene", piensa el morenciano con su irreprochable lógica de Otelo. Por lo que mayormente se encapricha. Marcela, que sabe de dónde son los toros de lidia y presume una de tantas escenas de celos estúpidos si Gertrudis se encuentra con Julián, permanece inmutable. Pero el morenciano encontró ya un argumento sin réplica.

—Sí, ya sé por que no quieres ir; te da vergüenza que esos curros te vean conmigo.

—¡Ándale pues, hombre, vamos adonde te dé tu gana!

Marcela viste sus ropas domingueras. ¡Qué Gertrudis! No sabe lo que está haciendo. Que logre de veras aburrirla y ya verá si ella es capaz o no de ponerlo celoso. ¡Imbécil, que se labra su desgracia por mero antojo! De nada le sirve que ella le sea fiel, en nada aprecia el sacrificio que ha hecho aceptando un arrimo modestísimo, cuando hay un mundo fastuoso y deslumbrante que se brinda por satisfacer sus más insignificantes deseos. Como si el dolor fuera para él importantísima necesidad de vida, apenas se retira de sus brazos férvidos, cae en la maldecida tarea de su suicidio lento. Puesto que en el presente de Marcela nada hay vituperable, vamos a buscar, vamos a escarbar con encarnizamiento idiota sus palabras y sus gestos más insignificantes; vamos a revivir todo un sucio pasado hasta que removido el fango nos intoxiquemos en sus propias emanaciones. Inútilmente se le ha entregado ella con un amor profundo y completo. Se ha propuesto borrarlo todo, aniquilándose en sus brazos; ha deseado con vehemencia morir en uno de esos raptos de locura para matarle su tormento. Y Gertrudis nomás haciendo renacer el fantasma del pasado con una vida tan intensa, que el presente se esfume y desaparezca.

Cuando llegan a la plaza de toros, miran a Julián Andrade entre un grupo de alegres mozalbetes. El morenciano desvía el rostro evitando el encuentro de sus miradas. Marcela choca la suya en un chispazo rapidísimo, intensísimo.

¡Bah! ¡El pobre Julián! Al fin y al cabo todo su delito estaba en haberla amado como un loco, como nadie en el mundo hasta entonces la había amado. ¿Y ella? ¡Dios mío, nunca fue más cruel con un mísero cachorro!

Ya en el tendido de sol, Marcelino llega y toma asiento cerca de Gertrudis. En breve comentan y charlan como viejos amigos.

XXIII

Gentío alegre y vocinglero borbotaba en el graderío, en los palcos primeros y segundos. Hasta ese momento había guardado compostura y mansedumbre, soportando la grita insulsa de los curros, y la petulancia de los aficionados, quienes, sintiéndose auténticos "Bombitas", ostentaban tieso y tendido calañés, chaquetilla alamarada, pantalón laso en los bajos, fieramente ajustado a la cintura y a las combas posaderas. Los incipientes coletudos habían hecho ya picadillo de los tres toretes lidiados; pero el cuarto y último —una pesada broma del maldito ganadero— a las primeras de cambio puso patas arriba al desprevenido capitán de la cuadrilla, sembrando el pánico hasta en los mismos palcos. A cada voltereta de un peón desmayábase una niña, y los demás, con cara de pan de cera, imploraban los burladeros. Y como al toro se le

111

había cercenado media encornadura, mayormente eran saboreados los tumbos y porrazos por la plebe. Cuando llegó el turno a los banderilleros, hasta los mismos cócoras de los palcos se contagiaron del terror de sus compinches.

—¡No te fíes, Paco, abre bien los brazos!

—¡Cuarteando, Paco!

—¡No, por ahí no tienes salida, Paco!

—¡Ahora es tuyo, Paco!

Pero el desdichado Paco manteníase impávido, caídos los brazos, contristada la faz y presa del más hondo desaliento. El pueblo se impacientaba; comenzaban a lanzarle pullas. Resuelto de repente, Paco levantó las fisgas, humedeciólas con la punta de la lengua, y se enfrentó con el torete:

—¡Je!... ¡je!... ¡je!...

En vano Paco había gastado una semana en aprender a cecear y a dar acento gachupín a sus voces; a la hora suprema todo se le olvidó y sus llamadas más tenían de humilde súplica que de reto. Excitados sus nervios, no podía estarse quieto un momento. Entonces se oyó un vozarrón:

—Brincas más que una mariagorda.

Aquel grito, en contravención manifiesta con el reglamento de plaza que prohibe toda especie de bromas a los señoritos, desató una tempestad mal contenida de gritos, silbidos y naranjazos. ¡Qué vergüenza que tal desaire se hiciera a un animal tan lindo! Y nadie se contuvo ya para lanzar sus cuchufletas, a las que seguía una silba atronadora.

Entretanto el toro se mantenía a media plaza, muy sereno. Los lidiadores escapaban a la lluvia de naranjas y tepetates, al arrimo de los burladeros, y la presidencia, presta a evitar un motín, dio órdenes al trompeta. Un agudo y sonoro toque y un aplauso unánime.

El ruedo quedaba ahora a merced de los lazadores. Apuestos mozos en no menos gallardos caballos cruzan la plaza, reata en mano, bajo el sordo rumor del público apaciguado ya. Empiezan a caer círculos, elipses que no tocan ni las astas de la res. Ésta lo mira todo con curiosidad y, altiva, no se mueve siquiera de su sitio. Y como la torpe faena se prolonga sin resultado, el público comienza a impacientarse y otra vez los ceceos sordos, los gritos sofocados, los silbidos perdidos, hasta que la bronca estrepitosa sacude de nuevo la plaza.

Un grito gutural, estentóreo, suficientemente poderoso para dominar el vocerío atronador, se levanta, repercute, se agiganta y va pasando de boca en boca hasta convertirse en una sola voz confusa, colosal y unánime. "¡Que baje Julián Andrade!"

Los charritos del villorrio se queman, hacen esfuerzos inauditos; alguno logra poner un lazo; pero mal prevenido, desconcertado por la emoción, deja que la reata se le vuelva madeja en la mano; arranca el toro, encabrítase el caballo y cuando el afortunado lazador no sabe todavía qué hacer, la reata ha pasado toda por su palma dejándole una rozadura que lo despacha al corral.

El público aúlla, zumban las risotadas y el grito vuelve a levantarse como una sola voz de millaradas de bocazas abiertas, de faces descompuestas y sin expresión individual.

—¡Que baje Julián Andrade!

Las miradas convergen hacia un sitio único. Julián Andrade, de pie, mira con fijeza un punto perdido en el tendido de sol, ábrese paso entre la multitud, salta ligeramente la barrera y enfrentándose a la presidencia, con estudiada modestia, pide permiso de lazar.

Al aplauso rabioso mézclanse grandes alaridos de salvaje regocijo e injurias para los muchachos de la localidad.

Julián, desdeñando los bellos corceles que se le ofrecen con benevolencia, se cuela en las cuadras para regresar momentos después caballero en macilenta jaca de pica, con una reata nueva, tiesa, flexible y crujiente:

—¡Abajo la yesca!... ¡Abajo la yesca!... ¡Esos de San Pedro de las Gallinas!

Rancherillos patizambos de garrientas y sudosas cuerapas saltan presurosos en auxilio de su amo. Cogen la cuerda que el toro lleva al cuello y pasean de nalgas media plaza, arrastrados por un tirón intempestivo del animal.

Sonriendo, Julián desenrolla lentamente la reata; su mano izquierda mantiene la brida y el rollo, y su derecha hace círculos en el aire con una lazada estrecha. Cautelosamente toma el flanco de la res que lo espera sin recelo. De repente hinca la espuela, el caballuco se tira al galope en derechura del toro; el asa ha crecido en tanto y en una vistosísima serie de espirales en el aire da una vuelta entera en torno. Julián, al acercarse a los cuernos, vuelve bruscamente grupas, y en el preciso momento en que se ha puesto de espaldas al toro, le deja caer suavemente el lazo sobre las ancas. Al contacto arranca el animal, y es un movimiento rapidísimo y un solo ruido seco: el crujir de la reata por la cabeza de la silla, el tirón del jamelgo que patiabierto se mantiene rígido y la caída del toro perfectamente enlazado de las patas.

Las dianas se ahogan en la gritería y en los aplausos. Cuando Julián deja el rocín, antes de saltar la valla, vuelve otra vez sus ojos al tendido de sol y levemente se lleva la mano al sombrero, cual si ofreciera su faena triunfal a alguien a quien el público no puede descubrir. Y ahí mismo, donde todo el mundo de pie aplaude con frenesí, Marcela echa un poco atrás su busto y corresponde al saludo, enviando con la punta de los dedos un beso imperceptible... Julián, radiante, asciende sin parar mientes en la lluvia de sombreros que le cae.

—Lo que sea, tío Marcelino —exclama Gertrudis embelesado—, la verdá no se ha de negar; pero lo que es pa eso de una crinolina estos patrones las pueden.

Y cándidamente sigue su charla sin haberse dado cuenta lo menos del mundo de la pesada chanza que su amante le jugó en las propias barbas.

XXIV

Después de la corrida, Marcela observó un cambio notable en Gertrudis. A la vigilancia irritante que le hacía quemarse de celos por motivos baladíes sucedía un descuido manifiesto. Alejábase a diario y cada vez más de casa; regresaba a horas desacostumbradas, y a últimas fechas en tal estado de agitación que bien a las claras traslucía lo que para Marcela desde mucho antes fuera manifiesto: la imposibilidad de seguir su vida en común por más tiempo.

Un día buscó a Gertrudis un sujeto desarrapado y de exótico atavío.

—Ah, sí, por las señas que me das, sé quién es él —respondió Gertrudis a Marcela—, ando buscando trabajo y él me lo ha prometido bueno.

Después el morenciano se demudó, quiso decir algo, pero cuando sus labios iban a desplegarse, la garganta se le cerró y se detuvo abrumado, limpiándose la frente empapada en sudor.

Y Marcela, indecisa, angustiada, ya con la presunción de los pensamientos que maduraban en el cerebro de Gertrudis, sentía la inminencia del derrumbe y de la ruptura indefectible.

Al día siguiente volvió el desconocido. Marcela le siguió con la mirada, luego salió tras él hasta la puerta de un mesón. Ahí entró el hombre. En el mismo zaguán tomó asiento frente a una mesita en torno de la cual se agruparon muchos rancheros. Sus mujeres esperábanlos en la banqueta con tamaña cara boquiabierta vuelta hacia la multitud.

—Son los que vienen a engancharse para Morencia. El viejo que escribe ahí es el contratista.

Marcela lo comprendió todo al instante.

El domingo en la tarde llegó el morenciano con la faz sombría, turbia la mirada y ronca la voz. Ella sintió el momento temido y esperado y reunió toda su energía.

—Marcela, quiero mis trapos, me voy a San Pedro de las Gallinas.

—¡Cómo! ¿Qué dices? ¿Tú te vuelves a San Pedro? ¿Pero te has vuelto loco, hombre de Dios?

—Estoy en mi juicio cabal —ruge el morenciano montando en cólera.

—Entiéndeme —replica Marcela con entereza—, entiéndeme, Gertrudis; yo no te detengo; haz lo que te dé la gana; pero, ¡por Dios!, que volver a San Pedro es una barbaridad. En tu pellejo yo nunca pondría más los pies en tierras de Andrades.

—¡Hum, tú piensas que el tal Julián me asusta!... ¡Ja... ja... ja...! ¡Pa él y todos los suyos tengo!... Y a más que esto es sólo cosa mía...

Marcela se sonroja, su mirada se nubla, y se abstiene de responder.

Percátase el morenciano de su brusquedad y dulcificando un tanto la voz añade:

—No, mujer, no tengas cuidado por eso, no hay peligro. Es negocio ya arreglado. Voy por unos centavos que me debe don Julián. Por no verle la cara, he hecho trato con tío Marcelino. Por cinco pesos me consigue que el escribiente me entregue mi dinero; todo es cosa de que vaya un domingo, cuando el amo anda por acá.

—Si por dinero lo haces, te digo que ahí te quedan todavía dos papelitos de a veinte.

—Ésos son para ti —rumorea el morenciano, cambiando de voz y con los ojos rasos.

Marcela hace un esfuerzo por mantenerse serena. Bien sabe que una palabra, un solo gesto suyo bastarán para echar abajo los proyectos de Gertrudis. ¿Mas a qué prolongar una situación que de todos modos habrá de derrumbarse? Sus labios se mantienen trémulos; su redonda garganta déjase sacudir por un cabrilleo de sollozos que se agolpan.

Y Gertrudis habla, revela al fin todo aquello que tan trabajosamente venía elaborándose en su rudo cerebro; la idea que hasta hoy por un milagro de la Santísima Virgen ha brotado al fin. Sí, él tenía imperiosa necesidad de un consejo, y por casualidad en misa mayor vio al señor cura en un confesonario, y la gracia de Dios bajó del cielo. El padrecito le mostró el origen de los males que le afligen, de sus dolores y sufrimientos. ¡Todo ha sido por el pecado! Después le señaló el remedio, le enseñó el camino de su salvación: "O te casas con esa mujer o..."

Y Gertrudis se detiene porque la lengua se le ha hecho un nudo. Entretanto Marcela se ha ido serenando paulatinamente a punto de que el acto terrible pasa casi sin sentirse. Ella no sabe por qué; pero encuentra un Gertrudis empequeñecido, digno apenas de conmiseración.

Y él prosigue. Que en cuanto el señor cura lo acabó de confesar, presurosamente cogió de la parroquia en derechura del mesón y está apuntado ya para el enganche que otro día saldrá para Morency. Y ésta es la prisa que tiene de recoger el dinero que Julián le adeuda.

Luego, presa de extrema exaltación, tórnase a su vez consejero. Que por eso deja a Marcela ese dinero, para que se aparte de su vida de pecado; que es un aviso de Dios Nuestro Señor que le da tiempo todavía de arrepentirse.

—Haz lo que quieras. Mañana llega aquí por tus trapos cuando vuelvas de San Pedro; tengo que lavarte unas camisas.

El morenciano se queda atónito. Quizás esperaba un rapto de dolor, un torrente de lágrimas, el desbordamiento de lamentos de la amante enloquecida por el terrible golpe. Y nada, Marcela le ha respondido imperturbable. Y Gertrudis, que tal vez ha sentido por primera ocasión una herida mortal en su vanidad de amante idolatrado, no puede volver atrás y ha de constreñirse irremisiblemente a cumplir su palabra.

Han empujado la puerta de la calle, Marcela se estremece despertando de su letárgica tristeza.

—¿Estás aquí?...

La hoja cede a un leve empuje.

—Yo soy, Marcela, yo soy, enciende una luz.

Marcela ha reconocido a Julián; su silueta delgada se ha esfumado en la sombra del cuarto.

116

—¡Oh!... ¡váyase!... ¡váyase!...

—¡Marcela, qué mala has sido siempre conmigo!... ¡qué mala!...

Tentaleando se acerca, la coge entre los brazos y la cubre de frenéticas caricias.

—Por Dios, vete que no dilata en venir.

—No tengas cuidado; ahí afuera Andrés está cuidando. ¡Qué mala gente eres, Marcela!

Un desbordamiento impetuoso e irresistible de abrazos, de besos, de todos los deseos por tanto tiempo contenidos, se abate sobre ella en los furiosos ardores de un incontenible sensualismo. Y su feminidad asaltada en un momento de desfallecimiento, de abdicación absoluta de la voluntad, no la deja defenderse; sus débiles protestas se pierden ahogadas entre besos y sollozos.

En el silencio de la alcoba se escuchan sus respiraciones lentas. Uno y otra se han perdido en pensamientos divergentes. De improviso, Marcela se pregunta por qué Julián se ha metido en su casa, cuando tiene un miedo cerval al morenciano. ¡Si sabría la partida de Gertrudis! Se inquieta y se exalta. Y va a inquirir cautelosamente cuando Julián se endereza dando un suspiro de satisfacción y se sienta a vestirse.

—¡Cómo!... ¿te vas? —exclama ella escondiendo su pesar y la angustia de una idea terrible.

—Sí, chata, dejé varios asuntos pendientes en la hacienda y...

—¡Oh, no, no puede ser... no te vas hasta mañana... espérate aquí hasta mañana!

—De veras, es cosa urgente.

—Te vas en la madrugada.

—No, no puedo... y temo que vaya a llegar tu... tu ése...

Marcela respira con tranquilidad. No hay pues peligro. Julián nada sabe, puesto que teme la vuelta de Gertrudis. Y sin instarle más lo deja partir.

Durante largos minutos se mantiene absorta, estupefacta. No parece sino que todo lo que acaba de ocurrir ha sido un sueño, un sueño molesto, una pesadilla de esas que dejan el cuerpo como magullado. Paulatinamente va despertándose su espíritu y poco a poco la escena ocurrida se reproduce fúlgida en su imaginación en toda la fuerza de su estupidez y su ignorancia. ¡Qué acción tan inmunda! ¡Manchar así un recuerdo sagrado cuando no se pierden todavía en los ámbitos del cuartucho las últimas palabras de Gertrudis! ¡Maldecidos Andrades! ¡Raza de cerdos!

Su alma entra en ebullición, sacúdenla millares de odios acumulados por su casta eternamente dominada, infeliz casta de esclavos. La sola posibilidad de caer otra vez bajo el yugo de un Andrade pónela fuera de sí. Su angustia infinita declina en amargo llanto. Cual si hubiesen transcurrido ya muchos años de la partida de Gertrudis, evoca su recuerdo en pleno ensueño, rememora aquella figura eternamente dolorida que surge en manifiesto contraste con la del cínico Andrade, del maldecido Andrade que, saciado ya, acaba de salir sin pronunciar una palabra de cariño, sin un gesto siquiera de cordialidad. Y llora, y llora, y cuando raya el alba no se evaporan sus lágrimas de la almohada.

XXV

—No, no es muerto, es herido, yo vide que se bullía.

—Les digo que es matao, y muy bien matao; viene envuelto en un petate.

—Sí, sí ha de ser matao; no mira que no resuella.

—Dicen que es de San Pedro de las Gallinas.

A las últimas palabras, Marcela, que ha despertado con gran sobresalto por lo que escuchara fuera, se pone prontamente en pie y se viste con precipitación. La charla comadreril llégale en fragmentos; ora habla una con acento agudo, ora replica la otra en un rumor sordo y confuso. Y todo para aumentar al extremo su inquietud. Apenas se ha vestido y corre como una loca a la calle. Las comadres tienen mil versiones: una sostiene que sólo es un herido a juzgar por lo caricontento de los que le traen; otra que es uno de los de la gendarmería rural; ésta que fue una riña en la hacienda de El Refugio y la de más allá que es un peón de San Pedro de las Gallinas; Marcela no puede sacar nada en claro y va derecho a las Consistoriales donde se expone a los matados, mientras llega a dar fe el Alcalde constitucional.

Alcanza el cortejo y distingue luego gente conocida, gentes de San Pedro de las Gallinas. Las fuerzas la abandonan; para no caer se sienta en la banqueta, imposibilitada para mover un solo dedo.

—Oye, Pedro, ¿quién es el muerto?

—Tío Marcelino —responde el carretero de San Pedro de las Gallinas—. Tío Marcelino que amaneció desbarrancado en la ladera, abajo de la Cuevita.

Marcela vuelve en sí. Cuando, de vuelta de su casa, escucha todavía en sus oídos "tío Marcelino desbarrancado abajo de la

Cuevita", le vienen recuerdos pavorosos. Sí, así dijeron también hacía diez años, cuando, chiquilla todavía, dejó de ver para siempre a su viejo abuelo, el consentido de los Andrade. Y se acuerda de las caras y gestos extraños que ponían su padre y toda la gente de San Pedro cuando alguien decía: "Amaneció Fulano desbarrancado abajo de la Cuevita." Años más tarde supo con espanto del asesinato perpetrado por los viejos amos en la persona de su abuelo y comprendió el significado de la frase misteriosa.

"Marcelino desbarrancado abajo de la Cuevita." ¡Dios mío!, y Gertrudis que andaba por allá, y tío Marcelino que estaba de acuerdo para cobrarle un dinero, y la prisa de Julián para regresar al rancho. La inquietud más terrible volvió a hacer presa de ella. ¿Si sería oportuno presentarse al Juzgado y dar un pormenor de lo que ella sabía y que pudiera interesar para el caso de tío Marcelino? Mas ¿a qué conducía todo si a fin de cuentas nada cierto sabía de Gertrudis? ¿Qué le importaba que el muerto fuera Marcelino o cualquiera otro, segura de que Gertrudis no lo había sido?

Pasó el mediodía. En los carbones, ya cenizas, se consumieron las provisiones. Al choque de las ideas más absurdas y contradictorias cedían las energías de Marcela.

Avanzó la tarde. Su angustia se hizo insoportable. Si Gertrudis no vuelve antes del tren de las ocho, su cabeza estallará.

En la casa del frente, los zapateros golpean sin cesar, y aquel golpeteo seco del martillo parece caer sobre la tapa de un féretro, de un féretro que no pueden acabar nunca de cerrar.

De pronto brota una canción, un cantar hondo y melancólico, de esos que ya otra vez la habían hecho llorar. Marcela no resiste más, coge su rebozo y se lanza a la calle.

No sabe propiamente adónde va, qué busca, ni qué espera. Automáticamente llega a la puerta del juzgado y sin vacilaciones se cuela hasta la mesa del augusto Constitucional.

—Señor Juez, yo tengo muchas cosas que declarar sobre ese muerto que han traído esta mañana.

El Alcalde alza la cabeza y frunce el ceño con dureza tal, que al mejor dispuesto le hubiera hecho el efecto de una ducha helada; pero ella, la cara encendida, rojos los ojos y vaga la mirada, hace tan deshilvanada relación del sucedido, que el señor Alcalde no puede menos de rechazarla por incoherente y oficiosa. Las viejas son chismosas por naturaleza y el Juzgado tiene de sobra para divertirse y no dar oídos a la primera comadre que se

presente. Y cuando ella insiste en que Marcelino no se ha desbarrancado, sino que debe de ser una de tantas víctimas del asesino don Julián Andrade, el Alcalde repara fijamente en su semblante y la reconoce.

—¡Ah!... ¿Es pues usted?... ¿La querida de don Julián?

—Hubo algo de eso, señor... Ahora no. Y si vengo a decir
lo que sé, es porque los conozco, sé quiénes son y de lo que son
capaces; ellos asesinaron a mi abuelo... Y la mera verdá, señor
Juez, el mero interés que aquí me trae es mi... hombre... a
quien ese don Julián no puede ver ni pintao...

—Señora —truena el inmaculado alcalde, irritadísimo por el
cinismo incomparable de la mujerzuela y su falta de respeto—,
señora, le falta a usted lo mejor para tener cara con que presentarse en este sitio... ¡la vergüenza!...

Marcela sale cortada, mientras que don Petronilo se violenta
por no intervenir en favor de esa mujer que, en su humilde parecer, tiene sobradísima razón. Pero ¿quién va a hacer despertar
las furias del superior? ¡Pobrecito señor!, siempre está quején-
dose de la enormidad de trabajo; siempre está evadiendo todo lo
que de algún modo pueda acrecentarlo. Mal dispone del tiempo
miserable que sus labores le dejan para atender la huerta de alfalfa, las verduras y la cría de chivas. Y por eso el secretario
doblega la cerviz con santa resignación. Sí, no se podía dudar,
esa mujer era entrometida, enredosa y embustera: se le conocía
de sobra.

Desolada, Marcela torna a su casa. A cada bulto que se perfila azuleando en la blanca polvareda del camino real renacen
su esperanza y alborozo. ¡Qué caramba! Con tal de que a Gertrudis no le haya ocurrido nada, poco importan los cobardones
de San Pedro de las Gallinas. Por apocados más merecen.

Oscureció, llegó la noche, y nada de Gertrudis. Si sería mentira su promesa de volver por su ropa; si sería sólo un pretexto
para dejarla sin un adiós siquiera. ¡Ojalá y así fuera! Sí, aunque
nunca la volviese a ver.

Pero sus lógicas reflexiones no disipaban un punto su dolor;
la angustia de la indecisión torturaba su alma sin cesar.

Al toque de ánimas rechinó la puerta. Marcela detuvo su
respiración; luego sintió su cuerpo de plomo; alguien acababa de
entrar.

—Soy yo, Marcela, no te asustes... Andrés, espérame en la
esquina.

—¡Vete, por Dios... que no dilata en llegar!...

120

Marcela estaba helada.

Julián clavó en ella sus ojos llenos de malicia. Una sonrisa diabólica se esbozó en sus labios.

—¿Quién?... ¿Tu... ése? ¡No le tengas ya miedo...!

Marcela siente las mandíbulas anquilosadas, un frío glacial la inmoviliza. Hace un esfuerzo tremendo. Puesto que es preciso hacer comedia para saberlo todo de una vez, que sea pronto.

—¿De veras, Julián?... ¡Ah, qué gusto!... —Y su voz se apaga casi—. ¿De modo que ya no he de tener miedo de... él?...

Julián duda, se mantiene perplejo unos instantes y, vacilando aún, replica:

—Luego, ¿es cierto? ¿De veras lo aborreces?...

—¡Oh, le tengo un miedo!... Siempre me quería matar por nada...

—¡Ja... ja... ja!... Pues por esa parte puedes ya vivir tranquila.

La risa sarcástica, estridente, desgarradora, resuena en el corazón de Marcela como un cristal que se hace añicos.

—¡Julián, quiero vino... anda a traerme vino... pero mucho vino!

—Así me cuadras más, mi prieta... voy fuera... Andrés, Andrés, vé por una botella de coñac.

—No —prorrumpe ansiosa ella—, no, que no vaya él, quiero Martel, Martel legítimo. Anda tú, Julián, tú mismo, amorcito mío...

Él sale y entorna la puerta y Marcela se yergue con trágica fiereza. Pasmosa serenidad se adueña de ella; firme, con la vela en la mano, seguro el pulso, se encamina al cuarto contiguo. De un humilde clavijero de pared penden las ropas de Gertrudis. La prueba es dura y no puede resistir; su cabeza se hunde entre los lienzos flácidos y sus ojos se mojan. Pero no hay tiempo que perder, su debilidad es de segundos; se endereza, estira su brazo y del bolsillo de un pantalón saca un cuchillo largo y puntiagudo. Lo esconde tras la floja manga de su blusa y sus dedos doblados ocultan la pata de venado de la empuñadura.

Julián vuelve, jacarandoso, con botellas en las manos. Marcela le espera serenamente en el mismo sitio donde la dejara.

—Bebe tú primero.

—No, tú...

—No, te digo que tú primero.

Julián se lleva la botella a la boca y Marcela se levanta. Pero sus piernas flaquean, su mano tremula y se rebela, y cuando en un impulso formidable e imposible como el de un febricitante bajo horrible pesadilla alza su brazo, sus dedos se entreabren y la cuchilla cae tembloreando sonora en los ladrillos.

Con ojos aterrorizados Julián da un salto atrás. Y va a correr desaforadamente cuando oye a sus espaldas el pesado cuerpo de Marcela que cae desvanecida. Estupefacto, se detiene y regresa. Mira con faz acerada y yerta el imperceptible ondular de su pecho erguido. Una sonrisa cristaliza en su semblante paliducho con manchas de sangre deslavada y podrida. Se inclina, recoge la daga y oprime entre sus dedos firmes la pata de venado.

XXVI

El señor Alcalde, grave y parsimonioso, da vueltas de un extremo al otro; de vez en vez se detiene, observa el trabajo de su secretario; luego, impaciente un tanto, reanuda su vaivén.

Don Petronilo se encorva sobre una mesita, y el garrapateo de su nerviosa pluma macula una hoja blanca.

"...inmediatamente se trasladó el personal del Juzgado al lugar de los acontecimientos, que es la casa número 23 del Callejón de los Varilleros, y da fe tener a la vista el cadáver de una mujer que se encuentra en el suelo, boca arriba y bañada en sangre. Es de color moreno, ojos y cabellos negros, viste blusa de percal y enaguas de gasa color de rosa. Examinado que fue, se le vio una herida punzocortante situada en el pecho izquierdo, abajo del mamelón, de cinco centímetros de longitud y de profundidad no determinada. Cerca de la mano derecha se le encontró una daga (al parecer, cuerpo del delito) ensangrentada hasta el puño; la hoja es de acero, mide quince centímetros de longitud y la cacha es una pata de venado...

"...en seguida, examinado Julio Barba, vecino de esta Villa, de oficio zapatero, de cincuenta y dos años de edad, previa la protesta de conducirse con verdad, declara: que el cadáver que tiene a la vista es de la que en vida se llamó Marcela Fuentes, que la conoce hace tres meses más o menos, que esa mujer, acompañada de un tal Gertrudis (cuyo apellido ignora), vino a habitar esta casa que está precisamente frente a la que él ocupa con su taller de zapatería. Interrogado sobre los acontecimientos, afirma que hoy, por tener recargo de obra, todavía a las ocho de la noche estaba trabajando; que como hacía mucho aire, había cerrado la puerta de la calle; que estaban dando los clamores de las ocho cuando oyeron un grito muy agudo, como de mujer; que entonces él y sus oficiales se levantaron y corrieron a asomarse por la hendidura de la puerta; que como el farol estaba muy cerca pudieron distinguir a un ranchero de camisa de manta y sombrero de soyate, montado en un caballo rosillo y teniendo de la brida a otro caballo prieto muy grande que parecía fino; que a los pocos instantes salió de la casa de enfrente un charro flaco, alto, vestido de gamuza, sombrero galoneado, el que brincó sobre el caballo prieto, echando a correr luego a todo galope. Que aquello lo hizo pensar en alguna desgracia; pero que les dio miedo salir y sólo hasta que pasó un buen rato se habían animado a acercarse a esa casa. Que dicha casa se encontraba alumbrada, que llamaron repetidas veces a la consabida Marcela y, como nadie respondiera, decidieron dar aviso desde luego al comisario del cuartel..."

El juez abanica su rostro, fatigado quién sabe por qué, con su negro y sudoso cubetín. El secretario acaba de levantar el acta y se limpia la frente, agotado.

—Despeje usted la sala, don Petronilo.

Todos los curiosos se retiran.

—Enfríese, don Petronilo, con eso basta.

El secretario pasea por sus párpados cerrados la punta de dos dedos, luego abre y cierra los ojos repetidas veces para limpiarse bien las telarañas de la fatiga.

—¡De la que nos hemos escapado! —prorrumpe adulador el magnífico don Petronilo.

El magistrado inmáculo mueve la cabeza desolado; sus orejas se ponen encendidas.

—Pero, hombre, don Petronilo, ¿es posible que en veinte años de trabajar juntos no haya podido enseñarle siquiera a callar lo que no le importa? ¡Verdaderamente debo ser muy desventurado!

El incorregible don Petronilo abre ojos y boca, totalmente desconcertado. Está fuera de duda; su superior no le ha entendido. ¿Por qué lo querella así? Y tímidamente se atreve:

—Quiero decir, señor juez, que si el sargento calamidad estuviera todavía en el pueblo, no nos quitábamos este juicio de encima ni con un trisagio... ¡Es la misma mujer que estuvo esta tarde en el juzgado!

—Bien... ¿y qué?...

—Acuérdese usted... conjeturando se puede llegar a...

—Pero, dígame, don Petronilo, ¿usted quiere hacer de la Justicia un juego de muchachos? ¿Cree usted que se pueda proceder por meras conjeturas que son del dominio interno de un particular? Don Petronilo, no se le olvide que hay un delito muy grave que se llama "de difamación" y que ese delito se castiga fuertemente. Don Petronilo, mucho cuidado, que se mete en las once varas de la camisa.

El pobre secretario se calla. Ciertamente el saber de su superior le anonada. A él, pobre escribientillo del tres al cuatro, tan sencillo que le parece todo. Y casi le viene gana de arrodillarse, pedir perdón por sus tontos pensamientos, jurar por la diezmillonésima vez que no volverá a hablar más de lo que no entiende.

—Oígame, don Petronilo, quédese usted acabando de enfriar; yo ya tengo mucho sueño y me voy a acostar. Mañana, muy tempranito, me va a ordeñar las chivas, y quiero también que me saque unos camotes del surco para María Engracia. Hasta mañana, don Petronilo.

ESA SANGRE

I

ERA UN cuarto mal enjalbegado, apestoso a gallinero, con un tapete de plumas que volaban al más leve soplo del viento. Mi Pablón lo llamaba "mi despacho".

Estaba regateando una jaula de pollos con un revendedor del mercado de San Lucas cuando el mensajero le entregó un telegrama y la libreta para que pusiera su firma. Negligentemente lo dejó sobre un huacal de gallinas y siguió averiguando.

Su desbordante barriga le abría la camisa hasta abajo del ombligo y hacía penosos sus movimientos y anhelante su respiración. Por su frente untuosa escurrían gruesas gotas de sudor entre largos hilos rucios.

Se fue el cliente, se agotó la mercancía y entonces recontó minuciosamente el dinero de la venta, hizo un nudo con los pesos en un pañuelo, otro con los centavos en otro y metió los billetes en una cartera de cuero sucio y apergaminado. Ya se iba cuando reparó en el telegrama. Rompió el sobre. "¿De la Secretaría de Guerra? ¿Qué pitos tengo yo que tocar allí? ¡Hijos de la retostada!..."

Rumoreando cuantas insolencias se sabía, fue a lavarse la cara y las manos en un gran lebrillo de barro, luego se puso un *sweater* de algodón verde cotorra y un pantalón de pana azul de más de un mes de planchado. Salió y esperó en la esquina un "Penitenciaría-Niño Perdido". Se bajó frente a Palacio refunfuñando aún.

"¿El gobierno me irá a devolver mis tierras? ¡Bandidos! ¡Fui coronel y hoy ni recluta! Tuve mi hacienda y caballos finos y ahora vendo huevos y gallinas."

—Asunto personal con el general Del Río —dijo un oficial, regresando con el telegrama—. Espere.

"El general Del Río, carrero como yo. Hoy con una gran chamba en Guerra. ¡Ésa es leche! Vamos a ver."

El general se lo llevó al corredor.

—Su primo vive. Quiere volver a México. Es peligroso; está exhortado. Dígale que espere a que prescriba su causa.

Desprendió una hoja de su libreta y puso unos garabatos.

—Con este nombre y con esta dirección, ¿entiende?

A mi Pablón le importaba más su negocio de gallinas y no volvió a acordarse del primo. Pasaron, pues, dos o tres años, y una tarde, poco antes de oscurecer, estando amarrando con mecates unos huacales vacíos para devolverlos a San Francisquito, alguien empujó la puerta.

—Entre... No hay nada, perdone por Dios.

—No vengo a pedir limosna....

Era un viejo sucio y andrajoso, de rostro apergaminado. Su voz cavernosa de alcohólico lo inquietó con vagos recuerdos de familia.

—Diga...

—¿No me reconocés, pues?

—Digo... casi no...

—Tu primo...

—¡Ah!... ¿Julián?

—Julián Andrade, ése mero.

—Está bien... pero... digo...

—Tampoco te habría identificado. Estás tan panzón y tan viejo...

—Bueno, sí... pero... la policía...

Julián estalló en una carcajada.

—¡Este mi Pablón! No os asustés... Prescribió la causa... Cinco dólares al guarda aduanal y aquí me tenés...

—¿De contrabando?

—Por Guatemala... Me pegué de mosca en trenes de carga y... bueno, ¿estás enfermo?

Mi Pablón tenía una gordura fofa y esponjosa, color acerado, casi lívido en los párpados, gruesas venas azules culebreaban en sus sienes, bajo los cabellos ralos y ásperos.

Dijo que no tenía nada: vahidos, moscas volantes, estrellitas, cosas que no importaban.

—Pero tú sí estás huesudo y arrugado... bueno...

—La mala vida; tantos años en tierra ajena, amansando cuacos, corriendo a salto de mata, a veces sin dinero... y tú ya sabés: esta sangre que uno tiene y que de nada y nada hierve.

—¿Vendrás con hambre?

—Veo que vos todo lo tenés.

—No falta... pero mejor no me hables en latín.

Julián prorrumpió en una risotada y prometió que ya se iría quitando poco a poco voces y malas mañas que de por allá traía.

Mi Pablón le señaló con la punta de la nariz un banco de tres pies para que se sentara, acercó una mesa de ocote, puso sobre ella una *Primus* y la encendió.

—Tienes que saber, primo, que desde la hora y momento en que me le pelé a Villa, en San Francisquito, no he podido ver la mía. Comiendo mal, durmiendo donde a uno lo coge la noche, ayunando a fuerza... Bueno, es cuento muy largo.

—Yo también entré en la bola. Que pasa Diéguez por Lagos pisándole la cola a Villa y que se me mete lo loco y que nos dimos el primer encontronazo con Fierro.

—Lo sé...

Se le dilataron los ojos y la nariz al olor de la fritanga. Dentro de una cacerola tiznada sobre la parrilla, mi Pablón había vertido el contenido de una ollita de barro.

—¿Y en qué paró?

—Nada: tres estrellitas ganadas a lo puro macho.

Julián volvió a soltar la carcajada:

—¡Mi coronel vendiendo gallinas y blanquillos!

Sucedió el silencio cortado por un remolino de dientes flojos atacando un taco de frijoles en una tortilla correosa como cuero.

—Y voy a San Francisquito —agregó luego que se le desocupó la boca—. Pero no quise pasar sin venir a saludarte. ¡Y vaya si me dio trabajo dar contigo!

—Buen apetito, primo.

—¡Cállate! Ajusto hoy tres días sin probar bocado... Pero mejor no me hagas preguntas... sigue contando.

—No tengo qué... Eso fue todo... Digo, vino Cárdenas y que dizque yo era callista, ¿entiendes?, y que hacen garras mi rancho y entonces yo dije como David: "Tiro el arpa", y me vine.

—Y ahora...

Dando la espalda, Julián hurgaba una alacena empotrada en la pared.

—¿Conque también tenemos leche y café?

Mi Pablón inclinó la cabeza como si le abrumara el destino, sacó una cafetera de hoja de lata abollada y una jarra de peltre despostillada. Puso a calentar el café y la leche, empujó el émbolo de la *Primus* y a poco todo estaba hirviendo.

—Así pasó... y uno tiene el alma en el cuerpo... y me dio tanto sentimiento que... Por eso me tienes aquí trabajando.

—Quiere decir que si con Diéguez ganaste tres estrellitas con Cárdenas perdiste hasta los calzones.

Su carcajada fue menos hueca y ensordecida porque iba cobrando aliento con el confortante refrigerio.

—¿Qué podía hacer?

—Defenderte como nos hemos defendido siempre los Andrades. Mírame las manos; tienta... ni un callo ni una dureza. He recorrido la mitad de la tierra, he conocido gente, mucha gente, he pasado hartas hambres y dormido donde me ha cogido la noche... No una vez he visto el sol por cuarterones... ¿y qué?... ¿y qué? En verdad te digo que eso no estuvo bueno. Para eso hay en el mundo tanto bruto que trabaja para los vivos.

A medida que comía se ponía más locuaz y el tono de su voz se hacía más fuerte y jovial.

Mi Pablón sirvió café y leche, fue a la alacena y trajo azúcar, bolillos y un bollo de mantequilla. Julián se entusiasmó:

—Te quejas de puro vicio, mi Pablón. Veo que te das vida de Señoría Ilustrísima y eso sí me parece bien... Buena comida, buena bebida y buena cama... No te digo más porque no quiero que delante de tu mayor te pongas colorado.

Se acabó la taza de café, no dejó migaja de pan en la mesa y todavía volvió a llenar la taza con la leche que quedaba.

Alabó a Dios y hasta se acordó de la familia.

—Bueno, quedamos yo... tú... y pára de contar. ¡Ah, no me acordaba!, también tu hermana Refugio.

—¿Vive mi hermana? —exclamó súbitamente emocionado.

—En San Francisquito, más pobre de lo que yo estoy... pero vive y... Bueno, ya te lo dije todo.

Julián soltó una gruesa palabrota y mi Pablón una retahíla de insolencias, dedicadas a "este bandido gobierno que nos quitó hasta la camisa".

Julián se había puesto grave y pensativo, y como quien de pronto encuentra lo que le hace falta, dijo:

—Mi cuerpo como que me pide algo... no sé qué... Si tenés por allí algo para quitarme el sabor de la cena... Digamos —es un decir— un aguardientito.

Mi Pablón respondió que la pobreza lo había vuelto abstemio, aparte de que el vino lo atarantaba y el médico se lo había quitado.

—El vino malo hace daño, pero el vino bueno da larga vida, primo.

Trajo un botellón de barro de Guadalajara muy oloroso y le sirvió una olla de agua fría.

El viejo la hizo gorgotear en su garganta, eructó ruidosamente, sintiendo la plenitud y satisfacción de quien hace mucho tiempo no ha comido tan bien. Se hizo fanfarrón:

—Te juro que me siento como un muchacho de veinte años. Dices que me ves flaco y arrugado. ¡Figuraciones! Te garantizo que no es por la edad: asistencia es lo que me hace falta. Las humedades y tanta traspasada me han hecho duras las piernas y me duelen por las reumas. Pero hoy las ciencias están muy adelantadas y todo es cosa de pagar buenos médicos y medicinas caras. Pero también sé decirte de verdad que con tanto guamazo que la vida me ha dado ya no soy el don Julián que conociste.

Arrastrando unas piernas rígidas y flacas se encaminó paso a paso a un catrecito perdido entre cerros de huacales y se tiró en él, bostezando. Debajo cloqueaba una gallina, amarrada de las patas, pico abierto sobre el suelo. Con los propios pies hizo saltar las botas de vaqueta recocida en aceite y se difundió una peste tan penetrante que mi Pablón retiró el cajón que le servía de silla y abrió la puerta de par en par.

—Pues ha de saber mi Pablón que...

II

—¿Con quién piensas que me topé al salir de Buenavista? ¡Jesús me guarde! Con don Pedro García del Río. Sí, el charro que conocimos en las carreras de Puebla; pero no aquel hombrazo abierto y campechano que siempre estaba enseñando la mazorca y riendo de todo; no, señor, ahora era un militar de caqui, sombrero tejano, estirado como verduguillo y con tamaña jeta. Me escabullí entre los pasajeros y como flecha fui a dar en un hotelillo de enfrente.

¿Me vería? ¿No me vería? Un tequila. Había otros dos en la cantina y yo no quitaba la vista del zaguán. ¡Que fuera entrando! ¿Te acuerdas de don Pedro? Carrerero y amigo muy parejo; pero tú sabes que villistas y carrancistas juntos... ¡cuidado!

Tres tuve que empinarme para dar tiempo. Y dije "ya se fue". Salí muy campante y lo primero que veo es a don Pedro en la puerta... ¡Ni remdio!

—Señor don Pedro García del Río.

—¡Hola, don Julián Andrade! ¡Cuánto bueno por acá! Pero ¿qué diablos significa ese uniforme?

Se me agarrotó la lengua.

—Vaya y quíteselo... no se preocupe, hoy por ti y otro día será por mí. El mundo va patas arriba y no sabemos por dónde saldrá el sol mañana.

Me coge del brazo y entramos a la cantina. Pero ya no fue tequila sino coñac del bueno.

—Tengo unas bestias que le va a dar gusto verlas.

Dos copas más y me despachó a quitarme el uniforme que le estaba haciendo comezón. Nos citamos a otro día entre once y doce en la misma cantina.

Me trató muy bien, pero yo le tenía recelo, tú sabes cómo es uno. Y a la hora dije: ¡Obra de Dios!, y lo fui a buscar.

Se acordó de la carrera de *la Giralda* y, muriéndose de risa, me palmeó la espalda y me dijo:

—¡Gente muy brava la de su tierra!

Nos tomamos unas copas y luego un forcito nos dejó en la ex-garita de Peralvillo.

—Va a ver la sorpresa que le tengo.

Entramos en un viejo mesón desempedrado; dos tipos de caqui y polaina se cuadraron.

—Por eso, pues, don Pedro, ¿qué grado tiene?

—¿No me mira esta aguilita?

—¡Caramba!

—Hizo bien en meterme a la bola. En seis meses de correrías por haciendas y ranchos he hecho más que en veinte años de carrerero.

Fuimos a las caballerizas. Un catrín de sombrero de lana y dos charritos de corbata solferina estaban cerca de los pesebres viendo unos caballos.

—El general Obregón hizo que Villa enseñara el cobre... y a usted le tocó la de perder... pero aquí veremos cómo...

—Quiero perder cien pesos con el que me monte a *la Onza* —agregó dirigiéndose a los charros que se miraron asustados.

El catrín, que más bien parecía gabacho, soltó la risa.

—La apuesta no va con mi amigo don Julián, que no es charrito de banqueta.

—Precioso animal de veras, primo: una onza acabadita de troquelar.

—¿A que no me dice de qué tatas pende este animalito, don Julián?

—Del *Mono* y de *la Giralda* —le respondí sin más.

—Le atinó, de las caballerizas de San Pedro de las Gallinas. Verdad de Dios que no lloré, no más porque entre hombres es cosa mal vista. ¡Qué tiempos!... Por vida de Dios que han de volver...

Resulta que el argentino —porque gabacho no era— estaba haciendo tantas alabanzas de la potranca con los charritos, que me dio coraje y pensé: "¡A que les pongo a estos facetos la muestra de cómo se maneja una bestia!"

Dicho y hecho.

—Con permiso, mi general.

Salté las trancas. El animalito no más se estremeció cuando le acaricié el hocico y le pasé la mano por el lomo y el encuentro.

Suavecito, como media de seda bien restirada, mi Pablón. Luego, como quien no quiere la cosa, le metí la jáquima y no más paró las orejas. Le puse la barbada y me peló los ojos como si quisiera reconocerme. ¡Ya eres mía, linda de mi corazón! El palafrenero me seguía dando lo demás. Cuando le eché los sudaderos hinchó las narices resoplando y hasta quiso pararse de manos. Nada, amigo, que la ensillo y que le monto. La moví pa acá y' pa allá hasta que me harté.

Se me sale el corazón no más de acordarme. ¡Qué tiempos! Tienen que volver o... ¡me quiebro!

¿Para qué te cuento? Al del sombrero de lana le retozaba la alegría en los ojos y a los charritos se les pusieron los cachetes como para tostar chiles.

—Lo convido a comer, amigo —me dice el *che*.

Fuimos a un restaurant por Bolívar, comimos y bebimos como príncipes. Al salir me dijo:

—Tengo una estancia en la Argentina donde se paga mejor que aquí. Yo le doy trabajo como arrendador.

Don Pedro soltó la carcajada.

—Don Julián es hacendado...

Se mortificó, me dio muchas disculpas, nos tratamos de igual a igual. El general me dio algunas comisiones: compré algunos animales y vendí otros.

Pero que comienza el run run de que Villa se estaba reorganizando en el Norte, y luego que ya venía con un mundo de gente sobre la capital... Me entraron corvas, ¿a qué negarlo? De veras que me dio miedo. Tú habrás oído decir lo que hacía con los desertores. ¡Santo Niño de Atocha, sácame de esta apuración! Y dije: "Me le pego al argentino, dé donde diere, yo no me quedo en México."

Estaba arreglando sus petacas y le dije:

—Oiga, *che*... como que me están dando ganas de irme siempre con usted. Si viera que ya estoy harto de revolución y me gusta conocer tierras y ver caras nuevas.

—Vámonos. Arregle sus papeles.

—No tengo ninguno.

—Bueno, ya veré cómo lo paso.

Salimos por Veracruz. El viaje fue largo y con algunos contratiempos, pero llegamos sin novedad. Me trató como compañero y me puso al frente de una de sus estancias. El primer año todo fue vida y dulzura. Refugito me mandaba dinero a cada vez que se lo pedía. Y el mismo día que me quedé sin trabajo ella me escribió noticiándome que el gobierno se había echado sobre nuestros bienes, que se había venido a vivir a San Francisquito y estaba cosiendo ajeno.

Ello fue que esa noche caí preso. Allá, como en todas partes, hay malcriados y uno me miró como si yo fuera animal de museo. Un piquete entre las costillas y seis meses zampurrado en la prisión. Ahora sí me vuelvo a México. ¿Pero con qué ojos, divino ciego? Mi patrón se me negó. Como si en la vida nos hubiésemos conocido. Me quedé con la pluma en el aire. Sin dinero y en tierra ajena. ¡Pero cuando a uno se le voltea la suerte y con esta sangre que nos hierve de nada y nada! Ya tenía conseguido trabajo cuando di con uno de esos lebrones que a todo el mundo le alzan golilla. ¡Mala mano! Lo ensarté por el ombligo. Homicidio; diez años de cárcel. Me les pelé y desde esa hora y momento ahí ando como el judío errante, pasando hambres y miserias y exhortado en todas partes...

—Por eso, pues, ¿ya te dormiste, mi Pablón?

III

ESTACIÓN ferrocarrilera tipo estandar: muros blancos, techo de zinc, un gran tinaco de agua. El pasillo con sus pizarrones sucios de tiza, sala de espera y andén. Del oriente llega la carretera y se prolonga recta por la calle principal. Camiones de pasajeros y de carga dando tumbos por los baches, zumbando en las anfractuosidades de un pavimento triturado.

"¿Me habré apeado en otra estación?"

Llegó de mosca en un tren de carga a medianoche, durmió sobre una banca de la sala de espera, de un tirón porque sus comensales corrientes eran las pulgas y las chinches. El brusco estrujón del barrendero lo despertó cuando el sol entraba a torrentes por las ventanas y los pasajeros aglomerados en filas en el andén esperaban el tren de Juárez.

Tomó rumbo al centro por Francisco I. Madero, desconociendo aún a su pueblo. Pisos sobrepuestos al azar o al capricho, ventanas achaparradas con pretensiones modernas, rompían totalmente la unidad de las viejas construcciones que, aunque del más humilde tipo colonial, agradaban por la sencillez y sobriedad de sus marcos de cantera labrada, sus grandes puertas y ventanas de mezquite, enrejados de forja, obra primorosa de los herreros locales. Dijérase que la revolución, envidiosa de una obra de paz y de armonía, sembró los gérmenes de una leperocracia que habría de florecer sobre los escombros de su pasado.

132

Julián no era capaz de pensarlo, pero lo sentía en forma de inquietud enojosa e inexplicable. Comenzó a reconocer lo suyo: un larguísimo muro inclinado siguiendo el declive de una acequia azolvada y abandonada. Los baños de *Los Marqueses* desembocando en las arenas del río. Se acordó de las lindas muchachas que salían con toallas a la espalda, destrenzadas, sueltos los cabellos gotean agua como diamantes. Pilas de ladrillo, mortero de arena y cal en gran ruedo, lo hicieron reconocer la cárcel en reparación, la cárcel que visitó muchas veces por el gusto de hacer santiaguitos y disparar su pistola para asustar a los facetos. "¡Abranse jijos de esto y jijos del otro, que aquí está Julián Andrade su mero padre!" Y bala y bala.

De miedo de encontrarse con algún amigo o conocido en las miserables ropas que llevaba, torció por su izquierda, apartándose de la avenida, y en el momento mismo sintió gran alivio en su pecho. Éste sí era su San Francisquito, con sus eternas casas de adobe, jacales con tejados de paja o zacate, todo hecho a la buena de Dios y todo en la soledad y el silencio. De cuando en cuando aparece a lo lejos, vago fantasma, una mujer de rebozo y descalza, un muchacho en calzón blanco, el aguador arreando sus burros. Había largos corrales cercados de órganos disparejos en apretada fila; detrás el obrajero secaba al sol, en largos cordeles, la hilaza teñida de añil. En otros gruñían los cerdos de una engorda. Engorda de cerdos y de turicates. Por eso el barrio se llama de "El Turicate".

Silencio y paz de pueblo muerto. Como si toda su vitalidad se la hubiera chupado la calle del centro. A diez cuadras de distancia se oye el canto del gallo y hasta el llanto del niño.

¡Y ni remedio! Había que volver al centro a tomar informes. Y en el centro suspiró con todos sus pulmones al reconocer la parroquia y oír sus viejas campanas tan dulces, tan tristes y tan solemnes. Los ojos se le arrasaron. Y la lluvia de recuerdos se encontró con otros: el parián de gruesas columnas dóricas, despostillado, sus arcos de medio punto, austeros y de una sencillez ejemplar. Dentro, la botica de *El Refugio*, el Hotel de San Francisco (antes la Casa de la Diligencia) y *El Barrilito*, cantina para la gente decente. A contraesquina la casa señorial de los Ramírez de la hacienda de El Refugio. ¿Vivirá don Jesusito? Hasta el pequeño San Antonio de cantera con su niño en los brazos, dentro de la hornacina de la esquina. ¡Bien hecho, señores Ramírez, porque no han dejado manchar su bandera! ¡Todo igual!

"El que viene allí me informa."

—¡Hola, amigo don Cornelio! . . . Dispense si me equivoqué. . .

133

Su misma cara... ¡Ah, con razón! Dice usted bien, si su padre don Cornelio viviera tendría ya que andar a gatas. ¿Déme usted razón de la señora doña Refugito Andrade?

Pero el interpelado contestó de mala manera que no conocía a ningún Andrade.

"Ni remedio: vamos a la cantina a tomar un refrigerio." Pidió un tequila doble. Un mocetón bien dado, risueño y amable se la sirvió. Tampoco él sabía de los Andrades. Arrastrando una pierna de palo fue a despertar a un parroquiano que se había quedado dormido frente a su copa, sobre el mostrador.

—Sí, me acuerdo de un tal don Julián, era un perdulario que se perdió cuando Villa. ¡Mala yerba! Los que lo dieron por muerto no le rezaron ni un padre nuestro y a nadie le hizo falta.

Tragó saliva: "Está bien, veremos si con dinero, buenos vinos y buenas muchachas no hago yo que estos desgraciados se acuerden de Julián Andrade."

Mejores informes obtuvo de un viejo sordo y con cataratas que vendía dulces y periódicos en la banqueta, afuera del portalito.

—¡Ya sé! Búsquela por "El Turicate". No necesita más señas. Pregunte no más por doña Cuca la pollera.

Otro golpe a la dignidad. "¡Doña Cuca la pollera! Hasta adónde hemos bajado." Peor de lo que más malo esperara. Apretó las quijadas para no estallar. No le dio trabajo dar con ella. Salió a abrirle una mujer flaca, alta, huesuda y canosa.

—¿Qué se le ofrece?

—¿Doña Refugito Andrade?

Se vieron perplejos, comenzando a reconocerse. El viejo, de rostro apergaminado, andrajoso y vagabundo, la despistaba. Pero, como mi Pablón, por el acento de su voz lo reconoció.

—¡Hermanita de mi corazón!

Las arrugas se juntaron con las arrugas y las lágrimas se anegaron en lágrimas. Julián apretaba los párpados; no quería cerciorarse de la pobre ruina de su hermana. Qué distinta de aquella Refugito en la flor de su edad. Una muchachota alta, derecha, de voz grave y ademanes hombrunos. "Eres muy marota", la reprendía constantemente doña Marcelina, su madre, cuando luchaba con sus hermanos y los vencía, cuando pialaba una vaca, montaba un potro de falsa rienda, cargaba la carabina para cazar liebres o cortaba leña a filo de hacha.

Haciendo un esfuerzo ella se deshizo de él, que no la soltaba de los brazos. Aquellas efusiones sentimentales nunca fueron propias de la familia. Se miraron: iguales de tendinosos sus cuellos, de sarmentosos sus largos brazos.

134

Y también encorvada la espalda. ¡Los años! Y fue como si hubiera llovido ceniza sobre su corazón.

—¿Y bien, Julián?

Una voz grave, casi gutural. Hombruna y fuerte como siempre.

—Pues nada... aquí me tenés... tan pobre como tú.

—No me falta qué comer, visto como la gente, pago mi renta y no le debo un centavo a nadie.

—¡Buena madera! —exclamó Julián enseñando las tres o cuatro viejas clavijas que le tambaleaban en la boca y dándole cariñosas palmaditas en la espalda.

La negrura del alma de Julián quedó deshecha como las nubes desbaratadas por el viento. Con alegría vivificadora en sus ojos mustios, en sus miembros entorpecidos por la miseria y los años, iba de un lado al otro del cuarto, incansable en sus preguntas: los parientes, los amigos, la hacienda, la casa, todo lo que había quedado.

Irrumpió una manada de guajolotes dando estridentes graznidos; un hombre los pastoreaba, cargado de pollos y gallinas atadas por las patas, cabeza abajo, abriendo tamaño pico, medio sofocados: pollos y gallinas en las manos, a la espalda. El cuarto se llenó de cacareos y de acre olor a corral.

Mientras ella regateó precios, seleccionó aves y las metió en grandes jaulas de carrizo, Julián hurgó alacenas y escondrijos en busca de comestibles. Dio con una cazuela de arroz cocido y un bolillo de desgranar los dientes. No esperó siquiera a calentarlos. Y se acabó de confortar cuando, terminadas las cuentas de compra y venta, ella abrió un viejo aparador de ocote.

—Debés saber que vengo a veros.

—¡Y qué visión es ésa! Habla como cristiano...

—Y a reclamar nuestras propiedades.

Abrió los ojos y lo vio, estupefacta.

—Es una vergüenza que...

Se le atragantó el bocado. Se empinó hasta la última gota de leche y siguió devorando la última mitad de una torta de granillo claveteada de piloncillo.

—Tú eres hembra: punto final... Pero ese bragueta de mi Pablón ¿dónde dejó los calzones?

Refugito se ruborizó, hizo un esfuerzo para dominarse y dijo con voz grave y apagada:

—Nadie diga "de esta agua no beberé".

—¿Dónde se consigue un caballo? —preguntó levantándose del asiento, arqueando sus piernas duras y chuecas. Se enjugó la boca, hizo un buche de agua y la arrojó en los ladrillos.

El regocijo de Refugito se empañó. Julián llegaba a un México que no era el que había dejado. No sospechaba que en veinte años todo era muy distinto. Se dejó embargar por un sentimiento de piedad y de dolor.

—Tengo urgencia de ver en qué estado quedaron nuestras tierras.

—Tierras... porque fue lo único que no pudieron llevarse.

—¿Quién me alquilará un caballo?

Tenía metida como cuña en la cabeza que recobraría sus propiedades y que las mujeres eran pusilánimes y nada entendían.

—Procura a Chon el de *El Macho Prieto*.

—¿Quién es Chon?

—Sobrino de don Jesusito.

—De los de *El Refugio*.

—Mancebito cuando tú te fuiste.

—Andrades y Ramírez nunca nos llevamos. El viejo es buena gente, pero me gustaría que sus parientes me sintieran la mano.

—¡Ave María Purísima!...

Volvió sus ojos y su compungido rostro al cielo, luego los entrecerró bajando la frente y musitó una oración.

Riendo estrepitosamente, Julián cogió su sombrero y, a la puerta, dijo:

—Bromas, Refugito. No soy ni sombra de lo que fui; vengo de paz y no a buscarle camorra a nadie.

—¡Dios te oiga!

IV

Refugito se puso un chal negro verdoso en la cabeza y fue a rezar a la parroquia; a pedirle a Dios que le iluminara la inteligencia, en tanto Julián fue a la posada de un tal Camilo Muñoz que también alquilaba bestias.

—Necesito una remuda.

—Tengo una yegua mora muy mansita. Dos cincuenta diarios.

—Me conviene.

—Traiga la responsiva y se la lleva.

—Los Andrades no tenemos mejor responsiva que nuestra palabra.

El mesonero lo vio de arriba abajo, dio media vuelta y dijo:

—Será sereno, pero yo no le veo linterna.

A Julián se le trabaron las quijadas, pero salió refrenando su ira. "¡Habráse visto! Si será verdad lo que dice Refugito: 'El apellido Andrade suena ya como olla rajada.' Y que el mundo va al revés y que otras gentes y otras cosas. Habrá que ver. Porque yo como Santo Tomás..."

Su chasco se alivió en el mesón de *El Macho Prieto*. Chon Ramírez, no más oyó el nombre de Julián Andrade, peló los ojos y abrió los brazos.

—¡Lo dábamos por muerto, don Julián! ¿Qué vientos nos lo han echado por acá?

—Dame otro abrazo, Chon Ramírez. Hasta que me encontré con gente...

Chon Ramírez era un chamaco cuando las glorias de don Julián, pero se acordaba hasta de la famosa carrera de *la Giralda* en que Andrades y Ramírez se iban a coger a balazos.

—Tengo urgencia de la bestia, Chon.

—Bestia la tengo, pero me faltan silla y freno, se los llevó otro con mi caballo alazán.

—Por silla y freno no me apuro. Vamos a ver ese animalito.

Y el mismo día, por la tarde, salió en un jamelgo peludo y costillón del "Turicate" a la carretera como quien va adonde el sol se mete. De cotona y calzoneras de gamuza con botonadura de acero, sombrero gacho y arrugado de lana, botines bayos con resortes flojos como acordeón —reliquias de su difunto padre, que Refugito conservaba con piedad filial y reverencia— había dejado en casa el sucio maquinof, los pantalones de lona y las altas botas de vaqueta curada con que llegó del Suchiate.

Preguntando a los transeúntes cogió el camino de San Pedro de las Gallinas que, a poco andar, de vía de ruedas estaba reducido a vereda irregular y anfractuosa. Se dejó guiar por el animal a la buena de Dios. Después de trotar media hora en el silencio de los campos desiertos, encontró a un muchacho montado en pelo, en una burra parda, cantando *Aventurera*. Más delante otro chico arreaba a una mula prieta cargada de botes de leche.

—Va bien, ésta es la vereda de San Francisquito.

El cielo se había nublado y lejos, por el oriente, rugía ensordecido el trueno. ¡Y qué buena falta está haciendo el agua! Las milpas, güereando apenas, estaban torcidas; las matas de frijol en flor caían mustias por la seca.

"Sintió honda opresión en el pecho; pero no por eso: para nosotros los Andrades primero Dios y nuestros caballos, lo demás p'al chucho. Aparte de que estas tierras son ajenas."

En las altas ramas de un mezquite desgajado por el rayo crascitaban dos cuervos como comadres en altercado. Más delante pajareó el rocín al levantarse de un matorral dos palomas pintas en agudo y estridente desplegar de sus alas. Rozando los surcos del barbecho, se posaron más delante en un nopal chaveño, coloradeando de tunas.

Se le hizo agua la boca, pero fue más grande la urgencia de llegar a la hacienda.

Tiró de pronto de la rienda, parando en seco a la bestia que no más pujó y abrió las patas.

—¡Desgraciados! Esto es lo que han dejado estos hijos de la. . .

Apretó las piernas, echó el cuerpo atrás y levantó la rienda, todo a tiempo y en un solo movimiento automático. ¡Pajarera la maldita bestia! Lo habría echado por el pescuezo, sin sus nervios y sus músculos de ranchero. Le dio gusto; vivía en ellos todavía. Cosas vistas, envejecidas, comenzaron a cobrar sentido. La nube de mosquitos que se le metían a los ojos, a la boca, a la nariz y hasta a los oídos y lo obligaron a encender un cigarro; el triste canto de la torcacita en un nopal, el lamento de la alondra— una nota aguda y larga, tres graves y cortas— en el tupido saucedal cuando comienza a meterse el sol, y el perfume de la flor de Santa María, de los romerillos, del limoncillo y del anís del campo. Embriaguez total de todos sus sentidos. ¡San Pedro de las Gallinas! En el valle, en el bosque en el cerro, el *leit motiv* de la sinfonía de la tarde millones de millones de veces repetida y siempre nueva a cada día. Cosas que se sienten y ya.

El sol rasgó momentáneamente las nubes, hundiéndose en un mar de llamas, y las sombras, apenas esbozadas, se alargaban al pie de los huizaches, de mezquites y nopales, cuando su silueta angulosa se recortó al filo de un altozano en un fondo de topacio y arabescos del mezquital.

Erguido, firmes las piernas sobre los estribos, tendió la mirada en torno. ¡Ahora sí! Todo lo suyo. . . lo que había sido suyo. Tierras engramadas, lagunas azolvadas bajo inmensos tapetes de jilote morado y las florecillas blancas y menudas del otoño que se anuncia. Vastas superficies ondulantes de zacatón en espiga como plumeros de plata. Terrenos enormes de tepetates y arenales abiertos por los arroyos. Todo silencioso, desierto, triste.

Pero cuando se puso fuera de sí fue al descubrir algo como una gran verruga plana, grisácea, sobre el tupido herbazal. ¡Mi casa!

Tendrás que verlo con tus propios ojos, hermanito. Yo también me volé, pagué licenciados para reclamar al gobierno; licenciados y gobierno me dieron atole con el dedo hasta que me dejaron sin camisa.

Pero a la voz de Refugito había respondido otra voz interior muy profunda con un no. ¡Qué entienden las mujeres!

El cambio brusco de panorama, su reintegración a su pueblo,

por más años que hubieran pasado, despertaron deseos y hábitos perdidos. Quiso entonces comodidades, dinero, poder y respeto. No era capaz de concebirse de otro modo dentro de sus propios terrenos. Por eso se resistía a que lo reconocieran en ropas tan miserables y alojado en una pobrísima casa del pobrísimo barrio del "Turicate". Fue, por tanto, su primer encuentro con una realidad cruel lo que lo obligó a detenerse, sofocado. Dio una larga fumada al cigarro y permaneció estático largos momentos, incapaz de tomar una resolución.

El cielo se había encapotado, mugió más cerca el trueno, ahora tras la mesa de San Pedro, desaparecieron los mosquitos impertinentes y pasaron grandes bandadas de pájaros hacia las cimas de las arboledas, zumbando como ráfagas de viento.

Levantó la cabeza, hincó espuela y dijo:

—Vamos; al mal paso darle prisa.

Bajó por un campo de garabatillos en flor que le dilataron el pecho con su tenue aroma.

También dijo Refugito que, después de haber fraccionado las propiedades, mataron a muchos hacendados y a otros los arrojaron a la mendicidad. Tampoco lo creía Julián. Hasta el que sufre de un mal incurable abriga una esperanza hasta su último momento.

Hay una tabla de salvación. El gobierno dice: el que no trabaja no come, y dice bien. Pero yo respondo: ¿Se acabaron ya los ricos? No, señor, ahora son cien y mil veces más. Esto quiere decir que hay nuevos procedimientos para hacerse rico, y para hacerse rico mucho más y más pronto que antes. Y eso es lo que yo debo aprender.

El caballo se resistía a seguir caminando porque lo había metido por un chicalotal, amarillando de flores como lago de oro tierno. El cielo se ennegrecía más, las nubes se hinchaban y el trueno se oía cada vez más cerca.

Vamos por partes. ¿Qué quiere el gobierno? Gente que sepa trabajar la tierra, buenos ciudadanos que contribuyan con su grano de arena al incremento de la producción y con ello a la prosperidad. Poco más o menos, eso fue lo que leí en el periódico en que Refugito trajo un kilo de frijol ojo de liebre.

A duras penas logró sacar el caballo del chicalotal y ahora avanzaba penosamente por un banco de arena donde se le hundían las patas. El arroyo al desviarse de su antiguo cauce, reducido ahora a un hilillo de agua zarca y transparente que corría temblorosa entre jarales y yerbecillas, había dejado arenales.

Su empeño en consolarse fue vano: llevaba la espina clavada y un estado de indecisión, de inquietud casi angustiosa, como el presentimiento de un fracaso en el que no podía consentir. La visión de una mañana de niebla, muy distinta de lo que sus sueños de vagabundo le habían prometido. El tiempo y la distancia lo embellecen todo, pero la cruda realidad es otra.

Es cierto que hay otros caminos, por ejemplo el que Refugito aconseja: sienta cabeza, hermano, olvídate de borracheras, pleitos y amoríos… cosa que está muy bien y casi casi por demás en una persona de edad. ¿De qué me sirve entonces mi experiencia en tanto año de vivir en tierra extraña? Tampoco es cierto que esté viejo: cansado, enfermo, mal cuidado es otra cosa… Un buen médico, medicinas caras y ¡caramba!, puede que hasta sea capaz de algunas travesuras.

Por última vez el sol volvió a rasgar la densa nube haciendo arder media cima de un mezquite y un costado de la mesa en una luminosa franja de oro fluido, mientras la sombra patinaba en un matiz igual las estribaciones de las rocas, los ramajes y las achinadas malezas. Duró un instante, pero en ese instante Julián descubrió un ángulo de la derruida casona, una débil columna de humo desparpajada a poca altura. Después en las márgenes de un arroyo, una becerra añeja, de blanco y negro, paciendo. Levantó la cabeza, lo miró con sus ojos negros inexpresivos, torció el rabo y rumiando tomó la vereda de la casa. Luego todo entró en sombra, la nube se tragó hasta la última brizna de luz y se oscureció todo el valle.

V

—¡Ave María en esta casa!

Un gusgo hirsuto, flaco y desdentado salió a recibirlo con ladridos de obligación molesta del corralito de un jacal de paja, arrimado a los derruidos muros. Cloquearon las gallinas trepadas en un tepozán, con alarma. El interior del jacal estaba débilmente iluminado y por su angosta puerta asomó una cabeza mechuda y el cañón de una carabina.

—¿Qué se ofrece?

—Soy gente de paz, forastero, perdí la vereda de San Francisquito.

—No da con ella a estas horas. Amarre su caballo del mezquitito y éntre.

A su edad y en ese matalote…

Ya el hombre estaba afuera, pero sin dejar de la mano el rifle.

—Nos han dado tantos sustos que siempre está uno con el Jesús en la boca.

140

—Como que conozco esas facciones. . .

—¡Ande! . . .

—Eres de los Fuentes.

—Pos pué que sí. . .

—Del difunto Pablo Fuentes. . .

Le chocó el tuteo.

—¿Por qué se ofreció?

—Conozco esta finca como conocer mis manos.

—Me llamo Pomposo Fuentes.

—Cerca de cuarenta años viví en esta finca.

—Asiguro que no como gañán.

Tampoco a Julián le sonó bien el tono irrespetuoso y un tanto zumbón del palurdo. Nunca los gañanes hablaron así a los amos. Sonrió con amargura.

—Entre, que ya se soltó el agua.

Rugían las nubes amontonadas, negras y revueltas a la luz del relámpago incesante, y la lluvia había llegado descendiendo en densa y cerrada cortina por la falda de la mesa. Persogó su caballo del brazo de un mezquite, cubrió la teja con las arciones y regresó arrastrando las espuelas. Entraron.

—Aguas eloteras. . .

—¡A buena hora! Tres semanas de calma y las milpas como rabos de cebolla. ¡Mal ajo p'al agua! . . .

Pomposo reclinó su rifle sobre la pared en un ángulo del jacal.

—La revolución nos ha dejado muchos cicateros y malcriados. . . y por eso, una armita sirve siempre por lo que pueda ofrecerse.

Una vela de sebo iluminaba el cuarto, en uno de los ángulos había dos mujeres dando la espalda.

—Los de San Pedro de las Gallinas nunca fueron dejados.

En los gruesos labios de Pomposo, sin pelo de barba, relumbró una hilera de blancos dientes. Robusto, de pelo crespo y revuelto, de color cobrizo, mostraba una desenvoltura que nunca tuvieron los peones de antes. Vestía traje de domingo: combinación de mezclilla tiesa y crujiente, borceguíes de vaqueta amarilla y camisa rayada de cretona.

—¿Y las tierras?

—Dan para comer apenas. Vinieron los agraristas, medio comieron el primer año y ni más. . .

—Hace falta gente que sepa trabajarlas.

—Mete el cántaro, Marcela. . .

La voz femenina y el nombre fue como descarga eléctrica dentro del pecho de Julián. Se le anudó la lengua y se le secó la boca.

—Usted lo dice y sabrá por qué...

—Son tierras de cien por uno —habló dominando su emoción. Pomposo le respondió con una sonrisa francamente irónica. Este patán me ve peor vestido que él y me cree su igual.

Si la voz femenina acababa de turbarlo, la aparición de la muchacha que llamaron Marcela lo dejó deslumbrado. Salió del cuarto y su silueta esbelta y sus ojos ¡aquellos ojos!, lo dejaron estático, arrobado.

Otro habría formado la señal de la cruz, pero los Andrades no creían en aparecidos ni le tenían miedo al diablo. Sintió el golpe como badajo de campana en el corazón. Y un diluvio de recuerdos inundó su pensamiento. ¡Tiempos buenos de veras! Vida de perpetuo holgorio, carreras, coleadero, fandangos, apuestas, amoríos, borracheras, celos, venganzas y siempre aquí y en todas partes los Andrades número uno.

Maquinalmente hacía preguntas a Pomposo para que él mismo enhebrara el hilo de más recuerdos y lo dejara en paz con lo suyo. El ranchero, una vez que tenía la palabra, era capaz de dormir al más despierto con su sonsonete sin matices ni puntuación. Era su manera de descansar al regreso de sus agotantes labores.

—¿Na Refugio? Dende que ha que la enterramos... una comida de tunas y carne de puerco, se tapió de las dos vías y... También están ya bajo tierra señá Melquias, Juan Bermúdez y Andrés el caballerango.

Entró la muchachilla empapada; la camisa y la angosta falda de manta embarradas al pecho, al vientre, a las caderas y a los muslos. Desnuda como quien dice. Puso el cántaro sobre el poyo de cantera a un lado de la puerta y tiritando, sonriente, se arrimó al fogón donde una corona de llamas lamía el fondo tiznado de la olla del nixtamal. El chucho entró chorreando agua hasta por las orejas y, gimiendo como una criatura, se acercó al fuego, metiéndose entre las mujeres.

—¿Y Mariana?

—¡Cállese! La hija de Juan Bermúdez tuvo un niño del muchacho Andrés, se le murió de soltura y ahora la verá muy viejita, jorobada y con un bordón en una mano y una canastita en la otra, pidiendo limosna de casa en casa en San Franciscquito. Anselma en el hospital escupiendo los bofes, dicen que el tis se la está comiendo.

—¿Quiénes quedan, pues?

El tableteo de la lluvia resonaba con fuerza, el viento hacía estremecer el techo de paja, el vendaval se había desatado con toda su fuerza.

—Unos se fueron a la pizca de algodón a La Laguna y ni más se ha sabido de ellos, otros andan por los ranchos y pocos quisieron ser agraristas.

—¿Y tú?

—Como la madrepeña —respondió mostrando una vez más su blanca dentadura.

La mujer, arrimada al metate, estaba echando tortillas, un niño en cueros gateaba en la tierra suelta y otro mayorcito, en camisón de rayadillo, armaba carretas y bueyes con dorados rastrojos.

La muchacha se levantó a traer unos leños de un rincón y los metió en el fogón que chisporroteó en vivo fuego.

—¿Tu hija?

—¿Por qué se ofreció?

—Se parece a otra muchacha que conocí en este rancho...

—Dicen que es el vivo retrato de mi tía la dijunta Marcela.

—Como una gota de agua a otra gota de agua.

—Su mala muerte hizo bulla. Pue' que lo haiga oido decir. Le costó años de cárcel al mentado don Julián Andrade.

El viejo pujó como si le hubieran dado un golpe en la boca del estómago.

—Con las humedades se me remueven las reumas. También he pasado trabajos.

Pomposo se quitó la cotona y la llevó a una estaca entre manojos de mecates, coyundas y barzones.

Sobrino de Marcela Fuentes, y Marcela Fuentes una de las cuentas grandes del rosario de Julián. Clavel cortado al amanecer cuando apenas va a abrirse su corola... ¿Después?... bueno, ella tuvo la culpa... Si las mujeres no le hicieran a uno tanta perrada... ¡Dios la haya perdonado!... Eso y uno que tiene esta sangre que hierve de nada y nada. Punto final.

—Por bonitas fueron famosas las muchachas de San Pedro.

La chica, llamada Marcela, volvió un momento su cara traviesa y él se sintió como fulminado por aquel par de estrellas que alumbraron en sus ojos.

¿Qué te pasa, Julián Andrade? ¿Qué mitotito te está bailando en el cuerpo? Acuérdate de tus promesas... y de que nunca alguno de tu apellido se murió del mal de corazón.

—Y para aquellas lindas muchachas hubo siempre buenos mozos que les gastaban harta plata y cargaban buenas armas por lo que se pudiera ofrecer.

—¡Estate, dolor de estómago!...

Era la voz desentonada de la mujer.

Pomposo Fuentes detonó en alegre carcajada y el viejo, fijando sus ojos de gavilán en ella con su cara de cuero arrugado y sus párpados ribeteados de rojo, hizo reír también a la muchachilla Marcela.

Amainó la lluvia. Se oía el murmullo ensordecido y arrullador de una fina llovizna. Hilillos negruzcos de agua resbalaban del techo de paja y zoquite por el muro de adobe, y una gota de agua caía acompasadamente en un apaste a mitad del cuarto.

La mujer estiró un petate, puso encima una cazuela, luego sobre una servilleta de manta un montoncito de tortillas calientes y chiles verdes recién cortados. Pomposo fue a sacar de una arguenita, entre jitomates y cebollas, una botella tapada con un olote.

Sentados en cuclillas cenaron con apetito y luego dieron un buen trago de mezcal de la botella.

Pomposo, que había perdido ya todo recelo al fuereño, habló de las dificultades que le había dado beneficiar el pedazo de tierra que año por año sembraba, para levantar de diez a quince hectolitros de maíz cuando mejor le iba. Julián insistió en que una fanega de tierra de labor bien abonada y trabajada siempre les había dado cien por uno.

—Eso sería el año del cólera.

Habló de su yunta de bueyes buenos, pero ya muy viejos. Los iba a vender al abasto y para eso los estaba engordando. Compraría unos novillos de primer año y él mismo los amansaría.

—Tengo también una vaca horra y una becerra pinta de año, aparte de unos cochinitos que si Dios lo quiere...

Julián lo escuchaba distraídamente. De pronto su atención se fijó en la Virgen de San Juan, en marco de hoja de lata con calados y flores achinadas en el mismo metal. Indignado la reconoció. ¡Bandidos! La misma que estuvo en la cabecera de su padre don Esteban hasta que rindió el alma.

Sí, los tiempos son otros y otras las gentes, pero las cosas son las mismas en ajenas manos.

—Marcela, echa fuera el perro...

La mujer tapó las brasas del fogón, luego puso un grueso tapete de yerba seca para cubrir la puerta.

El perro gemía quejumbrosamente, golpeando la puerta con el hocico. Luego se asilenció.

La mujer juntó a sus hijos, se acurrucaron cerca del fogón y apagó la vela.

A medianoche, en la oscuridad impenetrable del cuarto, se removían aún las brasas de sus cigarros. Con voz monótona Pomposo seguía hablando de sus animales, de las milpas perdidas, de

144

los tractores que vendrían a abrir tierras nuevas. De tarde en tarde se interrumpía y se oía el gorgoteo del mezcal en sus gargantas.

Cuando se quedaron dormidos un coyote comenzó a aullar escandalosamente en los riscos de la Mesa. La luna brillaba en un cielo despejado y sobre los campos regados de diamantes.

VI

—¿Con tierras así, qué negocio. . . ?

—Cierto: puros barriales, hormigueros; donde no crece el chicalote, ya todo es pura grama.

—¿Entonces?

—El hombre vive siempre a la esperanza. He pasado ya muchas pestes, hambres y necesidades y no voy a perder el ayuno a los tres cuartos para las doce.

—¡Bendito sea Dios!

—Nadie ha podido arrancarme de la mata, y de aquí sólo me sacarán con los pies tiesos y derecho al camposanto.

Con la rozadera en la mano y muchos mecates al hombro iba a cortar quelite para sus reses.

Del suelo se levantaba una cortina de niebla, cubriendo totalmente la mesa. Era como un enorme vidrio deslustrado que enmarcaba la tierra y se fundía en el cielo. Los mezquites y nopales más cercanos aparecían como dibujos surrealistas: se alejaban como fantasmas de vapor para desaparecer sumergidos en la bruma.

—Mañana entrada en agua.

Julián dijo que antes de irse quería ver en qué condiciones estaba la casa, "por lo que pueda suceder".

Pomposo frunció las cejas, alzó los hombros y dijo:

—Marcela, lleva al señor: hay muchos tuceros y no conoce la veredas. No sea que se vaya a quebrar una pata.

Julián pasó mala noche, el perro ladraba lastimeramente y sin cesar; luego aquella incansable gota de agua zarpeando en el apaste. Eso fue y no fue. Ni la serenata de la manada de coyotes a la luz de la luna, a la madrugada, lo habría despertado. A cosas peores estaba hecho. Era la espina clavada en el corazón, los recuerdos excitados por la mujercita llamada Marcela, sus formas mórbidas ya, sus ojos de expresión atrevida, sus movimientos sensuales, llamaradas que pusieron en tensión hasta las fibras apagadas de sus viejas carnes. ¿Malos pensamientos? ¡Qué capaz! Deseos de admirarla, de adorarla como a los santos del cielo. Tanto así que si conseguía recobrar sus bienes —y estaba decidido a ello—, en un descuido hasta pediría su mano, la haría su esposa ante Dios y ante la Ley; compartiría con ella riqueza, honor, respeto, todo a lo que se tiene derecho en sociedad. ¿Por qué no? El mundo marcha y éstos son otros tiempos y las costumbres distintas; ahora ya no es desdoro un matrimonio en que los contrayentes son de clases muy distintas: eso pasó a la historia. Por otra parte, aunque la gente, de palabra o por el gesto, le daba a entender que estaba viejo, no era cierto. Pero tendría que estarlo y entonces necesitaría una esposa honesta, fuerte, joven, cariñosa y capaz de sacrificios. ¿Refugito? La pobrecita estaba más achacosa que él y para ella también sería gran consuelo tener una compañera trabajadora, amable y alegre como un jilguero en su jaula. ¿Qué mejor prueba podría dar a su hermana de que obedecía sus consejos, "sentando cabeza"?

Luego que la muchacha salió a enseñar la derruida casona a Julián, dijo la mujer a Pomposo:

—¿Para qué despachaste a la muchachilla con ese viejo?

—¿Por qué se ofreció?

—Me late que es mal hombre.

—Está ya como nuestro perro, ni dientes tiene.

Dio una risotada y se alejó entre el herbazal.

Marcela, delante, fue señalando el paso al forastero. Era una mañana aquietada por la niebla. Sólo el débil canto de los pajarillos perdidos en las cimas y el intermitente zigzagueo de una negra golondrina lavada y rebruñida, que diagonalmente cruzaba el espacio, daban señales de vida.

—No se salga de la vereda porque se atasca.

Sordo a la fresca y cantarina voz, ciego a la ligereza del cuerpo esbelto de venadito, Julián sentíase dominado por la más amarga tristeza. Estaban dentro de una pieza destechada, de muros derrumbados y otros a punto de desplomarse; en el piso había crecido la yerba que les llegaba a la cintura, empapándolos. Apretó con fuerza la quijada cuando reparó en los restos de una pintura, fresco a la cal y cochinilla haciendo cuerpo con el propio adobe: una cabecita mofletuda, la raíz del ala de un angelito y una cornucopia despuntada: ¡la sal! Aquí nací, aquí me crié, aquí pasé los mejores años de mi vida. Y todo se acabó.

Saltaron unos cimientos y entraron a otro cuarto no destechado, pero agrietado por las goteras.

—Quítese de ai, ¡qué no mira!...

De entre rastrojos podridos removidos salió desenrollándose una víbora y con agilidad maravillosa desapareció por la juntura entre dos adobes.

—Si le ha picado no la cuenta.

Escaparon en seguida y salieron a plena luz. El sol rasgando las nubes apareció como gajo de lumbre dardeando la niebla; comenzó a delinearse vagamente el filo de la mesa, las nubes comenzaron a esfumarse débilmente sonrosadas.

Sobre la barda de la gran troje derruida se desgranó la risa de cristal de una saltapared, saludando la cara luminosa del sol que asomó medio disco bañando los rosillales.

—¿De modo que usted es también nativo...?

Se había trepado en unos adobes, restos del muro, y su voz era clara, sonora como la mañana.

El viejo gruñó que sí, removiendo con un jaral la yerba a donde habría de poner los pies. Apareció el fondo de vaqueta podrida del equipal donde don Esteban, afásico y hemipléjico, pasó sus postreros días. Y otra vez los recuerdos, tenazas de acero, le trituraron el alma. Removió cochinillas, insectos, minúsculos insectos. Un sapo, cegado por el sol, dio un salto.

—¡Todo se lo llevó el demonio!

—¿Qué rezonga?...

La voz, campanita de plata, logró por fin arrancarlo del estado de estupor en que su impotencia para tomar venganza inmediata lo tenía agarrotado. Levantó la cabeza y se quedó deslumbrado. Ahora todo estaba inundado de sol, polvaredas de cristal se levantaban de la falda de la mesa, las nubes se deshilachaban en un cielo de añil. Luz, belleza, alegría. Torrentes de sol descendían tangentes a los vastos campos, rompiendo de una vez la finísima bruma que aún los arropaba, cristalizando a millonadas de diamantes sobre la yerba y las cimas finamente dibujadas de los mezquitales. Y en ese marco maravilloso, Marcela, la pequeña Marcela. Había recogido su falda mojada, mostrando sus piernas y la mitad de sus muslos morenos, llenos, duros y bien torneados.

Catorce años no más y ya una mujer. ¡Jesús, María y José!

Le zumbaron los oídos, la cabeza se le dio vueltas, batieron con fuerza sus arterias en las sienes. Y adiós las buenas intenciones y las santas promesas, el peso de los setenta, de sus piernas secas y entumecidas. En un alarde de rejuvenecimiento armó un brinco para llegar hasta la muchacha sobre el muro disparejo, pero con tino tan incierto que dio el batacazo y se quedó estampado de boca en el lodo.

Marcela estalló en una carcajada.

Encenegado hacía inútiles esfuerzos para incorporarse; resbalaba y caía de nuevo. Y Marcela, sin poder contener la risa, le dijo:

147

—Está ya muy mayor para la travesura. Agárrese.

Afirmando bien las rodillas en las desigualdades de la pared, se agachó y le tendió la mano.

—Agárrese macizo... no tenga miedo... no lo suelto.

La risa le seguía repicando en la garganta, sana, inocente, animal.

Apareció la cabeza de una zorra en un hoyo y Julián creyó que también se burlaba de él con sus ojos de chaquira, su sonrosado hociquillo y su nariz anhelante.

Entonces, en un esfuerzo inaudito, supremo, le cogió el puño y de un brusco e inesperado tirón la hizo perder el equilibrio y caer sobre él.

La chica no se acobardó; con violencia logró incorporarse, se montó sobre él hincándole las rodillas sobre el abdomen hasta sofocarlo y le tronó dos bofetadas.

De pie, encendidos los carrillos, ardiendo los ojos, el pecho anhelante, esperó a que se levantara, recogió un leño del suelo y reculando dos pasos, le gritó:

—¡Lárguese de aquí, viejo apestoso!...

El becerro y la vaca enchiquerados mugían de hambre. Parvadas de tordos se desparramaban sobre la milpa y un par de huilotas gimieron su canto eterno entre las pencas de un nopal manso.

Pomposo regresaba con un enorme tercio de quelite a la espalda.

—¿Qué le pareció la casa?

—¡Todo se lo llevó el demonio!

—No las tierras...

Julián no alcanzaba saliva.

—Con levantarle el bordo a la presa y desenyerbar con buenos tractores tierra nueva...

—¿Quién te va a hacer ese milagro?

—Dicen que el gobierno...

—Si es el gobierno ya puedes esperar sentado... y muérete de hambre mientras.

—De todos modos son tierras que se necesita trabajarlas.

—¡Trabajarlas!... Vengo de donde dice el dicho: "Más trabajo cuesta aprender un vicio que un oficio."

—Mucha esperencia ha de tener en eso.

Se rió de su propia socarronería y fue a poner la pastura bajo el tejabán, en un corralito que alegraban las ponedoras con sus urgentes cacareos. La vaca y el becerro bramaban de hambre.

Julián despersogó el matalote que pasó la noche en agua, le

apretó la cincha y, ya para montar, volvióse para decir adiós y dar las gracias. Al paño de la casuca como linda terracota estaba ella. Se tragó una maldición, puso el pie en el estribo y montó.

El chapoteo de la pezuña en el lodazal, el ladrido en falsete del perro viejo y la risa de la muchacha, luminosa y fresca como la mañana, lo iban siguiendo.

"¡Lárguese, viejo apestoso!" La cosa daba en qué pensar, después de no verse en el espejo por tantos años. Bien que los más fieles espejos habrían sido mi Pablón y Refugito si no se hubiese obstinado en no verse en ellos.

Se echó el sombrero a la cara e hincó espuela.

La mujer también a la puerta del jacal, desnudos el pecho y los brazos, viendo que se alejaba y se perdía entre huizaches y nopales, dijo:

—¡Bendito sea Dios!... ¡Ya se fue!..

—¿Por qué tanta tirria?

—Es hombre malo.

—¿Crees?...

—Hasta me late que es Andrade...

—¡Maldito sea!...

A Marcela le brillaron extrañamente los ojos, sus carrillos se encendieron. El apellido lo conservaban mejor las mujeres que los hombres y sus fechorías se trasmitían en secreto con un deleite pecaminoso.

—Pue que no más venga a...

—A tantearnos, Pomposo. No seas guaje, quiere sus tierras.

—Están verdes... La casa no le gustó.

—Pero a lo demás no le tuvo asco.

—¿Y si el gobierno se les da, papá?

—Pior... a ésta ¿qué le importa?

—Digo —respondió humilde y en voz baja la muchachilla— porque da lástima... ¡tan pobre y tan viejito!

—Perro que ladra no muerde...

—Ni de viejos dejaron de ser malos todos.

—¿Quién te lo contó? Pero si a eso viene yo sabré cómo hacerle para que nuestra compañía no le guste, como la suya no nos cuadra.

—¡Pobre viejito! —repitió en voz casi imperceptible la muchacha. Y en el tepozán una torcacita cantó:

"¡Fea tú... ¡Fea tú!..."

VII

¿Que todo se paga en la vida? ¡Santo y bueno!, yo no digo que no; pero ¿no ha sido ya bastante con estos veintitantos años que he pasado de tierra en tierra, sin derecho ni a mi propio nombre, sufriendo hambres, desnudeces y necesidades de toda clase? ¿También la justicia se fue ya del mundo? Yo ya sé lo que me va a alegar Refugito: "Castigo de Dios por nuestros pecados." Bueno, ¿y tú que eres una santa por qué estás sufriendo penas y miserias como yo? Explícame eso, tú que sabes tanto. Uno qué más quisiera: ser bueno, caritativo...

—¡Jija de la ch...!

Una rama de huizache no más. Le tumbó el sombrero y le dejó un rosario de cuentas de sangre en la cara.

Iba al trote bronco del caballo, que al amor de su pesebre en *El Macho Prieto* no necesitaba espuela ni vara. Caída la cabeza, inclinada la espalda, suelta la rienda, se rendía incondicionalmente, abrumado por el fracaso. Ruinas como propietario, ruinas como tenorio y el hombre entero una ruina. Rechinarían sus dientes si no le quedaran más que dos clavijas bailoteando.

Todavía volvió una vez más la cara, el trastumbar una loma y tomar la vereda a la carretera de San Francisquito. En el derrumbamiento de lo que fue suyo sólo quedaba intacta, altiva sobre aquella desolación, la enorme masa azulina de la mesa de San Pedro.

Dice Refugito que el que de su casa se aleja no la halla como la deja. Montones de piedras y adobes, las caballerizas cuarteadas, derrumbándose de un momento al otro; las tierras de labor deslavadas por el agua o convertidas en chicalotales; los agostaderos invadidos por el nopal, el huizache y el garabatillo. ¡Y como si todo esto no fuera bastante, la burla y la injuria de una mocosa insolente!

Ahora un tupido maizal. Una mazorca rompiendo la panoja le enseñó los dientes. Y eso es el colmo, porque no lleva una sola gota de aguardiente en la cabeza.

"¡Lárguese de aquí, viejo apestoso!" Y desde ese instante todos se burlan de mí. ¿Y así quiere Refugito que me convierta en hombre bueno? Entonces que me pongan el aparejo y me monten. Un burro viejo no repara.

Apareció, por fin, la carretera describiendo doble curva en torno del vaso espejeante de una presa y de la soledad, y el silencio pasó a un sitio de tráfico intenso. Carros, camiones, camionetas, trocas en un ir y venir desaforado. Le zumbaban en la cara.

¡Pero qué diablos tengo yo! Uno pasó apretado de mezclillas azules, y ésos también le enseñaron los dientes. Como si hombres y cosas fueran testigos de su cuita.

Pero el hombre hasta de sufrir se cansa. Entró en reacción con un apastito de pulque fuerte que compró en una tienducha, de un ranchito a la vera de la carretera. No le cabía duda ahora de que su imaginación le deformó desmesuradamente lo acontecido. Esa murria y esa tristeza no eran de ahora, sino de siempre que amanecía crudo y sin un centavo para curarse.

Pero espérenme tantito: luego que tenga dinero, amigos, consideraciones y demás... les enseñaré a todos estos desgraciados por qué me apellido Andrade.

Puntearon las agujas blancas de la parroquia en la azulosa lejanía y, a poco más de caminar, el pueblo de San Francisquito, su blanco caserío como nido de palomas, bañado de sol.

El movimiento de vehículos se acentuaba a medida que se acercaba al poblado. En los suburbios sintió de nuevo la necesidad del tónico. Se apeó a la puerta de una cantinucha, entró y pidió una copa.

—¿Tenés feria? —preguntó al muchacho dependiente.

—¿Eh?... —respondió, pelando los ojos.

—Digo... ¿por qué tanto coche?

Fue a atender a otros pasajeros que entraron pidiendo cocacolas heladas.

—Son veinte centavos.

Julián puso la moneda sobre el mostrador, mirando fijamente al dependiente descortés.

—¡Cállate la boca! Así los verás a todos. Una codicia de dar miedo.

—Un veinte por un mezcal... y como si te lo dieran de limosna. Era lo que les faltaba a estos piojosos huevones... ¡sinvergüenzas además!...

Refugio bajó los ojos. Estaba acostumbrada al trato con gentes de baja condición, pero todos sabían respetarla y mantenerse a distancia, sin que se los exigiera. ¿Por qué Julián no? ¿Entre qué gente andaría para que hubiera olvidado hasta lo que mamó de educación en la familia? Los Andrades, como todos los rancheros, eran atrabancados y malas lenguas, pero en la intimidad respetuosos como los que más pudieran serlo de las mujeres. Poco importaba que su orgullo ingénito los obligara a tener un concepto de la mujer como de condición inferior: la respetaban y la hacían respetar si era de su familia.

Desensilló, ató el caballo al batiente de la puerta y cargó con

151

fuste, sudaderos, freno y espuelas, a montarlos en un burro de palo en el pasillo.

Refugito encendió el brasero, dejó puesta la cazuela de frijoles en la lumbre y salió por blanquillos al tendajón.

Julián comió con excelente apetito y eso le despejó la cabeza.

—Como vos decís, ya no más la tierra queda: la casa grande está por los suelos, los potreros engramados, todo es garabatillos, huizaches, barriales y arroyos. Pero la cosa no es tan negra como vos la pintás; hipotecando la finca hasta dinero nos sobra; abrimos tierras descansadas, levantamos el bordo de la presa y os juro que con la primera cosecha hasta el hipo se nos quita. ¿Qué decís vos?

—Que me hables en cristiano y no con esas visiones: me tienes harta con tu os y con tu vos.

Se rió y siguió forjando proyectos sin ton ni són.

Refugito sin responderle lo oía. Más bien dicho no lo oía; estudiaba la manera de adaptarse a una nueva vida, sin renunciar a los preciosos bienes que con tanto sacrificio había conquistado: el hábito del trabajo y la paz de su alma.

La entrada de Julián en su vida, rompiendo las rejas del recinto donde voluntariamente se había recluido, provocó primero un movimiento defensivo, pero momentáneo; lentamente alumbró en ella la idea jubilosa de dar un sentido más amplio y generoso a su existencia, haciendo entrar en ella a su hermano.

Refugito no era —no podía ser— razonadora, sino una gran intuitiva que después de un momento de zozobra y de indecisión vio claro que cuanto pudiera hacer por regenerarlo equivalía a seguir su misma vida, sin vanidades ni festinación, procurando las comodidades compatibles con su pobreza, sin contradecirlo ni lastimarlo y pedir mucho a Dios por él.

Por tanto, no varió sus costumbres: se levantaba con el alba, iba a misa, dejando libre todo el día para sus compras y venta de pollos, gallinas y huevos, iba a la estación del ferrocarril y embarcaba cajas de aves y blanquillos y a su regreso se metía a la parroquia, siendo de las que salían cuando el sacristán sonaba las llaves para cerrar. Extraño tipo de beata que no se relacionaba con las beatas sino con un saludo de la más estricta cortesía. Educada en el rancho con la visión más amplia de la vida y del mundo, cuyas ventanas fueron sus padres, sus hermanos y todos sus parientes, gente de aventura, holgorio, fiesta y escándalo, nada la asustaba y su espíritu de tolerancia y generosidad rompía en absoluto con el chismorreo, mezquindad y gazmoñería tan comunes en la gente de sacristía.

152

Esa tarde Julián le pidió dos pesos para pagar el alquiler del caballo.

—Espera a que oscureza. No sea que alguno de los viejos amigos o conocidos te vean, y andas tan desaseado y en una facha que pueden hacerte algún desaire... ¡Eres tan quisquilloso, que!...

Pero Julián con el viejo vestido ranchero de su padre, después de tantos años de vagancia y andrajos, se sentía nuevo. Cogió el caballo del cabestro y caminando a media calle tomó rumbo al mesón de Chon Ramírez. Tuvo necesidad de recorrer la calle principal, la única que merecía el nombre de calle y que era una prolongación de la carretera. Constaba de seis cuadras de construcciones regulares, en el centro la parroquia con su fachada barroca y sus torres achaparradas de un solo cuerpo, el portal al que los viejos seguían llamando parián, con una botica, un hotel y una cantina. Frente a la parroquia había un solar bardeado al que pomposamente denominaban el Paseo. A un costado el jacalón del cine, la presidencia municipal y a tres cuadras distantes al oriente la comandancia militar, el juzgado y la cárcel. En el centro de la plaza un quiosco de madera siempre en reparación, tres enormes fresnos frente a la parroquia y sendas bancas de cantera amparadas bajo su sombra.

En esta calle vivían los vecinos acomodados y era de tráfico muy intenso. De extremo a extremo las banquetas servían de mercado al aire libre.

Julián vio venir a un charro de hombros caídos, desgarbado y piernas en arco, y comprendió lo justo de la advertencia de su hermana. Se echó el sombrero a la cara y lo dejó venir. No era conocido suyo. Siguió por mitad de la calle, bobeando. Su San Francisquito era el mismo y no era el mismo. Pisos sobrepuestos sobre antiguas construcciones sobrias y severas aparecían abigarradas y chocantes; amontonamiento de ladrillos encalados con agujeros cuadrados. Los mejores edificios comerciales y hasta las casas de habitación pintarrajeadas a colores detonantes, anunciando la nueva marca de cigarros o cerveza, las píldoras infalibles para las reumas, el específico maravilloso para los catarros y resfriados, aparte de infinidad de cartulinas amarillas de *Mejoral*.

Los camiones de pasajeros que pasaban incesantemente en sentidos opuestos se detenían los momentos precisos para dejar y tomar pasaje. Algunos pasajeros se bajaban a desentumecer las piernas: quiénes entraban a la iglesia, quiénes al *Barrilito*, abrumados por la nube de vendedores ambulantes que hacían su agosto con ellos. Se oían los gritos destemplados de los chafiretes anunciando rutas, las bocinas llamando a los pasajeros, el estrépito de

153

los carros en marcha y el vocerío de los pequeños comerciantes ponderando su mercancía.

Medio aturdido, torció por una callejuela al norte, a *El Macho Prieto*. Y bruscamente la población entró en silencio: era un caserío, sin luz, sin transeúntes, sin señales ningunas de vida. Era su verdadero San Francisquito.

VIII

—¿Qué es esto, Chon Ramírez?

—¡Cállate la boca! La civilización que nos llegó de golpe a San Francisquito.

A Julián le hizo comezón el tuteo. Pero siempre dijo bien Refugito: "No debes presentarte en esa facha con tus conocidos."

—Se cierran fondas y mesones, se abren hoteles, restoranes, cenadurías... Vienen chales, refugiados y judíos; pintan las calles como campamochas y nosotros, los nativos, no más nos quedamos *milando*.

—Según vengo observando, pocos quedamos del tiempo en que se amarraban los perros con longaniza.

—¿Quedan... o quedamos? —protestó Chon Ramírez, soltando una de su gloriosas carcajadas.

Aunque ya peinaba canas y tenía pata de gallo, Chon Ramírez era cuando menos quince años menor que el amo don Julián Andrade. Y la segunda carcajada de Chon Ramírez se oyó en todo San Francisquito. Así era él. "Chonito es muy acabado", decían sus parientes, amigos y conocidos. Pero esa tarde Julián no estaba para bromas. Su irritación crecía reparando en su rostro arrugado y mustio, el mismo que había dejado tan fresco y lozano como el de una quintañona.

—Estás viejo, Chon Ramírez, aunque lo disimulas con tu buen humor.

—Ven a ver...

De la mano lo condujo al rústico corredor de adobe en bruto que encuadraba el inmenso corral desempedrado.

—¿Qué se hicieron aquellos cerros de aparejos, sillas de montar, albardones, y tanto avío de arrieros?

—Jiede, don Julián... ¿verdad?, pero a gasolina y aceite requemado, no a bazofia de burro ni de caballo.

Ni rastros ya de aquella retahila de barcinas reventando de paja o de rastrojo. Ni las canastas pizcadoras ni los carretones colmados de estiércol.

—¿De modo. . . ?

—Sí, señor, las bestias al arado y los bueyes al abasto.

Bajo la portalada de adobe crudo se inclinaban algunas viejas carretas de dos ruedas, varas abajo y dos o tres autos chocados oxidándose con la humedad de las goteras.

—¡Qué capaz! ¡Ni me lo suenes! —dijo Chon Ramírez rechazando el alquiler de la remuda—. Espérame tantito. Voy por un mezcal *Cerro Prieto* para que le demos el punto, de gusto de habernos vuelto a ver.

—Ni me lo mentés, *che;* que de oírte no más ya se me está haciendo agua la boca.

—Mira, mejor no me hables en inglés. . . y nos amanecemos.

Bien a bien unos tragos no hacen daño y hasta le entonan a uno su cuerpo fatigado. Porque en verdad te digo, Refugito, que esto no es borrachera ni mucho menos. Tú dirás lo que quieras, pero todo tiene su pro y su contra y al cuerpo hay que darle lo que pida y ésa es la mera ley de Nuestro Señor, que para eso nos lo dio. Qué se diría en San Francisquito si Chon Ramírez contara: "¡El famoso don Julián Andrade se le rajó a 'una trigueña' de *Cerro Prieto!*" La bandera es lo primero y mientras tengas alma en el cuerpo debes llevarla siempre en alto. Porque el trabajo es que uno se ría, después todos quieren hacer lo mismo. Aparte de que sabéis, que sin amistades ningún negocio se hace bueno. Y la mera verdad de Dios es que lo malo no está en el uso sino en el abuso.

Vino Chon con "la morena" y se sentaron en la gradita de piedra del zaguán. Después de ponerla a la mitad en dos sendos tragos y de relamerse, saboreando el sanluiseño, Julián puso "la negra" entre los dos y Chon reanudó la conversación con un preludio de sabrosas carcajadas.

—Conque, vamos a ver, don Julián Andrade, ¿qué fue de su vida?

Un viejo tic frunció la cara del viejo, sacudiendo sus flojos pellejos: la familiaridad del palurdo excedía ya de toda ponderación. Pero ese diablo de mezcal está de chuparse los dedos y vale bien la pena de que uno se haga disimulado. ¡Porque lo ven a uno viejo y destrazado! Pero ya me bañaré, me curaré estas reumas que me afligen, compraré un vestido nuevo y veremos entonces si cualquier pelado de éstos me alza la cresta.

—Pues ahí tienes no más, Chon Ramírez. . .

Fue así: una nube de langosta; limpiaron cuadras y corrales, convirtieron mansiones en zahurdas y había tanto que "avanzar" que cuando pasaron por la hacienda de San Pedro de las Gallinas no les dio la gana de oír el relincho de una bestia fina oculta en el breñal de la mesa. Después de los "gorrudos" de Pánfilo Natera llegó otra avalancha de yaquis con cara de ídolos. ¡María Santísima! Éstos sí eran hombres de cuidado. Los ranchos y las haciendas se quedaron solos, San Francisquito se desplobó, y a Julián Andrade se le oscureció también el mundo. Pero un perdido a todas va: mandó bajar del cerro al *Mono*, le puso la silla vaquera con chapetones de plata y vaquerillos de venado, se vistió su terno de gamuza con alamares negros de seda, el sombrero de toquilla y galones de hilo de oro y, al tronco del mejor cuaco de sus cuadras, tomó rumbo a San Francisquito.

Los patios de la estación hormigueaban de gente, y cuando apareció la cabeza negra del tren del Norte se desencadenó un huracán de gritos, vivas y aplausos.

—¡Viva la gloriosa División del Norte!

—¡Viva Francisco Villa!

Y entre aquella muchedumbre enloquecida que rugía de entusiasmo, se abrió paso haciendo bailar cadenciosamente su caballo.

—¡Viva Pancho Villa! . . .

Venía de la Convención de Aguascalientes barriendo carrancistas rumbo a la capital. Sus fuerzas habían consumado el movimiento. En la plataforma posterior del último carro apareció su cara cobriza, rubicunda, en llamas. Sus ojos eran llamaradas. Sombrerudos hercúleos y arrogantes lo rodeaban.

—Mi general Villa.

Sus ojos de ave de presa no se equivocaron. Desde el primer momento había advertido al jinete altivo del caballo prieto y, a su señal, ya uno de sus lugartenientes, especie de macehual, chato, chaparro y lampiño, se había apeado prontamente del carro.

Pero Julián le tomó la delantera:

—Mi general Villa, le traigo este regalito. En todo México no hay uno que le mire el polvo. No le dará vergüenza.

Cuando la multitud de peones que se acercaba al carro del jefe norteño vio que estaba abrazando a don Julián Andrade, hizo una mueca de desencanto y dio media vuelta. Los parias se desperdigaron entre la multitud clamorosa que seguía dando vivas. Fue una fortuna loca para Julián que Villa no lo hubiera advertido.

El macehual llevó la bestia al furgón de los caballos finos, y momentos después el tren dio tres pitidos.

Julián no se apeó del carro; con sus maneras francas y desmañadas de charro legítimo de los Altos de Jalisco supo captarse al jefe, que lo incorporó desde luego a su famoso estado mayor con el nombre de *los Dorados*.

—Y has de saber, Chon Ramírez, que en el primer encontronazo que nos dimos con los carranclanes se supo quién es Julián Andrade. ¿Qué quieres? Por algo lleva uno en las venas esta sangre que hierve de nada y nada.

—¿No me digas?

—Y así fue como en menos de dos semanas y a puro tanate aseguré mi grado de coronel.

—¡Pues a la salud de mi coronel don Julián Andrade!

No pasaba inadvertido a Julián el acento zumbón de las palabras de Chon Ramírez ni sus estrepitosas carcajadas. Le hacía mal estómago con su cara de mascarón, de narices romas y porosas, sus ojos de cerdo y su ancha boca de batracio.

Además, si el vino de Chon era alegre, el de Julián fue siempre sombrío. Como el de todos los Andrades. Era fama que sus bochinches acababan siempre a cuchilladas y balazos. Con otros dos tragos dieron cuenta de "la negra" de *Cerro Prieto*.

Julián aceptó un grueso cigarro de hoja, dio dos largas fumadas y reanudó su relación.

Una bala lo dejó tendido al borde de un vallado en los combates de Celaya. Obra de Dios que los carrancistas lo levantaron del campo como suyo en la confusión de la pelea. Del hospital de Celaya se fugó todavía con la pierna entablillada, y fue a presentarse a Villa en la estación de Trinidad, más allá de Irapuato.

El jefe estaba como perro de mal con uno de sus generales, desertor después del desastre de Celaya. Un "dorado" con dientes encasquillados de oro lo bajó del carro y se hizo cargo de él.

Cuando se oyó la descarga cerrada Julián estaba haciendo la relación de su caso, de la que Villa quedó tan satisfecho que hizo que inmediatamente le entregaran uno de los ternos nuevos que acababa de recibir para su guardia de *Dorados*.

Un grupo de campesinos se acercó al carro de Villa. Le rogaron que los escuchara. El patrón los hacía trabajar de sol a sol y con los tres reales de salario que les daba no ajustaban ni para las gordas.

—Llamen a Yáñez —dijo Villa a uno de sus subalternos.

Sacó un grueso fajo de billetes de "dos caritas" y se los repartió a los quejosos.

—Vayan en paz. Todo se les arreglará.

Llegó Yáñez.

—Sigue a esos muchachos, vas con ellos a su rancho, y no te quiero volver a ver hasta que les dejes arreglado su negocio.

—Mi general Villa es así —dijo un "dorado", cara de buldog y dientes de oro.

Por similitud de ideas y sentimientos había congeniado con Julián. Se emborrachaban juntos.

—Mire con qué facilidad les arregló su negocio a esos pobres muchachos.

Julián difería tal vez en eso. Lo de esos pobrecitos muchachos le tenía sin cuidado.

—Es muy prontito, pero tiene muy buen corazón.

Lo dejó un tanto preocupado... pensativo.

IX

EL MESONERO encendió el farol del zaguán. Julián no tenía traza de acabar nunca el relato, auxiliado con una segunda de *Cerro Prieto* a punto ya de terminar. Ni las caras se veían. De tarde en tarde Chon lo interrumpía con chacotas irrespetuosas. ¡Pero estaba tan rico el mezcal!

—Estábamos, pues, en los preparativos para otro encuentro cerca de León. Los carrancistas con la paliza que nos dieron en Celaya se habían vuelto muy panteras y teníamos ganas de darles una buena en la mera cholla. Allí nos alcanzó Yáñez. Entregó a Villa tres talegas de pesos y un saco de lona apretado de aztecas, hidalgos y centenarios.

—Para evitar reclamaciones —explicó enseñando sus colmillos de lobo—, suprimí al que pudiera hacerlas.

—¡Míralo qué contento se ha puesto —me dijo el "dorado" cara de buldog—. Al jefe le gusta que le adivinen el pensamiento. Por eso quiere tanto a Fierro y a Yáñez.

Pero a Julián el suceso se le indigestó y ya no podía estar quieto un instante. Villa era un hombre de peligro.

Y más se puso después de la batida que Obregón le dio por enésima vez en las cercanías de León. Andaba como perro rabioso y hasta sus más consentidos traían el Jesús en la boca.

La retirada al Norte se impuso. Camino de Aguascalientes el convoy se detuvo en San Francisquito y, mientras la máquina de Villa tomaba agua, Julián bajó a darse postín con sus paisanos. ¡"Dorado" de Villa! Lo rodeó un grupo de charros bien apuestos; les contaba hazañas reales e imaginarias, cuando repara en un grupo de peones que se encaminaban al carro de Villa.

—¡Ay, viejo, sentí que el corazón se me cayó entre las corvas! Eran mis propios sirvientes. Y acuérdome de Yáñez...

—Y dijiste... ¿pies para cuándo son?

La carcajada sonó por todo el barrio.

—Hijo de un... Si no lo hago así me quema...

—¡Que vivan los "dorados" de San Pedro de las Gallinas!

—¡Desgraciado! ¡Te habría visto con los calzones en la mano! ¡No sabes cómo era cuando estaba enojado!

Julián se escurrió las últimas gotas que quedaban en la botella, sacó luego un tostón de la bolsa y dijo:

—Anda a llenarte otra vez la botella.

—¿De cuándo acá los Ramírez fuimos gatos de los Andrades, Juliancito?

Estalló en una carcajada.

—Si nunca lo fueron, hoy ya es hora de que lo vayan siendo.

Subieron las voces. Chon dijo que los Andrades no peleaban de hombre a hombre y le recordó a un tal Jesús Rodríguez asesinado de un balazo por la espalda.

El viejo se levantó trastabillando.

Como sombras chinescas, las siluetas de los rijosos se proyectaban sobre el muro, a la luz del grasiento farol.

—¡Uy, qué miedo! ¡Los valientes de las Gallinas!

Chon paraba los golpes con el soyate en la zurda, dando brincos de payaso y enardeciendo a Julián con moquetes en la cabeza, de cuando en cuando.

—¡Te falta nervio, Julián Andrade! ¡Mejor ponte ya a rezar el rosario!

El viento removió el farol de la calle y Chon descubrió entonces la hoja brillante de una navaja a la luz que diagonalmente entró por el cubo del zaguán.

—¡Ah! ¿Eso?... ¡Quieres, de veras, que te dé unas guamazos?

Reculando, reculando, sin perderlo de vista, echó una mano atrás, al tanteo dio con la tranca de la puerta, reclinada a un lado de ella.

—Espérame tantito... no comas ansia...

Con el sombrero en la zurda paraba los tajos; lo esperó de firme y asestándole un garrotazo de costado lo volteó boca abajo en el suelo.

—¿Ya lo viste, Juhanito? ¡Te digo que los Andrades ya no soplan!...

Y sin darle lugar a rehacerse a puntapiés lo sacó del mesón, cerró la puerta y echó la tranca.

"Siempre me picó", dijo sintiendo un dolorcillo en el pecho. Se puso bajo el farol. Le escurría sangre de los dedos y tenía una mancha roja en la camisa.

—Acuéstate, voy a la botica a comprar bálsamo tranquilo para darte una frotación.

—Es que estoy muy hobachón, Refugito, y con la caminata vengo quebrado.

Refugito lo vio llegar renqueando y oprimiéndose la rabadilla. Percibió sus quejidos ahogados y el olor acentuado a mezcal.

—Métete en tu cama, ya vengo.

Salió con una redoma verde y él se desvistió dando lamentos y echando insolencias. Colgó la cotona y las calzoneras de una alcayata; entre una Refugiana y San Francisco de Asís, puso los botines debajo de la tarima y se tapó con una frazada musga muy rala. ¡Mala suerte! ¡Cuántas desgracias ocurridas en un día! Mis propiedades en ruinas, burlado por una mocosuela malcriada y el agravio mortal que Chon Ramírez acaba de inferirme. ¿Y todo por qué? Porque cumplí mi palabra de honor, dominando esta sangre. Uno quiere entrar por el buen camino y no lo dejan.

Refugito vino con el remedio, se echó un chorro de él en la mano y le dijo que se pusiera boca abajo.

—¡Válgame Dios! ¡Mira no más qué moretón!...

—Una maldita cáscara de plátano en la banqueta. No más di el batacazo y con trabajo pude levantarme.

—Estás tan estragado que se te ven todos los huesos, hermano.

—¿Qué quieres? ¡La mala vida!

El olor de la friega con el de las gallinas y sus deyecciones saturaban el aire, de hacerlo irrespirable. Refugito abrió la ventana y Julián, sintiéndose aliviado, dijo:

—Cierto cuanto me dijiste de nuestras propiedades, pero por otra cosa sí vengo contento: dos veces estuve en trance de dar unos moquetes y supe contenerme. ¿Qué te parece?

—Duérmete y no estés desvariando.

De un chiquihuitito sacó una vieja camisa de Julián y se sentó a remendarla, a la luz de un aparato de petróleo.

El silencio habría de ser su nueva arma. Aceptaba de plano la situación con las molestias que necesariamente le acarrearía, compensadas ampliamente con la satisfacción de tener a su hermano en la casa. Sabía de sobra que el designio de reconquistar sus bienes era una locura peligrosa y se propuso desde luego prepararlo para el desengaño que tendría que sufrir. Por de pronto cuanto en su mano cabía era ser prudente en sus observaciones y consejos, atinada en sus respuestas y no decir sino las palabras necesarias. No le cabía duda de que ya había incurrido en alguna de las suyas, pero el hecho de que ahora no lo presumiera con su cinismo habitual era signo cierto de que pensaba ya en el buen camino. Acabado su quehacer se metió en la cama, apagó la luz y rezó por Julián que ya estaba roncando.

Cuando a otro día, Refugito volvía de misa, él llegaba también del tenducho de la esquina, oliendo a tequila.

Refugito puso sobre una pequeña mesa de ocote una servilleta y sobre ella un plato hondo con menudo de res y fue a la cocina por tortillas calientes.

—¡Las hambres que habrás pasado! —le dijo viéndolo comer con el más voraz apetito.

—Búscame las escrituras de la hacienda. Pienso ir a México a hacer mis reclamaciones.

—Temo que te suceda lo que a mí.

—Yo nada tengo que perder, porque todo me lo han robado. Pero aparte de eso no hay peor lucha que la que no se hace.

Se sentó en el escalón de la puerta del zaguán y en la piedra lisa afiló su navaja y la asentó en la suela de sus zapatos, ensimismado en sus cálculos referentes al asunto de la hacienda. La probó en el dorso de la mano y se levantó:

—Ya vengo.

Fue a *El Macho Prieto* a dejar aclaradas las cosas; pero se lo encontró cerrado, y eso le dio en qué pensar. ¿Le habría atinado, sin saberlo?

—¿Busca a don Chon? Pue' que esté enfermo... nunca deja de abrir —le dijo una vecina oficiosa.

Regresó intrigado y contrariado. Comoquiera que fuese, hay ofensas que sólo con sangre se pueden lavar. Y como decía mi padre don Esteban: "La equivocación más grande que un hombre puede cometer en su vida es no matar al primero que lo insulta, porque después hasta los perros lo mean."

Refugito estaba hurgando un baúl de cedro oloroso a manzanas y sacaba una porción de baratijas que ponía cuidadosamente sobre una silla a su lado.

—Siempre has sido muy curiosa.

—La segunda mitad de la vida la vive una de recuerdos.

—Y ¿qué buscas?

—Las escrituras... míralas...

Extrajo un lío de gruesos papeles orinados y se los puso en las manos. Documentos llenos de sellos con firmas de la más extravagante forma a la moda de aquellos años. Al desenvolverlos escapó un pequeño estuche de terciopelo guinda que rodó por los ladrillos. Julián se apresuró a levantarlo y Refugito a quitárselo, exclamando:

—¡Mis santas reliquias!

Julián sopesó el relicario y dijo:

—Oro puro...

—Guarda una astillita de la cruz de Nuestro Señor Jesucristo, huesitos de santos mártires, y es un regalo que dejó mi tía Poncianita y recuerdo de su visita a los Santos Lugares.

Luego volvió a acomodarlo todo con el mismo cuidado: guardapelos, medallas milagrosas, un cabo de vela del Jueves Santo, un panecito de tierra de la Virgen de San Juan, reliquias y objetos piadosos que había dejado su madre doña Marcelina y otros adquiridos por ella misma.

A cualquiera habría llamado la atención en casa tan pobre tanta cosa de valor: frenos, cabezadas, espuelas y otros objetos que lejos de animar aquel humilde albergue lo hacían más desolador, recordando vivamente grandezas que nunca más volverían. Con qué gana Julián se habría deshecho de tanta baratija si no lo contuviera el respeto que su hermana —por causas que no alcanzaba a comprender— le infundía a cada vez más. La verdad era que pesaba sobre él cierta fuerza misteriosa de superioridad mental. Que lo haya comprendido o no, sería otra cosa.

Refugio salió a llamar al muchacho que a diario cargaba las cajas de huevo o los huacales de gallinas a la estación, con destino a la capital y consignados a mi Pablón, y dijo que no regresaría hasta las diez, de la parroquia.

—Si no estás, me dejas la llave del zaguán con don Rupertito, el del tendajón.

Con las escrituras en la mano Julián permaneció algunos minutos meditando tristemente en su situación. Porque francamente eso de que la pobre de mi hermanita tenga que mantenerme y hasta darme dinero para los pequeños gastos de la calle es cosa de no aguantarse. Como si yo hubiera llegado a la edad en que nada se puede ganar con sus manos. Hay que ponerle término a esta vergüenza.

Inconscientemente se acercaba a la petaquilla de cedro olorosa a manzanas.

Con estos tres pesos que acaba de prestarme ciertamente puedo llegar a México. Aunque mis piernas no me ayudan como antes, tengo muchas mañas para treparme en los trenes y bajarme lo mismo. Iría a México y a tierra de mecos. (Sacó de la bolsa un alambre retorcido y lo probó en la chapa del baúl.) No hay pueblo ni ranchería donde se le niegue a un pobre transeúnte la olla de atole, el taco de frijoles y un rincón donde pase la noche. (El alambre retorcido había encontrado camino en la chapa del baúl.) En las capitales no es lo mismo; la gente es muy tirana y nadie siente su corazón, así lo vean a uno pereciendo de hambre o de frío. Entonces...

Fue entonces cuando con habilidad de buen mecánico hizo saltar el pasador. Sacó el estuchito de terciopelo guinda y lo metió en la bolsa y en seguida, con la pericia de un verdadero ratero o cerrajero, cerró de nuevo la petaquilla.

Era jueves y Refugio concurría siempre a la Hora Santa. Terminó el rezo después de las diez y llegando a su casa pensó que su hermano estaría ya en su cama. Pero después de llamar repetidas veces, sin que le abriera, fue a pedir la llave a don Rupertito que había cerrado la tienda y tuvo que salir de su cama para dársela. Pitó el sereno muy lejos una vez, dos veces y Julián no llegaba. A las once se acostó, pensando que ya no tenía remedio.

A esas horas, ciertamente, Julián iba bien dormido en una góndola rumbo a la capital.

X

CUANDO la aurora apuntó en la sierra se apeó del tren de carga en una estación de bandera entre Celaya y Querétaro. Así, de tramo en tramo, viajando siempre de noche, dando un tostón al garrotero si por su mala suerte lo descubría, en seis noches terminó su carrera. En Buenavista se metió entre veladores y peones de vía, logrando salir de la estación sin que repararan en él. Durmió en una banca de la sala de espera de segunda clase y ya bien alto el sol se fue a la calle. Su primera providencia fue buscar una platería. La encontró por el Puente de Alvarado y después de echar las santas reliquias en una coladera vendió el relicario en quince pesos. A cambio de sus andrajos y cinco pesos, en el mercado de Fray Bartolomé de las Casas le pusieron otros limpios y se sintió tan elegante que tuvo que entrar a la Conchita a dar gracias a Dios por lo bien que comenzaba el día. No se quiso acordar del sacrilegio que acababa de cometer, porque había pensado que ni con toda la madera del monte Líbano se ajustaba para surtir a toda la cristiandad de reliquias de la Santa Cruz. En cambio sí se arrepintió de todo corazón del robo del relicario, que por más justificaciones que le buscara, no pudo ser más que robo. Hincado de rodillas, pues, rezó un rosario de cinco, luego, los brazos en cruz, una estación y finalmente el yo pecador con fuertes golpes de pecho, arrepentido de sus pecados y recontando dentro del bolsillo los pesos, tostones y veintes que le sobraban para el desayuno, trenes y camiones, ya que del resto se encargaría mi Pablón. Le prometió a la Virgen una misa can-

163

tada de tres padres, un milagro de oro macizo y no volver a emborracharse, reñir, ni enamorar, si se le arreglaba el negocio del
rancho, porque sólo un hombre con buen dinero puede hacerse
respetar y no caer en tentación. Al salir de la iglesia sacó un diez
de níquel y lo depositó en el cepo de la Virgen.

—¿Y Refugio? Pierde cuidado, hermanita, tu oro está seguro;
te devolveré tu relicario con doble peso y además una cruz de
marfil de Jerusalén con vidrio de aumento para que puedas ver
la vera efigie de Nuestro Señor Jesucristo.

Sorprendido de verlo tan apuesto, mi Pablón lo recibió con
un abrazo.

—Dí que es nada, primo... ¡Espérate tantito y sabrás lo que
es canela!

—Bueno... digo yo...

—No tienes que decir sino que nuestro negocio va por buen
camino. ¿Sabes qué es lo único que nos falta?...

—Digo... ¿por qué *nos*?...

—Darle un empujoncito, tú bien sabes, la "mordida"...

Puso cara de dolor de estómago, porque sintió que la lumbre
le andaba muy cerca, y por las dudas se previno. Tartajoso y a
medias palabras se hizo entender: sería bueno que su primo en
vez de seguir soñando con los ojos abiertos, como él y su hermana
Refugito se pusiera a trabajar.

—¡Trabajar!, ¡trabajar! No han aprendido todavía otra tonada.
Estoy seguro, mi Pablón, de lo que has ganado en civilización lo
has perdido en esto. (Hizo un ademán obsceno.) Y los bandidos
han hecho con ustedes su regalada gana por eso. ¡Merecido se lo
tienen! Mira, éstas son las escrituras de San Pedro. Se las traigo
a nuestro buen amigo el general García del Río para que por sus
influencias nos las hagan buenas. ¿No te remordería la conciencia si por la miseria de trescientos pesos dejáramos de ir tan buen
negocio?

—¡Alma mía de los trescientos pesos!

—Más gastas en billetes de una lotería que nunca te sacas.

—Fuiste muy vivo siempre... pero...

—No se necesitan más que trescientos pesos.

—¡Y dale!...

—Tan seguros como si jamas hubieran salido de tu bolsa,
primo.

—Trescientos pesos es mucho dinero.

Ya cayó. Julián conocía las mañas de todos sus parientes.

—Naturalmente que participarás en las ganancias.

—Sí... pero yo, francamente peso que no deja diez...

—¿Para qué es?

Se levantó, lo cogió en los brazos y le juró que no diez sino cien por uno le rendiría su dinero.

—Sí... pero suéltame, me estás ahorcando.

Lo encandiló tan bien que, sin discutir más, mi Pablón se levantó y sacó de un escondrijo un calcetín remendado lleno de monedas de plata y una que otra de oro, lo volcó sobre su mesa chorreada que lo mismo servía de comedor que de escritorio.

Con ojos ávidos Julián lo veía contar y recontar el dinero y con respiración anhelosa le juró que se saldría con la suya, recuperarían sus propiedades, así tuviera que dar "mordida" a todos esos bandidos del gobierno.

—Está bien... digo, pero...

Puso sus manos abiertas sobre las pilitas de pesos como si con ellas quisiera defender todavía su dinero.

—Pero yo ¿qué seguridades...?

—Si mi palabra de honor no es bastante, deposito las escrituras en tus manos... ¿Quieres más?

—Un papelito, digamos...

—Naturalmente: un pagaré con sus sellos, estampillas...

Consternado, mi Pablón le entregó los trescientos pesos.

Se quedó admirado; sus piernas se hicieron más flexibles, pudo caminar más derecho, la sangre se repartió tibiamente por todos sus miembros y se sintió nuevo. Hasta se gastó un tostón en un Ford que lo llevó a *Las Fábricas Universales*, en cuyos aparadores había visto en su primer viaje trajes de casimir a cuarenta pesos. De allí salió con una gran caja de cartón dando tropezones a un lado y otro. Una dama obesa y de anteojos lo llamó majadero, a un fifí muy alambicado le tumbó el sombrero con el extremo de la caja. Entonces se acordó de algo, y se abrió camino gritando "ahi va el golpe". Cruzó la plaza de armas hasta el Cinco de Mayo y de allí siguió hasta Isabel la Católica, donde se detuvo para orientarse. Precisamente ahí estaba lo que iba a buscar: un edificio de dos pisos vivamente pintarrajeado con enormes dentaduras blancas como la porcelana y encías como rosas de castilla. Se detuvo en las vitrinas a escoger su modelo, ajustándose al precio conveniente. Un charro de poblada barba muy negra y sedosa estaba en la puerta. Julián despreocupadamente le preguntó qué tal era el sacamuelas. Sin inmutarse, el charro lo invitó a pasar. Era charro y era dentista, se entendieron en seguida; hablaron de caballos finos, carreras, coleaderos y otras charrerías y acabaron tan buenos amigos que le hizo un buen descuento en el precio del trabajo. Cuarenta y cinco pesos por la dentadura incluyendo la extracción de los pocos dientes y muchos raigones que le quedaban.

En una semana quedó remendado de la boca y fue primero a la catedral a dar gracias a Dios por tanto beneficio, depositó un tostón en el cepo de la Anima Sola y repitió los juramentos rendidos en la Conchita.

Tres días lo hizo esperar el general García del Río para darle audiencia en Guerra. Todo lo que pudo obtener fue una tarjeta para el Departamento Agrario, donde, después de más larga espera, un jefe le dio un oficio para el delegado de San Francisquito. Derecho salió a comprar su boleto de segunda de regreso a su pueblo. Apenas tuvo tiempo de ir al despacho de mi Pablón, que encontró cerrado. Ya la escribiré explicando bien las cosas, dijo y se encaminó a la estación. Faltaban pocos minutos para la salida y se encontró un carro apretado de pasajeros, quimiles, maletas y hasta gatos y gallinas encostalados cuidadosamente para que el conductor no los encontrara, previa una pequeña propina.

—Abranle campo al viejito —dijo un tipo mal encarado con voz ronca y grosera.

Dos chiquillos se apretujaron contra la ventanilla y el viejito, ya malhumorado porque se lo decían, se acomodó como pudo con su caja de cartón de *Las Fábricas Universales* y un velicito de lona. Se hizo violencia para dar las gracias y hasta buscó motivo de conversación con el palurdo. Era una familia de campesinos ensoberbecidos. Ocupaban toda una cabecera del carro con sus tiliches y miraban despectivamente a cuantos se les acercaban. Beneficiados por la revolución. Casi una docena de críos prietos, chorreados y mocosos, con buenos vestidos de casimir o de seda y calzado superior. La mujer, del tipo otomí más puro, podría haber sido modelo para la estatua de la estupidez. Hablaban con el mismo tonillo insolente del tata y dijeron que iban a San Juan de Río, como quien dice voy a París. Por comodidad y aprovechar la vez de cumplir su juramento, Julián se mostró muy amable.

—¿Qué tal pinta el año?

—Así... así...

Respondió con indolencia. Tenía su pedazo de tierra, pero la trabajaba con peones, porque le tenía más cuenta cubrirle la espalda a su general don Esteban Capetillo.

Julián comenzó a incomodarse porque le habló en el tono de los líderes de pueblo, ponderándole la obra reivindicadora de la revolución en la clase proletaria.

Un pistolero analfabeto, malcriado e insolente como todos los de su especie. Algo insoportable.

—En ninguna parte del país se están realizando los postulados como en mi tierra con el gobernador Capetillo.

Julián se guardó de todo comentario, pero el pelantrín enchamarrado siguió de su propia cuenta:

—Hemos dejado el campo libre de la mala yerba. Nada nos queda ya por repartir. Cuando el gobierno del Centro nos manda con sus papeles a cualquier reaccionario que reclama sus propiedades, no más le "damos agua". Así los hemos ido asilenciando.

En la estación de Tula se bajaron muchos pasajeros y Julián, sin despedirse, ni dar las gracias, levantó su caja de cartón y fue a sentarse en uno de los asientos vacíos.

Subieron más rancheros y el carro se llenó de nuevo, pero tuvo buen cuidado de no darle conversación a nadie.

Así fue como el regocijo con que salió de la capital se lo empañó aquel piojo resucitado. La verdad es que sólo con mucho dinero puede uno darse a respetar ahora. ¡Qué distinto está todo esto! Hasta un gañán nos alza golilla! (El recuerdo inoportuno de Chon Ramírez en el mesón de *El Macho Prieto.*) Pero ya hice mi juramento y lo cumplo: dueño de mi hacienda, levantada de nuevo mi casa, en compañía de mi santa hermana, les diré adiós a las parrandas, a los pleitos, a las mujeres... ¡Aunque bien visto, eso... no...!

XI

ENTRÓ regocijado pensando en el gran gusto que iba a dar a Refugito con el resultado de sus gestiones; pero, viéndole la cara, exclamó:

—¿Llorando?... ¿Qué te pasa?...

Colocó la caja de cartón sobre unos huacales y tomó el telegrama que Refugito le mostró como respuesta.

—¡No es posible! Si estaba bueno y sano y...

Sólo había leído el primer renglón, pero al recorrer los siguientes cambió bruscamente de cara y de tono:

—¡Mentira! No contestes. Quieren estafarte. Mi Pablón trabajaba por su cuenta y no tenía ningún socio. Suspende tus remesas. Hoy mismo pongo un parte a mi muy amigo el general García de León para que mande poner sellos en el despacho. Mi Pablón tenía su nudito y nosotros somos sus únicos herederos. ¡Pues no faltaba más!

Los ojos le brillaban de contento y Refugito, ahogándose en llanto, le dijo:

—Me da mucho sentimiento que estés tan alegre. Parece como

que lo único que te interesa es el dinero de mi primo. ¿Qué voy a hacer ahora, Dios mío? Me he quedado en el abandono...

—¿Refugito?...

—Fue mi segundo padre...

Volvía sus ojos al cielo, se retorcía las manos, empapado el rostro en lágrimas.

—Me ofendes. No digas eso. ¿Entonces yo estoy de más en la casa? Basta con que llevemos la misma sangre para que mi Pablón me pueda tanto como a ti. Pero hay cosas que no tienen remedio. Ése es el fin que todos hemos de tener y hasta pecado mortal será no conformarse con la voluntad del que todo lo puede.

Quiso abrazarla, consolarla, pero ella lo rechazó, echándose su chal negro a la cara, sacudida de nuevo por los sollozos.

Julián se rascó la calva sebosa en busca de una solución.

¡Maldita sea mi suerte! El mesón de *El Macho Prieto*, el palurdo insolente del tren, la muerte del primo y ahora hasta los reproches de mi hermana. ¿Adónde vamos a parar? Con el poco dinero que le había sobrado era imposible resolver un problema de urgencia inmediata. Mi Pablón podría haber dejado dinero o no, el general García del Río tal vez quisiera ayudarlo, tal vez no; pero ni mi Pablón ni el general habrían de dar el diario para ese mismo día. Y dijo: A grandes males, grandes remedios.

—Toma, hermana...

—¿Qué?... ¿Un billete de a cincuenta pesos?

—No me preguntes. Es sólo una prueba de que nuestro negocio está arreglado.

Lo miraba con ojos de incredulidad, de asombro.

—¡No seas tonta! Deja de llorar y ve a hacer tus compras... ¡Hay cosas que no tienen remedio, c...!

Dijo una insolencia y Refugio le rogó encarecidamente le tuviera respeto en su dolor siquiera.

Después de abrazarla, sin poder contener su regocijo, sacó el traje de *Las Fábricas Universales* y lo puso sobre una silla. Luego del veliz de lona sacó un piego con sello oficial y se lo ofreció:

—Lee este papel y convéncete de que no te hablo de memoria.

—No entiendo.

—Una orden expresa y terminante al delegado de la Comisión Agraria en San Francisquito para que se tramite lo necesario a efecto de que me ponga en posesión de las hectáreas de terreno que legalmente me corresponden.

Refugito sonrió con amargura:

—Escombros y chicalote, si bien te va.

—Que me dejen meterme como cuña y después... veremos.

—Te metes en una cueva de ladrones.

—No ignoro que los agraristas, solapados por el gobierno, asesinan a los hacendados después de robarlos; pero conmigo la cosa no es tan fácil y hemos de ver de cuál cuero salen más correas.

En cómica actitud de reto irguió su cabeza, estiró sus piernas flacas y chuecas e hinchó la barriga.

Refugito se había serenado, pero no tanto para reír de la actitud y de la ingenuidad de su pobre hermano.

Tranquilizada en cuanto al sustento, dijo que iba a la parroquia a comenzar los rosarios por el alma de su primo, mientras hallaba trabajo para pagarle también sus misas. Y volvió a llorar, acordándose que si en su juventud fue su pretendiente, después sin interés ninguno había sido su protector encargándose de la venta de su mercancía en la capital.

Julián se quedó solo y otra vez se rascó la cabeza. ¡Ahora sí me acabé de fregar! ¿Qué demonios voy a hacer con cinco pesos que me quedan en la bolsa?

Levantó el traje de la silla, se lo puso al brazo y salió a buscar una planchaduría. Volvió con una hoja nueva de *Gillette* y se afeitó, mirándose en un pedazo de espejo colgado de la ventana.

Bueno, ahora vamos a la calle a ver en qué paran estas misas.

Al día siguiente fue otro: reanimado porque ahora podía presentarse decorosamente en cualquier sitio, fue a una casa de baños y, poco antes de comer, salió de su casa en "El Turicate", bien limpio, de vestido nuevo y planchado, relucientes los dientes de porcelana, se encaminó a la calle principal más derecho que un poste y dando taconazos en la banqueta. Detuvo a un charro bien apuesto:

—Perdone, ¿adónde queda *El Barrilito*?

Sin dignarse abrir la boca, el charro tendió la mano y le señaló el portal. A un catrinfacio le pidió la hora y éste, tan educado como el charro, le enseñó el reloj.

—¡Pero estos hijos de la chi...charra qué están pensando? ¿Aún pareceré limosnero? ¡Desgraciados, ya se les llegará su hora!

De joven le irritaba la curiosidad del vecindario a cada vez que iba a San Francisquito; ahora su indiferencia le era más dolorosa que una injuria o una burla. ¿Soy nadie, pues, todavía?

Fundación colonial, San Francisquito permanecía aislado de los centros de comercio y civilización y era eminentemente conservador. Sus habitantes principales eran criollos y mestizos, abundaban los güeros de buena presencia, de barba negra y cerrada, grandes ojos acogedores; las mujeres eran bellas, de delicado perfil, carrillos frescos y sonrosados, ojos negros y pelo negro también.

169

Había blancas de ojos zarcos o azules y pelo castaño. Buenas gentes y de una indolencia estupenda. Quedaban viejos del siglo pasado que caminaban silenciosamente por las calles desiertas de los barrios, con las manos por detrás y a pasos de una lentitud desesperante. Alguno se detenía a seguir con los ojos a la hormiga que llevaba una basurita a cuestas, otro pasaba largos minutos absorto viendo la tela de araña donde el animalillo tenía atrapada una mosca a la que aprisionaba en una red de la misma tela; el de más allá observaba el cartel del cine anunciando las últimas aventuras de Tarzán, hasta que su propio cuerpo los obligaba a reanudar su paseo con la pasividad imperturbable del asno que lleva su carga.

Un día llegaron los sombrerudos de Natera, después de su triunfo en Zacatecas, y la gente se alborotó saliendo al fin de su sopor. Los viejos se asustaron, las viejas rezaron el trisagio y las muchachas casaderas hicieron imposibles por ocultar su pecaminoso alboroto.

Muchos años después vino otra avalancha, pero de otro género: los carreteros. Brigadas de ingenieros, pagadores, sobrestantes, cabos, peones, abriendo el camino precisamente a todo lo largo de la calle principal. Fueron vanas las protestas de don Jesusito alegando que le mermaban seis metros del frente de su casa, la reclamación del chato Camilo porque la carretera le cortaba el agua de su huerta, el ocurso firmado por millares de vecinos quejándose de que se les prohibía el tránsito a sus carros con llantas de acero. Y mientras ellos gruñían y amenazaban, se fueron colando fuereños prácticos, con pequeños negocios: cenadurías, refrescos, restaurantes, cafés, después vinieron los del dinero con hoteles y garajes, gasolineras, etc. Algo totalmente desusado en la población. Y cuando el tráfico comenzó a intensificarse con camiones de pasajeros, autos particulares, camionetas, motos, enormes trocas y hasta carros de lujo, los nativos, abriendo la boca, dijeron: ¡Miren qué caso! Pero los mozos sintieron como una inyección de vida: vitaminas del alfabeto cabal. Rompieron bravamente con el marasmo hereditario, se hicieron sordos a los gruñidos de los ancianos que, vencidos, con eso se contentaban. No se iniciaba negocio al que no le presagiaran el fracaso, con sonrisa compasiva y gesto misericordioso.

Los habitantes se acostumbraron entonces a ver a diario caras nuevas y el forastero dejó de ser artículo de gran curiosidad. Ahora se interesaban por él la plaga de los chafiretes, cargadores, comerciantes ambulantes, boleros y otros bichos de la misma fauna, destinados exclusivamente a esquilmarlo.

Todo eso Refugito se lo había dicho hasta el fastidio, pero él siempre:

—Santo Tomás ver y creer.

—Vengo de *El Barrilito*.

—¡Jesús, María y José!...

—Sólo personas decentes, Refugito.

—Las conozco.

—No te alarmes. Sé dónde me aprieta el zapato.

—¡Qué pronto se llevó el viento tus juramentos!...

—De pasos más peligrosos supe escapar. ¿No me has dicho que vivimos en tiempos en que sin amistades o influencias nada se puede arreglar? ¿Espero que los amigos me vengan como agua llovida? Si uno no hace por entrar en sociedad, nadie lo llama.

—Haz lo que te parezca.

Pero su razón no era su razón: ésta dormía en la niebla de su subconciencia. Como el pez que se debate en la arena ansioso de precipitarse al agua, así se sentía rodeado de una atmósfera irrespirable, que no era la suya. La actitud inesperada de las gentes del pueblo le escocía, no se la podía explicar porque no quería convencerse del cambio radical verificado e irreversible. Lo que había dejado con vida ahora se reducía a puros escombros. Quedaba el pueblo gris con sus casas de adobe y sus callejuelas desempedradas que el polvo amortajaba al más débil soplo del viento. Salvo pocas excepciones, las cosas eran las mismas, pero los hombres no. Por otra parte, el hogar había dejado de ser su medio. Por sus hábitos más quizás que por sus vicios, por instinto, buscaba lo que le fuera propicio.

La vida al arrimo de su hermana, con sus eternos rezos, lamentos y consejos, era algo duro para el que media vida la había pasado en fiestas, juergas y diversiones, y la otra de judío errante por América del Sur y del Centro huyendo de la policía y arrostrando toda clase de miserias. Tampoco el pueblito era divertido sin amigos ni conocidos. Se aburría mortalmente sólo de pensar en que tendría que aburrirse. Para un Andrade vivir en San Francisquito significaba tener dinero, amigos que le devuelvan su rango, conocidos y desconocidos que lo teman, infundir pánico cuando uno se enoja y hacerse amar de las mujeres que le gustan. Sueños de borrachera o crudez, porque ahora con todo lo Andrade a cuestas sólo era una cifra negativa, cero a la izquierda de seis mil unidades y cero en la tierra donde imperó como dueño y señor.

Sentirlo y no tener el valor de consentirlo era el infierno en que se estaba metiendo.

XII

EL CORAZÓN de San Francisquito estaba encerrado en el portal: la botica, el hotel y la cantina. En un extremo, el más cercano a la parroquia, los ventrudos jarrones de agua de color, el botamen alemán en marfil y oro, el reloj —un león que asusta a los muchachos guiñando los ojos— al fondo y contra el muro, los dependientes con sus largos sacos de dril abotonados, y la clientela desconsolada y aburrida de ver matracas y almireces. El hotel en el centro, el único hotel con su enorme puerta colonial claveteada de rosetones, sendos asientos de cemento pintados de rojo al paño, a uno y otro lado del cubo del zaguán y un muchacho de dedos siempre negros con la sucia caja del betún y el cepillo. En el corredor del hotel hay muchas mesas y tiene acceso a la cantina por un angosto pasillo. Ciertas personas demasiado decentes, como don Simón Aréchiga, prefieren tomar la copa en alguna de esas mesitas. Se le llama señor don Simón, tiene fama de sabio, no admite compañía y huye siempre del barullo de la cantina.

Aunque el letrero ya se borró, todo el mundo conoce con el nombre de *El Barrilito* a la cantina. Poco visitada en el día, salvo a la hora del aperitivo, es la más concurrida desde que anochece. Dos lámparas de kerosena descomponen su luz tan blanca como intensa en vasos, copas y vidrierías diseminadas en el mostrador y en el sotabanco, en los casilleros, y cuya reverberación va más allá de las losas del portal hasta el empedrado de la calle.

—Con permiso —dijo Julián metiendo el brazo entre dos parroquianos para tomar una botana de un platón de porcelana colmado de rajas de queso añejo y cebollitas en vinagre.

Pretexto para acercarse y oír algo que le interesaba muy de cerca. Uno había dicho:

—No ha querido dar el nombre del agresor. Corre la voz de que fue un fuereño.

Y el otro le respondió:

—Por algo lleva el apellido de los Ramírez.

Uno de los interlocutores era un viejo de párpados hinchados, de palidez enfermiza; vestía un traje muy usado de casimir gris con grecas negras acordonadas en las solapas y en la espalda, pantalón muy ajustado con trenzado de gamuza, zapatos amarillos sin lustrar y un sombrero gacho de alas anchas. El otro, menos viejo, era corpulento, rojo como jitomate, nariz curva, encendidos los ojos, siempre bajo el ala de un gran sombrero de palma. Mascaba chicle y escupía sin cesar.

—Si no lo ha querido entregar —dijo el cantinero que arrastraba una pata de palo— es porque tiene intención de saldar cuentas a lo macho.

Julián se sintió descargado del peso de una montaña. Ahora sabía de *cierto* que había "prendido" a Chon, y eso era lo mismo que haber lavado ya la afrenta.

El viejo de párpados hinchados, después de mirarlo con insistencia, se acercó al otro, rumoreándole algo al oído.

—¿No se te hace, Pachito Martínez? —agregó ya en voz alta.

—Como puede que sí, puede que no —respondió el que mascaba chicle, llamado Pachito Martínez.

—¿Hablo con el señor don Julián Andrade?

—Su servidor...

—Yo lo soy de usted. Me llamo... ¿A ver, acuérdese de mí?

—¡Ah, sí... don... don...

—Don Jesusito, sí señor, o don Jesús Ramírez, como quiera llamarme. ¿No te lo dije, Pachito Martínez?

Apretones de mano, estrechos abrazos y te acuerdas de esto y te acuerdas del otro y aquí unas copas de coñac para los amigos, *Mocho.*

—Pilatos —dijo el interpelado a su dependiente, un muchacho en camisa y pantalón de mezclilla—, sirve copas. Abre una *Hennesy.*

El dueño de la mejor cantina de San Franciscquito había venido quién sabe de dónde, pero con mucha mano izquierda se apoderó pronto de la clientela más productiva. Maduro, pero fuerte y bien dado, de cabeza cuadrada, pelo corto y áspero como cepillo, la camisa abierta desde su gran cuello de toro hasta el ombligo pujante, arrastrando su pierna de madera iba de una parte a otra, cuidando de que se atendiera a todo el mundo. Su sonrisa socarrona, un tanto enigmática, le daba parecido con esos idolillos hindúes fabricados de tecali en Puebla. Nunca disputaba por opiniones contrarias a las suyas, mediaba en todos los conflictos con tino y evitaba muchas riñas formales.

—¿Te acuerdas de la carrera de *la Giralda,* Pachito Martínez? Prorrumpió en una carcajada ronca y húmeda.

—Nos quiso dar la gran fregada...

—Pero se la volteamos al revés...

—Bueno, lo que pasó voló. ¡Ya quisiéramos volver a aquellos tiempos tan chulos. ¿Verdad, don Julián? Los Ramírez y los Andrades fuimos colindantes, Pachito Martínez. Aquí la hacienda de San Pedro, acá la del Refugio... y nuestras caballerizas para poner escuela... ¿Miento, don Julián?

Don Jesusito era un manantial inagotable de palabras, en tanto que el colorado de la nariz ganchuda llamado Pachito Martínez era un zongo al que se le sacaban las palabras con tirabuzón. Mirando siempre a sesgo bajo su ancho sombrero de palma, mascaba chicle y escupía.

Los circunstantes hicieron silencio, interesados en el nuevo camarada, y un charro joven, que a distancia formaba grupo con otros, dijo:

—¿Es de los Andrades con que tanto nos encatarran los viejos? . . .

—¡Me vienen guangos! —respondió otro con petulancia.

Don Jesusito, que hasta para hablar se sofocaba, abría desmesuradamente los ojos y se le amorataban los labios. Acariciando la copa con toda la mano, se la llevó a la boca como buen catador y dijo:

—La leche de los viejitos, Julián. . . Salud. . .

La apuró a pequeños sorbos con deleite, jurando que no había mejor medicina para los años. Y cogió de nuevo el hilo de la interrumpida charla.

—Entonces no nos queríamos muy muchote, la verdad ha de decirse. Andrades y Ramírez, perros y gatos en un costal. Pero ahora todo se acabó: nos robaron nuestros caballos, las caballerizas se cayeron y nos echaron de nuestro rancho con una mano por delante y otra por detrás. . .

—Se acabó el perro, se acabó la rabia —comentó Pachito Martínez y puso una enorme escupida en el suelo.

—Y aquí me tienes, Julianito, de comisionista de cereales y ganado, con lo que no me va tan mal. Me dejaron la casa y no pago renta, saco para los frijolitos y hasta para un coñaquito en días en que se repica gordo.

Le dio un abrazo, y Julián ahuecó la voz para decir que a él tampoco le había ido tan mal.

—Sí, te fuiste con Villa, pero después ni tus luces.

—Me fui a la Argentina con un estanciero; compré tierras con reses y buena caballada y ahí vamos.

Pachito Martínez lo vio al sesgo y mascó chicle.

—Pilatos. . . don Simoncito —hizo seña *el Mocho* a su dependiente.

Asomaba un vejete alambicado, vestido de catrín, por el pasillo que comunicaba con el hotel, pidiendo se le sirviera. Pilatos le llevó un vermut con un sifón de agua gaseosa y un vaso.

Fue necesaria la presencia de don Simón Aréchiga para que Julián se diera cuenta cabal que con ropa de catrín se desentonaba en absoluto en aquel centro. Encontró oportunidad de hablar con *el Mocho* y le preguntó dónde podrían hacerle un traje de charro, bien cortado.

—No hay otro como don Rosalío. Búsquelo a la otra puerta de la comandancia.

—Le llaman *el Muerto* y está tísico por más señas —dijo don Jesusito y dio una gran carcajada.

—Ni en México hay un sastre que le haga un pantalón de campana, como los de don Rosalío —dijo otro con vanidad provinciana.

Pilatos informó a don Simoncito de que el nuevo cliente de *El Barrilito* era un estanciero de la Argentina.

—Dile al *Mocho* que quiero decirle dos palabras —dijo don Simoncito, poniendo el vermut en el vaso y acabándolo de llenar con el agua de sifón.

Dio un sorbo, sacó un *Reader Digest* y se absorbió totalmente en su lectura.

—Supe que mi hermana Refugito se encontraba en mala situación económica y vine a saludar a los amigos, en primer lugar, y a reclamar mis propiedades.

Se hizo un silencio embarazoso. Pachito Martínez cambió con don Jesusito una mirada irónica, sonriendo levemente. Todavía hay candidatos al Limbo, llenos de canas y arrugas. ¿Dónde vive este rico estanciero?

Julián debió sospecharse algo porque en seguida les mostró el oficio para el delegado de la Agraria y una carta de recomendación del general García del Río para el presidente municipal de San Francisquito.

El viejo don Jesús cambió bruscamente de gesto y le dijo:

—El presidente municipal es una excelente persona, nadie le ha hecho tantos beneficios al pueblo como él. Es muy mi amigo y yo te presento. *El Fruncido* es el delegado de la Comisión Nacional Agraria y, aunque no tenemos amistad, puedo también llevarte con él.

El Mocho se acercó a interrumpirlos. Señor don Simón desea conocer a don Julián Andrade y charlar unos momentos con él.

Todos se vieron admirados y Julián subió mucho.

—Señor don Simón es un sabio —dijo gravemente don Jesusito—. Sabe de memoria la enciclopedia en tres tomos y le ha dado muchos panzazos a los señores catedráticos de la XEW.

Julián salió del *Barrilito* con Pilatos y le dijo que lo excusara porque iban a dar las nueve y Refugio lo esperaba en la puerta de la parroquia para que la llevara a su casa. Prometió solemnemente hablar con él en otra ocasión.

Otra era la verdad; no le quedaba un centavo más en el bolsillo y su deserción era de urgencia inmediata.

Iba dichoso taconeando con fuerza por la calle principal, tomó luego el rumbo de "los Turicates" y llegó a su casa, frotándose las manos con alborozo:

—Mírame, Refugito. ¡Huéleme! No más besé la copa. Querer es poder. ¿Estás convencida?

Refugito lo contempló compasivamente, como una madre puede mirar a un hijo caprichoso e incorregible. El olor del alcohol llenaba el cuarto.

—Hasta un tal don Simón Aréchiga quiere conocerme. ¿Lo oyes?

—Hombre sabio y muy católico —dijo Refugito gravemente—. Procura oír sus consejos y seguirlos.

—En verdad te digo que en una sola noche le tengo aventajado cuando menos la mitad a nuestro negocio.

Se acostó y soñó al Niño Jesús entre los doctores de la Ley. Despertó despejado, pero sin duda alguna sobre su real situación: "Mándame dinero que estoy ganando."

—Refugito, préstame veinte pesos.

Así, sin explicaciones ni pretextos. Refugito no le contestó entretenida en calentar el almuerzo. Y Julián se acordó de Chon el de *El Macho Prieto* con el que seguramente tendría que entenderse. Pero, pasado ese penoso incidente, ya podría comenzar su obra de regeneración de acuerdo con su santa hermana y los juramentos que había hecho. Y reconoció el filo de su navaja.

Luego que acabaron de almorzar, Refugito le dio un billete de cinco pesos diciéndole que así le seguiría dando el resto para que le durara más. Y salieron a la calle cada cual por su camino.

XIII

—¿El señor presidente municipal...?

—El jefe está dando audiencia a una comisión de agraristas —dijo un gendarme de uniforme gris muy deslavado con vivos remiendos de mezclilla azul—. No se puede —agregó alineando horizontalmente su macana.

—Yo también soy *agrarista* —dijo Julián con desenvoltura—, y puede que también pueda.

Se le coló, dejándolo con tamañas tapas.

Era un cuarto largo, mal encalado y sin ventanas, como troje de hacienda. Allá en el fondo, donde había una mesa rodeada de gañanes, al paño del muro se adivinaba un don Lázaro Cárdenas de medio busto y una linda muchacha acariciando la cabeza de un pobre jumento: "Tome Coca-Cola bien fría."

Se adelantó haciendo sonar sus tacones, pero no logró hacerse oír. Entre muchos hombres de huaraches, soyates, combinaciones grises y azules, uno de pantalón cachirulado y chamarra de lona bien planchada con ademanes y tono oratorios tenía la palabra. Los demás asentían periódicamente a lo que decía como niños de escuela que saben su lección.

Esperó pacientemente a que terminaran. Los vio salir levantando una nube de tierra con sus huaraches y zapatones, y se acercó muy ceremonioso:

—¿El señor presidente municipal?...

—¿En qué se le puede servir? —respondió un sujeto prieto, chaparro, de pelo arisco y sin barba.

Julián le entregó un pliego.

Sin levantar la cabeza, mirando con indolencia al bolero que le estaba dando grasa, pasó el oficio a su subalterno.

—De la comandancia...

Volvió el oficio el empleado, un tipo flacuchón que hablaba como flauta y se movía como ardilla:

—Vaya usted a la comandancia militar.

—Tengo esta carta para usted también —dijo Julián, dirigiéndose al presidente.

El prieto, chaparro y lampiño leyó apenas el nombre del recomendado y tomó un color cenizo oscuro. Lo miró un instante con ojos ensombrecidos y le respondió con inesperada aspereza:

—Bien...

Se levantaron el presidente y su subalterno y salieron. Julián se había quedado de pie, con el sombrero en las manos, como si aún esperara algo, hasta que el gendarme le sonó las llaves y le mostró la puerta. ¡Habráse visto!...

—¿Lo pasas a creer, Refugito? Estos pelados de la presidencia municipal me trataron como a perro ajeno.

—Me alegro.

La respuesta lo dejó estupefacto.

Refugito volvía y revolvía los mil objetos guardados en su petaquilla de cedro, presa de una exaltación tan violenta que no sólo se traslucía en su voz, sino en sus movimientos incoordinados y en el brillo de sus ojos.

Julián comprendió, se mordió los labios y humillado dijo:

—¡Ya sé por qué estás nerviosa!

—Fue un abuso de confianza... pero yo no llevaba ni para el desayuno... Hazme favor de perdonarme.

—Mejor hubiera pedido limosna, que sufrir el bochorno de tener un hermano que...

No pudo acabar. Su lengua se negó a articular la palabra. Estaba sofocada y su voz vibró como cuerda de acero.

—Hice mal...

—¿Y las santas reliquias?...

Julián tuvo que retroceder tres pasos. Tuvo miedo. En sus trances de violencia, los Andrades —lo mismo hombres que mujeres— mataban sin tentarse el corazón. Refugio, totalmente transfigurada, había cogido un martillo y lo blandía amenazante:

—Respóndeme: ¿dónde están mis reliquias?

—Están más seguras que en tu misma petaquilla. Deja ese martillo.

—Devuélvemelas... Las quiero...

—No necesito contarte mentiras. Las tiene en su poder el señor cura de la Conchita. Vendí el relicario, pero te lo devolveré con doble peso... Todo.

Con tal fuerza arrojó el martillo que hizo un boquete en la pared descalichada.

—¡Apenas puedo creer que tú... en mi casa!

Se echó un viejo chal a la cabeza y salió.

Julián se tendió en la cama; ya tranquilo y tarareando una canción costeña, se quedó dormido.

Refugito entró a la parroquia y todavía le temblaban las piernas y le repicaba el corazón. Se detuvo en uno de los altares laterales, se puso de hinojos ante Jesús Nazareno y sollozando y rezando permaneció allí muchos minutos. Besó la orla dorada de la túnica morada cuando hubo de recobrar por fin su equilibrio. No lloraba por Julián, ni por sus reliquias, lloraba por ella misma, con la tristeza de ser la misma de antes. Ni el dolor, ni la pobreza, ni los trabajos y sacrificios pasados pudieron lavar las impurezas de aquella sangre que a veces la abrasaba las carnes, se le subía a la cabeza y la hacía perder todo dominio sobre sí. Tristeza y terror, porque sabía que en esos momentos de arrebato podía llegar a los peores extremos.

Y no eran simples suposiciones. Tenía diez años la primera vez. Uno de los peones entraba encorvado bajo un enorme canasto de maíz y sin percatarse pisó un gatito blanco, encanto de la niña que jugaba todo el tiempo con él. Lo desnucó. Refugito, fuera de sí, tomó una barreta de hierro y se la arrojó a la cabeza. No lo mató, pero el pobre hombre quedó idiota por sus días. Su castigo lo encontró en cada encuentro con él. La sangre de los Andrades atemperada por la de su madre. ¡Dios la tenga en el cielo! Fue mártir por su vida. Su historia, historia de perenne sacrificio. Botón de rosa que se abre al amanecer, brutalmente tronchado por la lascivia intemperante de uno de los jefes pertenecientes a las hordas del bandolero-guerrillero Juan Chávez, terror de la comarca en los años de la guerra de Reforma. La ingénita bondad, el candor y la inocencia se impusieron al bruto y éste legitimó su posesión, desposándose con su víctima, como si con ello le hubiera otorgado una gracia excepcional. Marcelina fue la mártir de su esposo y de cada uno de los cachorros que heredaron los instintos eróticos y sanguinarios de su progenitor. El advenimiento de una niña —Refugio— fue un consuelo y una esperanza. Pero zanconcita apenas comenzó a dar guerra: azuzada por sus hermanos y aplaudida por su padre, aprendió a montar potros de falsa rienda, a lazar toros, a ordeñar las vacas. Tiró al blanco con rifle y revólver y dijo palabrotas con la naturalidad y sencillez de cualquier carretero. A fuerza de paciencia y bondad doña Marcelina la fue atrayendo poco a poco a las tareas hogareñas. Un día su hermano mayor, de regreso de un bodorrio, llegó borracho insultando a "las viejas". Refugito descolgó la escopeta con que cazaban liebres y le disparó a quemarropa. Sin consecuencias, porque el arma no estaba cargada. Pero con eso bastó para sentar un precedente de libertad e independencia. Ni su padre ni sus hermanos volvieron jamás a molestarla.

Se asustó tanto de lo que había hecho, que por algún tiempo perdió el sueño, tuvo algunos ataques de nervios y hubo que llevarla al pueblo a que le curaran los nervios. Fue el primer cambio de dirección en su vida. Se consagró al hogar y a la defensa de su madre. Vino la revolución, las expulsaron de sus propiedades, doña Marcelina murió de la pena y Refugito se quedó sola en el mundo, sin más consuelo que el recuerdo de su santa madre. Tuvo que trabajar, hacerse comerciante, asociarse con mi Pablón, su primo carnal, hasta conquistarse su independencia económica.

Pasada la crisis volvió a su casa, cuando cerraron la iglesia. Julián, amodorrado, permanecía tendido en su cama. No se hablaron. Entró a encender la lumbre para la cena.

Julián, todavía con zozobra, se atrevió a hablar primero:

—Los negocios van muy bien...

Silencio.

—Pero sin dinero ni la hoja del árbol se mueve.

Cuca tendió el mantel de manta con deshilados rojos.

—Tengo que volver a México a conseguirlo. Pero tú...

179

—Por mí no te preocupes.

Fue por un botellón y dos jarros de barro, los puso sobre el mantel y trajo luego la cafetera y la jarrita de leche.

Comenzaron a merendar. Y habló ella, ya dueña de sí:

—Vamos trabajando y déjate de historias.

—¿Y esta orden del gobierno?

—Si tienes en contra al presidente municipal lo tienes perdido todo.

—Tiene que acatar al gobierno del centro por la buena o por la mala.

—¿Sabes siquiera quién es el presidente municipal?

—Un mono de volantín con chaqueta y pantalones.

—Ese mono puede darte un dolor de cabeza.

La tempestad había pasado, pues, sin dejar huella ninguna.

—Se llama Gertrudis y es sobrino de otro Gertrudis...

Julián se enderezó, dejando el bocado pendiente.

—Del Gertrudis aquel que corrió *la Giralda*...

A Refugito casi se le acabó el aliento. Había dicho cuanto tenía que decir y le temblaban los labios.

A su pesar, Julián arrugó más la cara. Pero soltó una risotada que sonó como crujir de huesos. Se acercó de nuevo a la mesa y siguió tomando su café con leche.

—¡Canastos, hasta los hijos de mis peones han llegado a autoridades!

El resto de la merienda transcurrió en silencio. Julián no sentía remordimientos con el recuerdo inoportuno de Gertrudis, el corredor de *la Giralda*, el tío del otro Gertrudis, presidente municipal. Los de su raza no adolecían de tales debilidades pero sí vio claro que se presentaba ahora el último como obstáculo muy serio para la realización de sus anhelos.

Se retiraron de la mesa, Refugito a remendar y Julián a seguir pensando. La verdad es que ya le cargaba tanta evocación inoportuna. Chon Ramírez el de *El Macho Prieto*, el difunto Jesús Rodríguez acostado por una certera bala en la espalda, Gertrudis, bravo mastín, que osó morder la mano del que le dio de comer, desbarrancado de la mesa con ayuda de tío Marcelino que lo siguió porque no es bueno dejar testigos. Y la que originó todas las tragedias, Marcela Fuentes, hija de Pablo Fuentes, con una daga enterrada en el corazón, en premio de sus perradas. Todos en el camposanto. Desfile de fantasmas que no le quitan el sueño al que no cree en aparecidos.

—Lo que pasó voló...

—¿Qué estás hablando?

—Que el muerto a la sepultura y el vivo a la travesura.

—Vé a la iglesia y pídele a Dios que te ilumine la inteligencia.

—Uno ¿qué quisiera?, pero no lo dejan: si no te defiendes de los lobos te comen.

Murmuró una insolencia y se echó una vieja tilma encima, ya tendido en su cama. Refugito apagó la vela, rezó sus devociones y se acostó también.

XIV

Aureolada de chispas, el soplador en una mano, con la otra las tenazas, sacaba los carbones encendidos, soterrados bajo una capa de ceniza, para prender la lumbre. Atole y frijoles para el almuerzo. El capital no daba para más. No podía resultar más desvergonzado entonces el saludo de Julián:

—Desde que puse mi planta en este país nuestro, las mejores horas las he pasado en tu casa. ¡Dios te conceda una larga vida!

Del disgusto de la víspera no quedaba rastro. El perdón había brotado espontáneo y sin reservas. A Refugito se le dilató el pecho con la satisfacción de un alma contrita y pacificada. La desvergüenza del ebrio consuetudinario era falta menos grave que la que ella había cometido. No tenía derecho a reprocharlo. Ni a darle consejos. Su deber consistía desde ahora en conducirlo al buen camino por el ejemplo. Hacer otro sólo a Dios le estaba dado. Sin vanidad, sin violencia, advertirle en tal forma que él no advierta que se le advierte. Rodearlo de las pocas comodidades que ella puede darle, conforme a sus necesidades de viejo.

Desde ese día Julián la encontró amable sin afectación, santamente serena, ora frente al brasero cocinando sus alimentos, ora zurciendo la ropa sentada en ancha silla de tule. Para Julián esa paz espiritual sólo se traducía en manifestaciones materiales: estómago satisfecho, cama limpia, habitación abrigada.

—Préstame un quinto para hacer la mañana.

Quería volver a ser Julián Andrade y no era más que un borrachín de cantina pobre. No conocía él mismo su tragedia.

Iluminado por el mezcal, dijo:

—Estoy como hacha. Voy a buscar a don Jesusito y, si lo intereso en el negocio, negocio hecho. Nos vemos.

Aunque los contertulios de El Barrilito lo saludaban y aún se detenían a platicar con él, la gente lo seguía mirando como forastero y lo llamaban "el Fuereño".

Se acordó de las señas que don Jesusito le dio de su casa; con-

181

traesquina del portal, del lado de la cantina. Se encontró con un charrito que le dio precisos informes:

—Sale de su casa después de las diez y regresa a la hora de comer. Si quiere verlo con seguridad, búsquelo a la hora del café, porque más tarde no se puede contar con él.

Se situó, pues, en la esquina del portal, esperando que dieran las diez. Los vagos decentes de San Francisquito distribuían su tiempo entre la cantina, la plaza y la parroquia. Regularmente después de la misa de once, mientras llegaba la hora de tomar el aperitivo, se juntaban en el Paseo. Los mayores y más respetables, a la sombra de los fresnos se sentaban en los asientos de cantera y se entretenían hablando del tiempo, murmurando de todo hijo de vecino, comentando actualidades locales y generales, discutiendo de política y resolviendo los más arduos problemas nacionales y extranjeros. Los mozos, entretanto, chacoteaban en el solar, pomposamente llamado el Paseo, corriendo carreras a pie, armando crinolinas y floreos de reata. Solía llegar alguno a caballo y hacía ejercicios de equitación, saltos de obstáculos sobre la propia barda y entonces hasta los ancianos se contagiaban del entusiasmo de sus muchachos.

Julián se distrajo reparando en que la gente que conoció en su juventud era sólo una caricatura grotesca de lo que fue: caras apergaminadas, puras arrugas y bolsas, pellejo untado a los huesos; muchachas, bellísimas en su tiempo, aparecíanle como alucinaciones de ebrio delirante, que lo inquietaban menos de lo que lo entristecían y eran acicate para una pregunta nunca formulada: ¿también seré uno de estos mamarrachos de pesadilla?

Después se desvió su atención hacia el grupo de mozalbetes que traveseaban en la plaza y, cuando menos lo pensó, ya el viejo don Jesús iba más allá de la parroquia. No solo; lo acompañaba un sujeto mal vestido y cobijado con una frazada. Se apresuró a darle alcance y de pronto reconoció al propio Chon Ramírez sobrino del viejo y el dueño del mesón de *El Macho Prieto*. Sintió que el corazón le dio un vuelco y, desazonado, dio media vuelta tragándose una insolencia mayor. No por miedo, ¡qué caray! Ahora no iba en plan de buscapleitos, sino de negociante que sólo se preocupa por su negocio. El intruso podría frustrarlo todo, aparte de que para lo otro habría tiempo sobrado.

Volvió después de mediodía a buscarlo en su propia casa. Estaba aún en el comedor discutiendo con Sanjuanita acerca de las virtudes profilácticas del alcohol contra el asma. Ni los mejores médicos de México habían podido curársela, "y contra hechos no hay argumentos, tengo setenta y dos años y aquí me tienes vivito y coleando". Julián se excusó de la visita —tan a deshora.

—Tengo urgencia de estar mañana mismo en México y no quise salir sin despedirme de mis buenos amigos.

Estaba tomando café con aguardiente o mejor dicho aguardiente con café. Se levantó y dio un fuerte abrazo a su amigo.

—Sanjuanita, otra taza de café para nuestro gran amigo el señor don Julián Andrade. ¿Te acuerdas de la carrera de *la Giralda*?

Sanjuanita volvió la cara, asustada. Una de las beldades de cuando Julián Andrade era un apuesto charro.

Huesuda, reseca, jorobada, Sanjuanita, otro esperpento, gruñendo frases de cortesía, de mala gana puso otra taza y don Jesusito se encargó de ponerle tan medido el café como desmedido el aguardiente.

—A despedirme y a algo más. Si usted me lo autoriza... El fin principal de mi viaje es una entrevista con el general García del Río, muy amigo de verdad, y de paso podría hablarle también de lo de usted.

—¿De lo mío?... ¡Ja... ja... ja! —se le caldearon las orejas y se le amorataron los labios—. A esos hijos de la china Hilaria del gobierno no les pido yo ni madre —y agotó el caudal de sus insolencias hablando de la revolución y de sus hombres.

Pero entonces Julián encontró inesperadamente una voz en su favor. Sanjuanita, puesta en jarras, dijo:

—Don Julián tiene razón en pelear por lo suyo. Y si pierde, bien perdido. Pero no hay lucha peor que la que no se hace.

—Si Sanjuanita dice que eso está bien, está bien, y ni quien diga lo contrario. En lo que no estoy de acuerdo con mi querida costilla es que se lleve el aguardiente. Deja las cosas como están y nos amanecemos.

—Bien sabes que lo hago por obedecer al médico. ¡Todavía pareces chiquito! —volvió a poner la botella sobre la mesa—. ¡En tu salud lo hallarás!

Julián apartó con suavidad la velluda y arrugada mano de su amigo, que de nuevo llenaba su taza de alcohol. Se disculpó: la importancia de sus negocios le vedaba por ahora tomar.

—¿Tomas en chiquihuite? ¡No te estés haciendo pato!

A la fuerza lo hizo empinar la taza y Julián con cautela la escupió.

—Lo acompañaría toda la tarde, pero aunque no me lo crea, voy apenas a conseguir fondos para mi viaje. Tengo un aviso de cheque de la Argentina... ¡Pero este maldito servicio de correos!

El viejo cayó en la trampa, soltando una carcajada.

—¡Estos Andrades! ¡Quisquillosos como el diablo!

—¿Cuánto necesita el amigo don Julián?

—¡Oh, no me diga... yo no he venido a eso!

—¿Entonces para cuándo son los amigos? ¿Le basta con quinientos pesos?

—Recuerda que no puedes disponer de un solo centavo; el lunes se te vence el pagaré —exclamó súbitamente Sanjuanita, muy alarmada.

—Vamos a ver si puedo —respondió el viejo jubiloso, levantándose con gran torpeza. Entró trastabillando a su escritorio-habitación, mientras Julián apretando las manos pedía a Dios con gran fervor de su alma que su amigo no se arrepintiera.

Sanjuanita se quedó con él, picada la curiosidad con lo de la devolución de sus propiedades, y Julián le dijo todas las mentiras necesarias para emborracharla como en otra vez lo hiciera con mi Pablón. Como pasó mucho tiempo y don Jesusito no aparecía con el dinero, Julián comenzó a alarmarse.

—No, seguramente se quedó dormido —dijo ella y se levantó. En efecto, el viejo se había quedado roncando en el sillón del escritorio. Sanjuanita lo removió con fuerza hasta que lo hizo abrir los ojos.

—Viejo borracho, ven para acostarte en tu cama, viejo sinvergüenza.

No soltó los billetes que Sanjuanita quiso recogerle. Llamó a Julián y se los dio, diciéndole que lo esperaba por la noche en *El Barrilito*, para que le firmara un papelito.

Sanjuanita se quedó echando rayos y centellas y juró que el tal Julián Andrade era un charlatán que hasta a ella le había puesto los ojos verdes, y que no era tan tonta para haber confiado a sus manos ni un centavo.

Con un argumento que ni con los santos falla, Julián se presentó con su hermana.

Toma estos centavos para que te compres botines y ropa. El negocio viento en popa como ves. Me voy a México a darle otro empujón a nuestro asunto. Y mientras ve arreglando el cambio de tus tiliches. Busca buena casa en el centro. Quiero que, a mi regreso, dejemos inmediatamente este mugrero.

Se rascó la espalda, donde un díptero estaba certificando con la mayor oportunidad su queja.

Refugio, con cien pesos en la mano, seguía dudando. Miraba a Julián con ironía compasiva. Conocía demasiado las fanfarronadas de sus hermanos. Y Julián encontró esa misma noche la oportunidad de demostrarle que no estaba equivocada.

XV

Fue en *El Barrilito*. La primera de compromiso, la segunda de agradecimiento y luego una copa tras otra "por el gusto de habernos vuelto a ver". Y estaba la conversación muy animada cuando aparecieron las supremas autoridades, el presidente municipal, el delegado de la Nacional Agraria y el comandante de la policía, pidiendo cerveza. Don Jesusito, Pachito Martínez su inseparable, un sujeto prieto y de gruesos belfos al que llamaban don Melitón, presentaron sus respetos; pero Julián, no obstante que el viejo Ramírez le hacía señas para que se acercara, se abstuvo de hacerlo. Había reconocido a Gertrudis en su rostro lampiño, en su pelo arisco, indómito y en su baja estatura. El presidente municipal. Tomaron su cerveza y se despidieron en seguida. Don Jesusito dijo:

—¿Te fijaste en el de la boca chiquita? Pues ése es *el Fruncido*, delegado de la Comisión Nacional Agraria. Pero no me hiciste caso.

Poco después Julián comenzó a ver doble y a sentirse aligerado del cuerpo, con treinta años menos a cuestas, y gritó:

—Los de San Franciscuito me vienen guangos. Y se los digo con todo el gaznate para que nadie se llame a engaño. Vengo a poner la muestra de cómo han de fajarse los hombres los pantalones a todos estos viejos bolsas. ¡Con razón les quitaron lo suyo y ni siquiera las manos metieron!

—Poco a poco, Julianito: una cosa es tío Domínguez y otra no la ch...

Pachito Martínez, entusiasmado, se arriscó el sombrero, mascó chicle y escupió. Soltó dos roncas insolencias y gritó, como en el palenque, que todo el mundo abriera ruedo.

La actitud de los dos viejos con sus piernas tiesas y chuecas, abiertas y en guardia, como gallos en la raya, provocaron la hilaridad contenida de los circunstantes. Pero *el Mocho* les frustró el espectáculo. Cuidadoso del prestigio de su establecimiento, medió entre ellos, los apartó, los desarmó con palabras amables, y Pilatos, a señal suya, sacó a Julián por el pasillo a una mesa del hotel, donde lo dejó sentado.

Cuando despertó, despegándose los párpados, cegado por el sol que entraba de lleno por la ventana, se quedó sorprendido: su cama, la casa de Refugito y Refugio en persona remendando los calzones de manta con más agujeros que un cedazo. ¿Quién me trajo? ¿Cómo? ¿A qué horas?

Refugito lo oyó removerse en la cama, dejó su costura, se levantó de puntillas y salió a la calle con un canastito y dentro una olla de barro y una servilleta de manta.

Se ha vuelto a enojar. Primero por sus santas reliquias, ahora por lo de anoche. ¡Sea por Dios! No tengo remedio.

De repente le pasó por la mente una grave sospecha. Precipitadamente se levantó y se puso su ropa, húmeda todavía de vino y de lodo. Hurgó los bolsillos, los volvió al revés y, en efecto, de los quinientos pesos de préstamo no le quedaba ni un centavo. ¿Ebrio tirado?

Refugio lo encontró absorto, sentado al borde de la cama, en camiseta y calzoncillos, mirando los ladrillos. Acercó la mesa, puso sobre ella una servilleta, un plato hondo vidriado, y dentro vertió el menudo, media pata de res, pancita achinada y menudencias nadando en caldo colorado de chile, oloroso y vaporizante.

—Hermanita, eres una santa... —le brillaban los ojos, y las alas de la nariz se dilataban con deleite.

Refugio puso las tortillas calientes envueltas en otra servilleta.

—Y si fueras a la esquina por media "negrita" de mezcal ni por las llamas del purgatorio pasarías.

La emoción y la crudez ponían temblor en su voz.

—Come y calla.

Como trapo mojado sintió en la boca la pancita de res. Dijo que mejor esperaría hasta que viniera el mezcal.

Refugio volvió con media botella. Julián la tomó con avidez, la hizo gorgotear en su garganta, poniéndola en seguida sobre la mesa con un gesto de beata satisfacción.

—Vicio, lo que se llama vicio, no lo tengo. Una hora mala como puede tenerla hasta el Santo Padre.

—No digas tonterías.

Dejó los platos limpios, volvió a su cama y de nuevo se quedó dormido. Refugio fue a *La Palestina* a pedir trabajo. Así lo hizo cuando, despojada de sus bienes, se quedó sola en el mundo. Aunque mal pagado, encontró ahí con qué comer siquiera. Hasta que su primo Pablo, "mi Pablón", la asoció al negocio de venta de huevo y pollos que tenía en la capital. Su vida siguió en la pobreza, pero con menos fatiga. Con Julián el gasto habría de doblarse cuando menos. Le ofrecieron en *La Palestina* trabajo en costura de ropa de munición muy mal pagado. Regresó a su casa abatida y desconsolada.

Julián estaba pasando y repasando con la plancha su pantalón de casimir, extendido sobre una tabla entre dos sillas, levantando leve nubecilla de vapor. Pero hacía una y pensaba otra. En verdad era una maraña en la cabeza de don Jesusito, quinientos pesos prestados y evaporados, Chon Ramírez y las injurias a los de San Francisquito.

—Estoy arrepentido de lo de anoche, Refugito.

—No se te echa de ver.

—Pero más que eso lo que me tiene preocupado es que antes sólo con los vinos corrientes se me iba la cabeza... ¿Será la edad?... Lo que fuere; ahora lo que pasó voló y me quedan más firmes mis buenas intenciones.

—De buenas intenciones están apretados los infiernos.

—Voluntad tengo y me sobra y cuando digo no, es no.

—Y cuando dices sí, es no también.

—¡Ya!... Te estás poniendo otra vez carrascalosa. Punto final. ¿Te he dicho que nuestro negocio va por buen camino?

—Tan bueno, que si sigues por él vas a dar pronto con otro mejor...: el camposanto.

—¿Tan mal me ves? ¿O quieres no más picarme la cresta?

Levantó el pantalón, lo extendió de nuevo, marcó el doblez y en seguida con mucho cuidado lo puso a los pies de su cama.

—¡Te juro que ésta fue la última!

—¿De la semana?

Puso el saco sobre la tabla bien desplegado, hizo un buche de agua y sopló sobre él una finísima llovizna.

—Hablar claro es honrado. Si el casado por equis causa falta una semana o un mes a su casa, está bien... ¿El que no tiene obligaciones de familia?

Levantó la plancha de las brasas y la hizo dar un chasquido con el extremo de un dedo mojado.

Con disimulo, como si buscara algo perdido, se acercó a la alacena, sacó la botella y dio buen trago.

—Uno no quiere, pero le cargan la mano y ni modo.

Siguió hablando solo y planchando, sin enterarse de que ya Refugito estaba en la cocina.

Desde ahí oía su interminable monólogo. Seguramente el silencio le hacía daño. Necesitaba aturdirse con sus propias palabras. La verdad pugnaba por salir y él la estrangulaba porque le tenía miedo. Necesitaba que el mundo girara al revés para satisfacción de sus anhelos. Pero era incapaz de revelar esa lucha interior ni a su propia hermana. Menos que a nadie, a su hermana. Nunca un Andrade descendió de su empíreo de omnipotente macho a compartir sus intimidades con un espíritu inferior. Sea la amante, sea la esposa, sea la hermana y aun la misma madre, es una mujer. Y la mujer, sea quien fuese, nació destinada a servir a su dueño y señor.

Pero si él tuvo miedo, también ella tuvo miedo: se tuvo miedo. Se había disciplinado y había aprendido sobriedad y equilibrio; pero de ese modo soterraba en lo más hondo y tenebroso de su alma fuerzas que en ciertos momentos irrumpían en forma impetuosa y de una violencia incontenible. ¿Quién era la real hija de los Andrades y hermana de los Andrades? Si se hubiese atrevido a formularse esta pregunta habría tenido que confesar la marca indeleble de su estirpe. Si en su adolescencia, casi en su niñez, se hizo respetar y temer de su padre y de sus hermanos, era sólo porque ellos se admiraban a sí mismos mirándose en aquel espejo. Luchaba con ellos de igual a igual y, cuando no los vencía con su brazo, los hacía correr a mordidas y arañazos. El cambio profundo en sus costumbres y maneras fue el fruto de la dulzura de su madre al educarla y más tarde a los golpes interminables e incesantes de la pobreza, el cambio brusco de un mundo de comodidades y de vida desahogada al del trabajo rudo y perpetuo. Y así llegó a creerse liberada de esa herencia pesada. La oración y el trabajo hicieron que sus arrebatos fueran cada vez más raros y fugaces. Y ella abrigaba la esperanza de que sus muchos años acabarían de hacer la obra.

Vagamente percibía el estado de inquietud de su hermano. Por más que lo amara, no podía engañarse respecto a lo que había en él de falsedad e impostura. Ni por un instante se llegó a arrepentir de haberlo recibido en su casa; más aún, tenía la íntima convicción de que tenía derecho a ello. Es verdad que la entrada intempestiva de un elemento heterogéneo en su vida de orden, economía, quietud y trabajo, significaba una profunda fisura que ella y sólo ella debería apresurarse a llenar; pero si eso la turbó en los primeros momentos, del templo adonde fue a orar, como a diario lo acostumbraba, salió con una nueva luz en el alma; un cariño revivido que aceptó con alegría, como un objeto más de sus afanes, con la dicha de compartirlos con él.

Cuando Julián acabó de planchar su traje, lo puso a secar al sol, sobre el respaldo de una silla, luego se acercó a la puerta de la cocina y dijo:

—Nos vemos, Refugito, voy a desoxidar las bisagras.

—Dios te acompañe.

XVI

Julián fue a buscar a don Jesús para darle una satisfacción. Se entretuvo bobeando por los puestos del mercado al aire libre, esperando que el viejo saliera de su casa. Hizo preguntas ociosas a los vendedores sobre precios y calidad de los artículos, no sin oír de repente alguna respuesta grosera. Uno de los contertulios de *El Barrilito* lo invitó a tomar una copa.

—No, *che*, tengo una cita.

Todavía no podía libertarse de ciertos vocablos exóticos. Primero por hábito, pero despés porque creía que con eso se daba más pisto, aunque algunos se reían de él.

Cuando vio al viejo don Jesús bajo un arco del portal, saliendo a la acera, despernancado, meneando la rabadilla, corrió a alcanzarlo.

—Lo estoy esperando, don Jesusito.

—¿Para qué soy bueno?

—Yo no sé qué revoltura me sirvieron anoche en *El Barrilito*, perdí la cabeza y parece que hice algunas barbaridades...

—No te apures, los de tu familia así fueron siempre. Y ya nos vemos; voy a la estación a documentar un carro de frijol a México.

No cabía duda: el viejo estaba resentido con Julián.

—Si le falté al respeto, estoy dispuesto a darle una satisfacción... Sobre todo después del servicio tan grande que le debo.

—Te digo que no te preocupes: son cosas de la borrachera que a todos nos suceden.

—Quiero acompañarlo algunas cuadras.

Hicieron las paces, caminaron brazo a brazo y Julián juró que no volvería más a la cantina, que aparte de que el alcohol empeoraba su ya mala salud lo perjudicaba en sus negocios.

—Tampoco las exageraciones son buenas. Tomas la copa con tus amigos y si no dejas que se te pase la mano, está bien. Y...

Con poco se contentó el viejo: arrestos de aquellos caballistas de antes de la revolución, que a balazos saldaban sus cuentas, eran ahora cosa de historia o de leyenda. Como los perros viejos, los viejos no más se enseñaban los dientes.

—Yo de mi cuenta te digo que vicio, lo que se llama vicio, no lo tengo, y cuando digo no, no.

Julián pujó: sus mismas palabras en boca ajena le sonaban mal.

A poco andar se despidió satisfecho de haber contentado al amigo:

—Hoy por la noche salgo a México a tratar mi negocio con el general García del Río y de paso le hablaré de lo de usted: que le devuelvan siquiera el casco de la hacienda del Refugio que le pertenece conforme a las nuevas leyes.

—No te preocupes por eso. Me gusta la calabaza pero nunca me como el casco. Ve con Dios.

Lo que no dijo Julián fue que iba a recoger los centavos que su primo Pablo, muerto de repente e intestado, hubiera dejado.

Chon Ramírez estaba documentando el carro de frijol de su tío don Jesusito, cuando éste entró en el despacho de express y carga de la estación. De codos sobre la mesa, charlando desapaciblemente con el jefe ferrocarrilero, estaba el Fruncido. Don Jesusito se acordó del asunto que Julián habría de tratar con él y se lo recomendó.

—¿Quién es él? —preguntó el Fruncido con la indolencia que le era propia.

Precisamente Chon Ramírez le puso el sobrenombre. El Fruncido tenía un costurón en la cara y al hablar parecía que le estiraban una jareta en la boca. Su apellido era Aguilar; era capitán y jefe de destacamento local y delegado de la Comisión Nacional Agraria. Chon Ramírez, plegando con dureza el ceño, le quitó la palabra al viejo:

—Mi tío es de buen corazón —dijo mirando fijamente al Fruncido— y recomienda a Satanás... ¡Pregunte a cualquier viejo nativo qué clase de gente son los Andrades, mi capitán!

—Cierto —respondió el jefe de estación, que era uno de esos viejos—. Lo que dice Chon es verdad. Don Jesusito es hombre bueno y por eso...

Le palmeó la espalda cariñosamente.

—Tenía una querida el tal Julián. Si mal no recuerdo de nombre Marcela. La cosa hizo mucho ruido. Se le fugó con el caballerango; a éste lo hizo desbarrancar del cerro y a ella le dejó una daga en el pecho.

El Fruncido levantó la cabeza, frunció la boca e hizo brillar sus ojos de lobo.

Chon Ramírez, con extraño apasionamiento, hizo una larga relación de la vida de Julián Andrade y de las de sus hermanos: raptos, violaciones, asesinatos, peleas a balazos con los rurales.

—¿Y el gobierno? —preguntó el Fruncido, que escuchaba con el interés más vivo.

—Para todos tenían. Todo lo pagaban bien: autoridades políticas, jueces, jefes de acordada. A veces había alguno que no era de venta y lo zampurraban en la cárcel; pero pronto salía el dinero para comprar los pollos más gordos y de nuevo salían a dar guerra con más ganas.

—Mi sobrino dice la mitad de la verdad... No eran no más los Andrades...

—Yo haré cuanto pueda por su recomendado, don Jesusito —dijo el Fruncido.

Y Chon Ramírez y el Jefe de Estación no hallaban qué cara poner.

Porque *el Fruncido* era el hombre más adulado y aborrecido del pueblo. Insolente, vulgar y brutal, hacía y deshacía en San Francisquito. Llegó de fuera impuesto por el gobierno y pronto se supo que era tan ladrón como asesino. Ponía a prueba la paciencia del presidente municipal, que a su pesar toleraba sus arbitrariedades. Su egoísmo y crueldad con sus víctimas hacía contraste con la generosidad y buen corazón de Gertrudis, adorado por el pueblo por los beneficios que constantemente le hacía.

Julián partió rumbo a la capital y Refugito a *La Palestina* a recoger material para coser ropa de mujer y de niños a destajo. De los cien pesos que su hermano le entregó pomposamente, no le quedaba nada: había tenido que darle la mitad para su viaje. Lo grave del caso fue que el trabajo era mayor y las fuerzas habían bajado mucho. La sorprendía el primer canto del gallo todavía con la aguja en la mano, duros y ardorosos los ojos. Se consoló pensando que todo se debía a haber perdido la costumbre y que pronto trabajando menos ganaría más. Un sábado en la noche, después de entregar su costura, entró a la parroquia a sus rezos de costumbre. Abrió los ojos en su casa, sin saber qué había ocurrido. Dos vecinas la estaban atendiendo y supo que la habían traído del templo sin sentido. Un vértigo.

Le aconsejaron una *Singer*. El trabajo se aligeró, pero más se mermaron sus entradas con el abono semanal de la máquina. Y esperando la vuelta de Julián —hacía dos meses no tenía noticia de él— mayormente aumentaba su pena. Julián había entrado en su vida y se integraba con la suya. El viejo sentimiento del deber arraigaba en su alma tan hondamente como todo lo que formaba su férrea contextura. Ya vieja, solterona, en lucha despiadada con la vida, había pasado indemne de la edad crítica, absorbida totalmente por el trabajo y la pobreza. Su educación cristiana, el recuerdo perenne de su madre y su espíritu un tanto masculino la salvaron del duro trance.

Su experiencia, tan dolorosamente conquistada, la hizo comprender desde el primer momento la tragedia de su hermano, desbordante de esperanzas e ilusiones de lo más absurdo. Se lo advirtió y sólo lo irritó más. Esperó que hiciera su obra lenta pero irreversible. En vano. Del Julián joven, impetuoso y temerario, no quedaba ni sombra, es decir, quedaban las palabras y las ambiciones. Pero la inminencia del desengaño la inquietaba de día y de noche por sus consecuencias.

Contra su voluntad, cediendo a la insistencia terca de él, vendió el avío de su negocio de aves. Antes de decidirse a buscar trabajo otra vez, sólo por dar horas de gusto a Julián, gastó los pocos ahorros que conservaba en resanar y blanquear la casa; con sus propias manos, a fuerza de escobeta y lechuguilla dejó los ladrillos rojos y relumbrosos. Se esmeró en cocinarle platillos rancheros que él saboreaba con deleite. Y así, haciendo milagros de economía y con otras privaciones, consiguió que sus mejores horas en el pueblo fueran las que ella le daban en la casa. Sólo ella sabía bien que aquella situación era ficticia. Era como la piadosa mentira con que los familiares de un enfermo desahuciado, que no se alivia ni se muere, se están consolando constantemente. Sin valor para enfrentarse con la realidad, se agarran a la más falsa de las esperanzas: que mañana sea igual a hoy y a ayer, por los siglos de los siglos.

Entonces fue cuando con más fervor iba a la iglesia a pedir a Dios que sacara con bien a su hermano del terrible trance que se acercaba.

XVII

Con el tiempo y la distancia es fácil formar proyectos que se derrumban como castillos de naipes en la proximidad inmediata de personas y cosas. Cuando Refugito, rendida de la máquina, rota la cintura, adoloridos los brazos y las piernas, hueca la cabeza, apagaba la vela y se salía a tomar aire fresco al quicio de su puerta, el silencio y la soledad de la calle le permitían concentrar todo su pensamiento en Julián. No sabía nada de él, pero no le extrañaría verlo de un momento a otro: los Andrades partían de su casa y jamás escribían o hacían saber algo de ellos a sus familiares, por más tiempo que duraran fuera. Pasaba largas horas formulando planes para regenerarlo por los medios más suaves y convincentes. El fin debía ser —y esto era incuestionable— encontrar un trabajo proporcionado a las escasas fuerzas que le quedaban, sin estar con la esperanza de retonar a su vida de ricos, que era lo mismo que pedir al tiempo que retrocediera. Retirarlo de las amistades peligrosas y fortalecer sus buenas intenciones convirtiendo palabras en hechos. Buenas intenciones tuvo también su padre don Esteban cuando se hizo viejo; se hizo devoto, la Divina Providencia no se le caía de la boca, iba a misa y cuando alzaban se daba sonoros golpes de pecho, besaba la tierra y con gran dolor de su corazón se arrepentía de sus pecados. Pero jamás dejó títere con cabeza hasta el día en que se quedó hemipléjico y afásico, clavado en un equipal por el resto de su vida. Pero si tenía poca esperanza de que la edad y los porrazos recibidos en su vida aventurera fueran un dique para sus apetitos concupiscentes, sí confiaba en que por la intercesión de Nuestra Madre Santísima del Refugio se le haría el milagro.

Absorta en esas meditaciones vio de pronto un bulto que doblaba la esquina y tomaba en dirección de la casa. Se incorporó alborozada. No se engañó; era él con su veliz en la mano y algunos otros paquetes.

Se dieron un efusivo abrazo. Entraron y ella encendió la luz y dijo que iba a prepararle su cena.

—No, espera. Quiero desde luego darte una sorpresa: aquí tienes tus santas reliquias... Oro de 22 quilates.

Refugito tomó el estuche con poco entusiasmo y dudosa fe. Pero nada objetó.

Bien afeitado, reluciente la dentadura, vistiendo el traje charro cortado por don Rosalío, al que por apodo llamaban *la Muerte*, y que por más señas estaba tísico (en un pueblo se repiten las características de cada vecino en forma inmutable y por los siglos de los siglos), risueño como si se hubiera quitado veinte años de encima.

Cenó, se quejó del cansancio del camino, dejando pendiente la relación de su viaje a otro día.

Y al otro día le dio un billete de a cinco pesos y le dijo:

—Mientras vas a comprar un buen chocolate de metate y bizcochos finos, yo enciendo y soplo la lumbre. Vengo muy otro, lo verás.

Y así lo encontró a su regreso de la plaza, soplando la lumbre y sin volver la cara.

—Pues sí, señora doña Refugito, vamos a comenzar una nueva vida. Se acabaron las parrandas, borracheras, mujerzuelas y berrinches. ¡Así como lo está oyendo!

Refugito lo apartó del brasero, sin comentar.

—El bruto de mi Pablón trabajó como los burros tantos años para economizar una bagatela. ¡Mil pesos y centavos! Y se ponen muy anchos cuando dicen: ¡Vivo de mi trabajo! Y sudando y pujando se mueren como él.

Fue como ducha helada para los santos proyectos de Refugito.

Se alejó a desempacar lo que había traído, mientras ella hacía el chocolate.

—Te traigo unos zarcillos de ágata engarzados en oro. Una estampa a colores de la Virgen de Guadalupe y muchas reliquias y cosas que a ti te gustan mucho.

También él quería adivinarle el pensamiento.

Lo llamó a desayunarse y, aunque con mucho desaliento ya, le dijo:

—He meditado un proyecto que si tú lo aceptas nos salva.

Se sonrió: las mujeres siempre daban en lo peor, cuando se metían en negocios que no fueran los de atender su casa.

—Es trabajo adecuado a nuestra edad y a nuestras fuerzas. Lo conozco y con la ayuda de Dios nos saldrá bien. Es tiempo ya de que sientes cabeza.

—Me parece estar oyendo a mi santa madre. ¡Dios la tenga en el cielo! ¿Qué es, pues, lo que has pensado?

—Reorganizar simplemente el negocio que me dejaba para comer sin tener que afanarme tanto como con la costura.

Julián acabó de sopear el sabroso chocolate con bizcochos de huevo y dijo:

—No hay que ser tan pesimistas. Ni tú ni yo estamos tan viejos, lo que tenemos es mal cuidados. Comiendo bien y tomando buenas medicinas verás cómo nos pondremos.

—Más falta que medicinas nos hace la ayuda de Dios. Te voy a llevar a la parroquia a que juntos le pidamos por nuestra salud y porque nos ilumine el entendimiento.

—Mira, no soy ateo ni necesito que me recuerdes mis obligaciones.

—Sólo quiero tu bien.

—Me acuerdo de que mi difunto padre decía que eras la más viva de la familia. Pero, no te ofendas, en cuestión de negocios, los hombres. Tú tienes tu proyecto y yo tengo el mío. Y lo tengo tan bien estudiado, que si un ingeniero tuviera que revisarlo, verdad de Dios que no me daría vergüenza.

Levantó el extremo del mantel y sobre la tabla de la mesa extendió una hoja de papel. Sacó su pluma fuente de a tres cincuenta de *La Princesa* y trazó líneas y garabatos, puso letras y cifras, a la vez que le explicaba:

—Vamos, pues, al costo: por reparación de dos piezas adonde meternos de pronto, ponle doscientos pesos. Para semilla de alfalfa, compostura de la noria y compra de un caballo o macho viejo, cualquier cosa y en un descuido hasta me los fían. Bueno, ponle ahora cinco vacas paridas, un peón para que las ordeñe, les eche pastura y las saque al campo, otro para que lleve a San Franciscquito la leche... ¡Claro que con la leche misma se paga todo y nos sobra! Veo que no crees lo que te estoy diciendo y hasta como que te quieres reír. ¡Lo que te he dicho! Las mujeres no entienden de negocios. Fíjate en que ya pasó el tiempo del latifundio. Las haciendas más grandes han sido repartidas. En México, que estaba muy atrasado, se ha aprendido mucho en muy poco tiempo. Hoy no queremos grandes extensiones de tierra, sino poca tierra bien trabajada. ¿Comprendes? Tú quieres mejor una buena vaca y le exprimes hasta la última gota de leche. Alfalfa, maíz, frijol y si se puede hasta algo de hortaliza. Podemos cultivar durazno, granada, higo, membrillo, tejocote y una porción de árboles frutales, sólo con tener unas cuantas hectáreas de tierra y agua...

Lo oía como el espectador indiferente al asunto que el actor está representando con mucho entusiasmo.

—Y como con la pura leche hemos de sacar los gastos, el mejor día te compro un automóvil de segunda mano, te enseño a manejar y puedes venir al pueblo a oír tu misa los días de fiesta.

—¡Dios te haga un santo!

—¿No lo crees?

—Tú, mi padre y mis hermanos nunca supieron más que de criadero de caballos finos y de jugar carreras.

—Pues eso es mucho más difícil... Magueyes y nopales abundan en la mesa. No habrá día en que nos falte algo para refrescarnos la boca; hoy un cantarito de pulque, mañana una olla de colonche...

—¿También te devolverán la mesa?

Julián no entendía de bromas y ahora de viejo solía emborracharse hasta con sus propias palabras. Dio un gruñido, tomó el sombrero y salió furioso, dando un portazo.

Encontró al delegado de la Nacional Agraria en la comandancia militar en descansada charla con don Gertrudis. Parece que no repararon en él. Siguieron hablando de terrenos abandonados que *el Fruncido* se quería adjudicar. El presidente municipal le aseguraba que eran tierras buenas de por sí, descansadas por muchos años, y que el dinero que invirtiera en ellas se lo devolverían en la primera cosecha.

—Todo es cosa de que levante el reborde de la presa y riegue algunas fanegas de labor para hacerse rico.

La cosa le andaba muy de cerca a Julián y de buena gana hubiera querido meter también su cuchara, pero ellos le estaban demostrando que era un don Nadie en el pueblo. Dos veces había saludado sin obtener contestación.

—Lo único que hay —dijo don Gertrudis— es que el dueño tiene muchas influencias y puede armarle un lío, y si se lo propone hace que hasta el destino le quiten.

El Fruncido acababa de tomar con indolencia el oficio que Julián le alargó, cansado de esperar.

—Si cuento con usted, don Gertrudis, como presidente municipal, no habrá problema —dijo leyendo el papel y devolviéndoselo a Julián sin mirarlo: —Vuelva mañana, ahora estoy muy ocupado.

Julián se quejó con Refugito de su mala suerte. Estaba haciendo milagros de continencia y de nada le valían. Las autoridades son muy apáticas y a todo le ponen plazo.

Ella se afligió mucho cuando la informó que la resolución de su negocio no dependía de don Gertrudis, sino del jefe de armas, a quien llamaban *el Fruncido*.

—Es mal hombre, y yo que tú dejaba eso por la paz. Oye mi consejo y vamos trabajando.

—Habla de lo que entiendas.

—Recuerda que los Andrades no dejaron buenos recuerdos en San Francisquito y no nos quieren...

—¡No me digas más! Lo que sucede es que la gente no es la misma y a los Andrades nadie nos respeta porque no nos teme... porque como aquí lo dicen... ¡no soplamos!

Estaba una vez más ebrio de cólera y se aturdía con su misma voz:

—Pero... ¡cuidado!... Este viejo chueco y arrugado puede acordarles quiénes fueron y quiénes son los Andrades. ¡Te lo juro!

XVIII

EN EFECTO, los Andrades no dejaron amigos, sino malas ausencias. El desaire que el delegado de la Agraria y el presidente municipal hicieron a Julián trascendió en seguida. El pueblerino tiene un olfato finísimo y es bastante ladino para adivinar que el que da un resbalón no encontrará una mano que lo ayude a levantarse, si no es pariente o amigo. Don Gertrudis se lo contó al *Mocho*, *el Mocho* a don Jesusito; éste a Pachito Martínez y Pachito Martínez a cuantos quisieron oírlo.

Entró a la cantina, adusto y sombrío. Hubo siseos y murmuraciones sordas que se apagaron al instante. El vocerío, las risas y chanzas interrumpidas volvieron con más entusiasmo. Nadie lo invitó a tomar la copa, nadie le dirigió la palabra. Julián pensó que tomaban venganza y que su reconciliación con don Jesusito había sido comedia.

Pidió una doble de tequila, y reparando en *el Fruncido* que estaba al otro extremo del mostrador con otros concurrentes, dijo al *Mocho* que se acercó a saludarlo:

—Ese desgraciado, cara de pan crudo, hace que se me retuerzan las tripas. ¿Tienes algún remedio para eso? —dijo poniéndose la diestra en la cintura.

Don Jesusito, alarmado, le advirtió que el delegado de la Agraria era cosa seria y mejor sería que no se contrapunteara con él.

—Si le da susto por el dinero que le debo —respondió Julián con altanería— aquí lo tiene desde luego.

Don Jesusito no se alteró por las malas maneras de Julián y le brillaron los ojos viéndolo sacar la cartera. Abrió la mano para que le contara sus billetes, diciendo que ni por pensamiento había intentado cobrarle, pero el dinero nunca llega en mala hora a la bolsa.

—Y si te digo que no te contrapuntees con *el Fruncido* es porque me prometió ayudarte.

Julián bruscamente cambió de gesto y hasta rogó al viejo que lo presentara con él.

El Fruncido le estrechó cordialmente la mano. Pero la suya era una mano huesuda, húmeda y viscosa que daba asco y horror. Animal de sangre fría, despertaba en el acto una repulsa irresistible.

—Supe que me habló en la comandancia, pero como yo no lo conocía ni me lo presentaron.... Bueno, eso ya no tiene caso. ¿Conque usted es de los famosos Andrades de la hacienda de San Pedro?

—De las Gallinas —gritó en falsete uno de los circunstantes, perdido entre la multitud.

Julián se puso verde, adivinó de quién venía la injuria, pero como la voz se perdió en la guasanga y *el Fruncido* no dio señal de reparar en ella, tragó saliva y se hizo el sordo.

—Sé que viene a buscar tierras de trabajo. Es muy fácil: usted fue revolucionario y como veterano de la revolución tiene derecho... Yo le ayudo.

Lo dejó con la boca abierta. Julián no sabía que hasta los que tiraron cohetes a las tropas de Villa o de Carranza en triunfo ingresaban como "veteranos de la revolución".

—*Mocho*, favor de dos coñacs.

No importaba que de la herencia se hubiera gastado más de la mitad. San Pedro de las Gallinas volvía a ser suyo, era suyo.

—Véngase por acá —dijo *el Fruncido*, llevándolo aparte a una de las mesas en el corredor del hotel—, a mí me simpatizan los que no tienen miedo de que los muertos se les aparezcan.

Su risa fue helada y macabra:

—Conozco su historia...

Pilatos vino a servirles. Julián pidió dos coñacs.

—¿Qué proyectos tiene?

—Mi negocio es fácil: desazolvar la presa, levantar el borde, alquilar uno o dos tractores para desmontar y abrir tierras nuevas.

Hablaron y tanto se entusiasmó *el Fruncido* en el negocio, que contra su costumbre fue él quien pagó el consumo.

—Le he prometido ayudarlo —dijo después de permanecer todavía frente a la mesa en actitud meditativa—, pero hay muchos chismosos que pueden acusarme de cohecho. Necesitamos de terceros y dar algunas "mordidas".

—¿Cuánto? —preguntó Julián clavándole los ojos como para penetrar en lo íntimo de su pensamiento.

A su vez *el Fruncido* hubiera querido escudriñar cuánto llevaba Julián en la cartera:

—Digamos, cinco mil pesos... digo... es un decir.

—En mi derrengada vida me he juntado jamás con tanto dinero. Digo, mientras la hacienda no vuelva a mis manos...

—Pongamos mil para comenzar...

—Pongamos trescientos cuarenta y cinco, que es lo que me queda como capital —dijo Julián volcando sobre la mesa los billetes que restaban.

El Fruncido los tomó con avidez y le dijo que le garantizaba el éxito de sus gestiones.

Volvieron brazo a brazo a la cantina y los contertulios se humanizaron con Julián. Pero *el Fruncido* pronto se desentendió de él.

—No se fije —le dijo *el Mocho*—; así es.

Julián aceptó cuanta copa le brindaron y perdió una vez más la cabeza. Se acordó de Chon Ramírez y gritó que muchas mulas se habían levantado con la revolución como la inmundicia cuando se revuelve el charco.

Pachito Martínez se acercó al *Fruncido*:

—Lo dice por don Gertrudis, que fue de San Pedro. Hijo de alguno de sus peones.

Y Julián como si le dieran cuerda, hasta que *el Fruncido* mismo se le encaró:

—Don Gertrudis es mi amigo —dijo lívido y descompuesta la cara.

—No le haga caso, mi capitán; a Julián el vino lo vuelve loco —dijo don Jesusito interviniendo en la disputa.

—El que está loco es usted, viejo bolsa. Yo no peleo contra el capitán, que es mi mero amigo y número uno aquí y en tierras de mecos... Lo digo por otros facetos que esconden el bulto...

198

Don Jesús Ramírez obligó a salir a su sobrino, que ya había asomado la cabeza dispuesto a aceptar el reto. Luego hizo una seña al *Mocho*. Éste comprendió sin más. Hizo que Pilatos llevara un tendido de copas y con habilidad puso en la mano de Julián la que le había preparado. Y todo resultó bien porque a los cinco minutos se quedó roncando y, cuando cerraron la cantina, Pilatos lo llevó en un cochecillo desvencijado, el único de alquiler, al barrio de "los Turicates".

Su discupa fue la de siempre:.

—Se me pasó la mano.

Y como siempre juró que nunca más volvería a *El Barrilito*. Y poco faltó para que ahora sí cumpliera su juramento. Comenzó a tiritar con tal fuerza que removía toda la cama, tuvo retortijones, vómitos y amaneció con cuarenta grados de temperatura. Vino el médico y dijo: infección intestinal, lo picoteó, lo puso a pura agua y poco faltó para que lo matara de hambre. Cuatro semanas en cama y sin aliento para levantarse. Don Jesusito fue a visitarlo y habría sido un problema decidir quién de los dos estaba más enfermo. Abotagado de los pies, bolsuda la cara, los labios morados y la respiración anhelante.

—Ando también cayendo, Julianito. No más falta que Sanjuanita me lleve el médico y me quiten el trago. En menos que te lo cuento me mandan al otro mundo.

—¿Lo oíste, Refugito?

Los dos viejos estuvieron de acuerdo. Julián declaró que si no había consultado todavía al médico para sus reumas era por el mismo temor.

—No más espero recobrar un poco más mi fuerza para ir a San Pedro de las Gallinas.

—Yo creo —respondió don Jesusito, ya levantándose para despedirse— que lo mejor que puedes hacer es poner tu pensamiento en otro trabajo.

—¿Lo oíste, Julián? —dijo Refugito a su vez.

Julián refunfuñó diciendo que para consejos con los que su hermana le daba tenía y hasta le sobraban.

XIX

Don Jesusito le prestó un caballo y pocos días después salió más preocupado y pensativo que nunca, en un buen cuaco alazán de suave paso. Sus esfuerzos por apagarse la verdad eran como las nubes que se aglomeran y se ennegrecen para no dejar al sol asomar su rostro. Acto instintivo de propia defensa cuando se presiente que la derrota significa un derrumbamiento total y definitivo. Quizás lo que más le dolía era el hecho incontrovertible de que su apellido no decía nada. Y eso es tanto como caminar con su propio cadáver a cuestas. Si dejó de ser "el fuereño" nada ganó con ser ahora una cifra más en las estadísticas del pueblo. Eso determinaba en él un estado de constante angustia, que con la privación del alcohol se le hacía insoportable. Quería lo imposible: que los hombres y las cosas volvieron a ser como las había dejado. Viviendo en perpetua mentira, sentía que la base sobre la que él mismo se sustentaba se iba desmoronando.

Lo mismo que don Jesusito le dijo *el Mocho*, al que fue a saludar de paso:

—¿Qué va a hacer a la hacienda de San Pedro? Quédese quieto en su casa.

Es decir que todo el mundo sabía lo que él se había obstinado en ignorar.

Dentro de breve tiempo sus ojos se verían obligados a contemplar una luz tan viva que lo dejarían ciego.

Ensimismado, llegó más pronto de lo que pensaba a sus antiguas propiedades. Pero al reconocerlas encontró cosas que no existían en su primer viaje. Sobre las viejas ruinas de la casona, ahora brillaba al sol un muro recién encalado. Minúsculos bultitos, como hormigas arrieras, subían y bajaban. ¿Albañiles?

Avanzó, traspuso el mezquital y bruscamente aparecieron, como negras y enormes orugas, dos tractores arrastrándose pesadamente en un vasto terreno al costado poniente de la casa, uno de los potreros totalmente invadido por huizaches, garabatillos, chicalotes y nopales.

—¡El potrero de la Tinaja!

Escupió una maldición, hincó espuelas y a gran trote se acercó a la casona. Cerca de ella se levantaba una densa humareda del horno donde quemaban ladrillo. Estaban levantados ya los muros de la sala y de dos recámaras y había zanjones abiertos para cimientos nuevos.

Al ladrido ronco del perro viejo salió la mujer de Pomposo.

—Pomposo no está en la casa —dijo como si gruñera.

—¿Por orden de quién la están reparando?

—Vino un señor de San Francisquito plegado de la boca...
ése...

—¿Qué sabes tú? —la regañó la mujer, haciéndole señal de que se metiera en el jacal.

Su silueta de terracota y su voz de cristal no hicieron mella en Julián. Apagados sus fuegos de tenorio, porque otros lo estaban consumiendo, apenas reparó en la pequeña Marcela.

—Pomposo anda con los tractores —dijo la mujer ansiando que el viejo se alejara—. Él sabe lo que sucede.

Azotó el anca del caballo y dio media vuelta bruscamente en dirección del potrero. De pronto reparó en el sentido de las palabras de la chiquilla Marcela. Uno que tiene jareta en la boca. ¿El Fruncido? No es posible. No lo creo.

¡Y no haber comprado siquiera una pistola!

—¿Conque siempre le cuadra la tierra?

Era él: su tez cobriza, sus dientes de elote tierno, su vozarrón y tono de pazguato. Pomposo Fuentes, sobrino de Pablo Fuentes, primo de Marcela Fuentes. ¡Qué ganas de remachar con éste la cadena! ¡Desgraciados!

—Mire: con otra helada prieta como la de esta mañana queda la tierra curada —levantó una mata de zacatón que el tractor acababa de arrancar con las raíces intactas y se la mostró.

—¿Tractores de dónde?

—Gertrudis cumplió su promesa...

—¿Y por cuenta de quién la compostura de la casa? ¿También de Gertrudis?

—De otro que las puede —respondió con sorna—: el Fruncido.

Sintió un golpe de sangre en la cabeza, le zumbaron los oídos, pero fue como relámpago y se sostuvo en su montura.

Los tractores hendían la tierra sin prisas; sus agudos discos dentados se enterraban haciendo gemir raíces y yerbajos, levantando burros de tierra a uno y otro lado en oleaje pulverulento y continuo, dejando un terreno limpio, listo para laborarlo. A distancia se levantaban grandes humaredas de los montones de yerbas, malezas y raíces quemadas.

Julián torció la rienda y al paso del caballo se levantó una parvada de tordos y magalones que se desparramaron poco adelante a picotear raicecillas y gusanitos.

—Que Dios lo acompañe —le dijo Pomposo, respondiendo a un saludo que nadie le hizo, sonriendo con malicia del gañán cachazudo.

El paisaje otoñal se diluyó en un fondo sin color ni sentido. Julián no volvió más los ojos a lo que dejaba para siempre. Pomposo, con los belfos abiertos, lo vio desaparecer en el mezquital.

Tres leguas sin pensar, sin sentir, sin querer. Entregó el jamelgo, enmudecido, sordo, ciego, mudo, volvió a la casa de "El Turicate". Refugio, consternada, lo comprendió todo. Al verla, recobró el uso de su razón:

—Un despojo. Lo sabrá el general García del Río. Te juro que esto no podrá quedar así.

Le espumarajeaba la boca como a los perros rabiosos. A Refugito se le arrasaron los ojos.

—Dios nos ha de perdonar, hermano: hemos sido bien castigados.

—Préstame cincuenta pesos —dijo a otro día, acabando de almorzar.

Se fue a la calle e iba tan abstraído que no reparó en las gentes que le saludaban a su paso. Pero al pasar por una casa de empeño —anacronismo tolerado en virtud de la omnipotente "mordida"— bruscamente se detuvo y entró. De pronto había alumbrado un designio en su mente.

—Oiga, joven, enséñeme las armas de fuego que tenga a remate.

Un chico mofletudo y sonrosado, carirredondo como niño de nacimiento, le puso sobre el mostrador una escopeta averiada de la caja y una pistola de chispa.

—Mire, cuate, no soy del tiempo del curidalgo ni la quiero para cazar patos ni tampoco voy a poner museo.

Y luego preguntan por qué será uno de genio tan pronto. ¡Desgraciados, hijos de un tal por cual!

El dependiente tenía unos ojos vivos y picarescos de muchacho bromista, pero el tono del viejo le dio cuidado y, dejando de guasear, lo invitó a que entrara para enseñarle lo que mejor tenía a la venta.

—¿Qué pide por esta mugre?

—Colt izquierda. Lo mejor de lo mejor. Con cien pesos se queda con ella. Es casi regalada.

—Tiene buen mostrador, joven, pero cien almácigos de ch... es lo que le doy por ella... Treinta pesos y hasta las ganas le pago.

—Sesenta, y ni una palabra más.

—Pero ¿qué no mira que hasta el cilindro tiene pegado?

Regatearon mucho y se salió con la suya, llevándosela por cuarenta y ocho pesos. Rejuvenecido por la adquisición y una doble de tequila, volvió a su casa contento y decidor. Porque ahora lo que necesito es cambiar de táctica.

Cuando Refugito volvió de la calle se alarmó: Julián estaba muy atareado frotando con una badana el cañón del revólver que por el descuido y la humedad estaba deslustrado. No queriendo revelar la inquietud que el arma le despertó, Refugito se mantuvo en silencio. Pero cuando se sintió recobrada y dueña de sí, dijo:

—¿Qué títere es ése?

—Dicen que hoy los patos les tiran a las escopetas... quiero probar que las escopetas no han perdido la memoria.

—¿Y tus buenas intenciones?

—¡Pal chucho!... Para los demás valemos sólo lo que nosotros nos hacemos valer... ¿entiendes?

Ahora, haciendo mover el cilindro, después de aceitarla, la veía satisfecho.

—El que ama el peligro en él perece.

—Hombre prevenido, nunca vencido.

—Deja esa arma —dijo mirando que le metía los únicos cinco tiros de la canana, y hacía girar de nuevo el cilindro.

—Nunca te he contado mis aventuras en Buenos Aires. Allá, como en todo el mundo, hay malcriados... Aparte de que a mí siempre me ha gustado hacer que nuestro apellido suene...

Tenía levantado el gatillo y apuntaba al techo. La bala rebotó en un ladrillo estrellándolo. Refugito no parpadeó siquiera. Se había mantenido erguida e inmóvil. Julián dejó a un lado la pistola y vino a darle un abrazo:

—¡Legítima madera de Andrade! —exclamó jubiloso.

—¡Maldita la gracia que me hacen tus travesuras!

—Travesuras y no... Pueden ser tan grandes como la parroquia.

—Dame esa pistola para guardarla.

—No. Las carga el diablo.

Parsimoniosamente puso el revólver en la funda y con todo y la cartuchera la colocó sobre la repisa de la Virgen del Refugio, cerca de una veladora luminosa y roja como corazón sangrante.

XX

ESA MAÑANA Refugito hizo acopio de voluntad y sentándose a un lado de él, que acababa de vestirse para salir a la calle, le dijo:

—Aunque te falta valor para confesármelo, yo sé que tu negocio está definitivamente perdido —Julián no pudo tragar saliva porque tenía la boca seca. Sin perder su gravedad amable, Refugito prosiguió—: Yo te comprendo y sufro contigo. Es muy doloroso ver nuestras más grandes ilusiones deshechas; pero...

—¿Pero qué?

—No te enojes. Desde que llegaste sabía lo que tendría que suceder. Y desde ese instante le he pedido a Dios que me ilumine para ayudarte a salir de este duro trance...

—¿Por eso, pues, adónde quieres ir a parar con todo eso?

—Soy la única de la familia que te quedo y no puedo querer sino tu bien, y eso es todo lo que le he pedido al Cielo.

—Y bien. . .

—Déjate ya de historias —dijo bajando la voz atemorizada—, abre los ojos a la realidad y. . .

—¡Con un demonio, habla claro!

—Vamos a trabajar. El negocio que te he propuesto es muy sencillo, lo conozco y nada arriesgamos en él. Tengo ya una persona que me facilita los elementos para comenzarlo.

—No sé de qué negocio se trata.

—Vas a México, alquilas una pieza como la tenía nuestro primo y yo desde aquí te mando la mercancía.

Echó una insolencia, estallando como dinamita:

—¡No más ésa me faltaba! Terminar mi vida vendiendo blanquillos y gallinas. ¿Estás loca?

Le temblaban los maxilares, las manos y las piernas. Dijo una retahíla de malas palabras.

Refugio, sintiendo sublevarse su sangre, lo contuvo:

—Poco a poco. . . Cállate. . . Nadie me ha faltado al respeto como mujer decente que soy. . . Menos he de tolerarlo de ti. . . de un hermano que así me trata en mi propia casa. . .

—Sí, en tu casa. . . en tu casa. . . lo entiendo: quieres darme a entender que aquí estoy como un arrimado. . . que aquí salgo sobrando.

—Si quisiera decirte eso, te lo habría dicho ya. He vivido pobremente, a nadie le he pedido nada y he comido y he vestido con el trabajo de mis manos, y decirlo no es hacer ofensa a nadie.

—¿Y yo. . . ?

—Tanto derecho tengo yo como tú al dinero que recogiste de mi primo. No te lo había pedido, pero ahora exijo que me lo entregues. Quiero mi parte para hacer con ella lo que me convenga.

Julián la oía abrumado, atónito. Se había olvidado de lo que de medular había en su hermana. Atropellando las palabras, respondió con grosería (a falta de razones). Dijo que el dinero que le había dado bien valía algunos platos de frijoles acedos y tortillas duras. Furioso, tomó su pistola, agregando que se largaría adonde nadie lo estuviera sermoneando.

Refugio le arrebató el revólver, cogió a Julián por un brazo y lo empujó con tal fuerza que lo echó a la calle. Ella misma se sentía otra: otra su voz, su actitud otra, otro su rostro y todo de una masculinidad súbita y temible.

Julián cerró la puerta con tal fuerza, después de algunos momentos de indecisión entre quedarse en la calle o en la casa, que el golpe repercutió tan dolorosamente en el alma de Refugito, que se dejó caer de rodillas a los pies de la imagen de la Virgen, ahogándose en llanto. Rezó sin saber lo que decía, sin importarle las palabras, porque las palabras nada decían de lo que ella hubiera querido. No pedía ahora por Julián, pedía por ella.

Cuando recobró la serenidad pensó que tenía el deber de reparar su falta. Le sacó los tiros a la pistola con la facilidad del que conoce las armas, la puso dentro de un pañuelo y bajo llave la dejó en su petaquilla.

Al anochecer se echó un abrigo deshilachado a la espalda y se fue a la calle. No por razonamientos más o menos fundados, sino por algo hondo e íntimo, sabía lo que debía hacer. La sangre heredada de su padre, la de su santa madre, la educación que ésta le había dado, la dolorosa experiencia de su vida de pobreza y privaciones, todo sin quejas ni protestas, formaba la urdimbre inextricable de su carácter. Cuando salió de la parroquia, relampagueaba al oriente y se oía el trueno de una tempestad que se acerca. No se arredró.

Se acercó defendiendo el bulto en la sombra, al portal. Julián entraba acompañando a don Simón, de blusón de holanda y sombrero en quesadilla, al hotel. Se alejó y fue a situarse a la sombra de uno de los pilarones del portal. Dos borrachines que venían alegando necedades repararon en ella. Uno se acercó un momento, le miró la cara y soltó una carcajada.

—¡Una vieja!

Los gritos, las bromas, la algarabía de los borrachos, el tintineo de copas, vasos y botellas se oían distintamente. La noche ennegrecida por el amontonamiento de las nubes hacía aparecer como brasas de cigarro los focos incandescentes espaciados de cuadra en cuadra; pero la luz que salía de El Barrilito bañaba el portal con una franja tan clara que se podían contar las baldosas.

Esa noche El Barrilito ardía. El barullo de voces, risas, carcajadas, chocar de cristales, dentro, concordaba con el estallido de cohetes y cámaras, repiques en los templos, celebrando vísperas del acontecimiento anual.

Las llamadas continuas al Mocho y a Pilatos eran dominadas a intervalos regulares por un grito gutural y desarticulado:

—¡Arriba Tacho Ramírez!...

—Ese sombrero morrongo y ese pantalón guango te los perdono —dijo Pachito Martínez— no más porque eres nieto de don Jesusito.

—¡Y porque mi nieto, como caballista, no tiene cuate!

El grito ronco y destemplado se repitió:

—¡Tacho Ramírez es mi mero gallo!

—Habrá que ver —observó con modestia el aludido—. Vienen charros de Jalisco, Zacatecas, San Luis, México y Aguascalientes.

—Charritos de rinconera —repuso Pachito Martínez que no quería soltarlo de los brazos.

—Cuidado con los de Guadalajara —observó *el Mocho*—, Tacho viene muy obachón y pueden darnos más de un susto.

Tacho Ramírez, estudiante en Guadalajara, estaba de vacaciones en San Francisquito. Abierto, risueño, siempre travieso y cordial, disfrutaba de gran popularidad en el pueblo y las muchachas más guapas se morían por él. Nieto del viejo don Jesús, era el campeón de coleadero por sus grandes dotes y práctica de caballista.

No se hablaba más que del caballo zutano o de la yegua mengana y que el 4 de octubre, fiesta titular del pueblo, y que las carreras, el coleadero y toda clase de charreadas.

En ese ambiente no pudo menos de provocar hilaridad la presencia intempestiva de Julián Andrade, fuertemente cogido del brazo por señor don Simón. Entraron por el pasillo del hotel a llamar a Pilatos. Uno desgarbado, flaco, todo arrugas, de sombrero de palma caído sobre los ojos, zapatos bayos de rechinido, traje de charro cortado por don Rosalío; y el otro, muy grave y enfático, de saquitrón de holanda hasta la rodilla, sombrero engomado de quesadilla, pantalones de acordeón y el inseparable paraguas blanco en la mano.

—Pilatos, serías tan gentil de poner un vaso más para su señoría.

Lo había atrapado al llegar al *Barrilito*:

—Mucho gusto, caballero. Si mis ojos no me engañan tengo el honor de saludar a nuestro interesante viajero...

—¿Quién?... ¿Yo?...

Lo tomó sin más del brazo y entraron al hotel. Luego a la cantina en medio de la muchedumbre que la llenaba de bote en bote. Pilatos abrió los ojos y la boca, sin entender, pero por sí o por no llevó a la mesa un vaso más con el sifón de agua gaseosa, el vermut y el jarabe de grosella. Y arrimó, a señal de don Simón, un asiento suplementario a la mesa.

—Gracias, Pilatos, puedes ausentarte.

—Me interesa usted, caballero, por la información verbal y de primera mano que puede darme de las costumbres bonaerenses que ha tenido la fortuna de conocer *de visu*.

—¿Quién? ¿Yo?...

Señor don Simón no necesitaba que le respondieran, sino un paciente auditor que lo escuchara (a los de San Francisquito los tenía probados y le huían como a la peste).

Reclinó el paraguas blanco contra el muro, colgó su sombrero quesadilla en el clavijero y sirvió.

—Nada me es ajeno. Tengo el diccionario enciclopédico en cuatro tomos, soy asiduo lector del *Reader's Digest* y he puesto en apuros en más de una ocasión a los "señores catedráticos" de la XEW. Y... basta.

La algarabía en creciente de *El Barrilito* lo hacía levantar la voz para hacerse oír, mejor dicho para escucharse él mismo.

Habló, pues, de cuanto sabía de Buenos Aires y con el tono enfático que le era propio se lamentó de la decadencia de las letras y las artes en estos aciagos tiempos de revueltas, de ambiciones bastardas y de confusionismo general, mientras Julián, rebelde a la cultura, espiaba por el pasillo, esperando de un momento a otro la presencia del *Fruncido* al que tenía que arreglarle su cuenta.

—En resumen, caballero, ¿de qué le sirven a la humanidad los desvelos de Einstein, por ejemplo? Pongamos sobre el tapete de la discusión mis investigaciones acerca de los Tartesios o mi refutación a *El origen de las especies* de Darwin. ¿No prefieren estos zafios, que está usted oyendo, sus piales y sus manganas? ¿Con quiénes se quedaría su señoría?

—¿Quién? ¿Yo?...

Fue el colmo. El sabio pegó un golpe seco sobre la mesa con la palma de la mano y como en ese instante se oyeran las nueve campanadas de reloj de la parroquia, tomó paraguas y sombrero y, sin despedirse de Julián, fue a pagar su cuenta a Pilatos.

XXI

—¿Es loco? —preguntó Julián, mareado todavía por la verborrea del vejete, a Pilatos, que lo invitó a entrar a la cantina.

—Es sabio —respondió éste gravemente.

—Se sabe de memoria el diccionario en cuatro tomos —agregó *el Mocho*, con sonrisa maliciosa.

Don Jesusito estaba ya sentado en un banco, reclinado contra la pared, incapaz de sostenerse en pie. Sus párpados colgaban flojos y pesados y su lividez acentuaba el amoratamiento de sus labios. *El Mocho* cuidaba de mantenerle la copa llena, y Pilatos de poner rayitas en la pizarra.

Don Melitón, un viejo hercúleo, casi negroide, de dientes muy blancos y colmillos acuminados, aburría al selecto concurso con un estribillo:

—*Mocho*, soy muy desgraciado.

—¿Porque está podrido en pesos?

—Mesmamente: cuando yo era pobre los ricos mandaban y ahora que soy rico nos manda la pelusa...

Pero Pachito Martínez no se rendía:

—¡Tacho Ramírez es mi mero gallo!

Nadie hacía caso de ellos. Julián se cercioró de que *el Fruncido* no había llegado, pero sí Chon Ramírez que lo estaba mirando con una sonrisa cínica y nada tranquilizadora. Estaba cerca de don Melitón que se empeñaba en que le cantara *El abandonado*.

—¡*Mocho*, soy muy desgraciado; hasta el infeliz de Chon Ramírez me quiere alzar golilla!

Así anda el mundo, don Melitón —dijo Julián acercándose—. Hoy es día en que hasta los chuchos nos mean.

El Mocho, evitando la riña, se llevó a Julián:

—Venga para presentarlo con Tacho Ramírez, nieto de don Jesusito y campeón de coleadero.

Se dieron la mano como debe ser y Tacho se fue luego con sus amigos los muchachos, y Julián volvió, picado, con don Melitón:

—Oiga, don Melitón, según veo en San Francisquito todos son parientes, el que no es Martínez es Ramírez...

—Y el que no es Martínez ni Ramírez jiede a perro muerto.

Estallaron las carcajadas, Julián peló la pistola y Chon hizo brillar una daga. Pero allí estaba ya *el Mocho* inmovilizando la mano del mesonero de *El Macho Prieto*, y don Melitón desarmando a don Julián Andrade.

—Déjenlos —habló Pachito Martínez, después de echar un charco de saliva en el suelo—. Tienen cuentas pendientes y quieren arreglarlas como los hombres.

—Siempre fuiste muy soflamero, Pachito Martínez —exclamó don Jesusito bamboleándose ya de pie cerca de ellos; Tacho su nieto lo ayudaba a sostenerse—. Eres muy malilla de veras. Los Ramírez le cantamos el alabado hasta al que nos hace un feo. Aunque pobre, Chon es mi sobrino y yo no lo he de dejar manchar la bandera peleando con un anciano. Yo te mando que te largues a tu casa o al infierno...

—¡Tacho Ramírez es mi mero gallo!

Deslumbrado por las lámparas de gasolina, aturdido por el tin-

tinco de las copas y los vasos, y el barullo de la concurrencia en plena ebriedad no pudo sostenerse más. Entre *el Mocho* y Pilatos lo condujeron a la trastienda y lo acostaron en un camastro. Tacho salió por el coche de sitio para conducir al abuelo a su casa y Julián se deslizó discretamente por el pasillo del hotel a pedir un cuarto, cuando una mano lo asió fuertemente del brazo.

—¿Adónde vas?

Reconoció la voz de Refugito. Arrebujada en su abrigo, no más asomaba los ojos.

—Estoy esperándote desde las siete...

—Me corriste de tu casa...

—No seas tonto. Mi casa es y será siempre tu casa. Camina...

Soplaba un fuerte viento, las nubes habían quedado deshechas y la noche estaba despejada y fría.

La fiesta resucitó a los muertos.

—Adiós, don Jesusito... Adiós, Pachito Martínez...

No le contestaron: uno porque no oyó y el otro porque oyó. Los dos pasaron de largo y no lo vieron. ¡Viejo, pobre y, lo que es peor, sin esperanzas, quién le hace caso a uno!

Había llegado entre los últimos, pero incapaz de contaminarse del regocijo que esplendía en todas las caras, llevaba el sombrero caído hasta la nariz, desmayados los brazos y sueltas las riendas sobre las crines de un viejo rosillo alquilado. (Refugito lo proveía de todo.)

¡Pero, caramba! Uno tiene el alma en el cuerpo y mientras la sienta... Pasaron, pues, de largo, dando sabrosas fumadas a sus cigarros y con veinte años menos en el cuerpo, por milagro del sastre y del peluquero. Don Jesusito, de viejo vestido de casimir gris con negros cordones de seda, oloroso a kananga y nafta; Pachito Martínez estrenando cotona y pantalonera, todavía con hedor de curtiduría, sombrero guinda de pelo de conejo, de toquilla y ribete plateados. Como siempre, el sombrero en los ojos, mascando chicle y escupiendo.

—Adiós, *Mocho.*

También muy apuesto, recién afeitado, relucientes los cachetes y los ojos, de chamarra y pantalón de gabardina, la pata tiesa al aire, montando una yegua orizbaya, venía de la carretera y dijo que el hilo de coches no se cortaba por ningún lado.

Trabajosamente pudo abrirse paso entre el mar de vehículos que inundaba la plaza y bloqueaba las bocacalles, un lujoso *Packard.* Se detuvo y de pronto se abrió en buqué de frescas rosas. Cuatro bulliciosas y lindas damitas y una arrogante matrona de anteojos ahumados y armadura de carey. Admirablemente maquilladas, muy elegantes, tocadas con pañuelos de seda de vivos y brillantes colores cubriendo su pelo corto azafranado o negro endrino. Saltaron con pasos menuditos luciendo sus *slacks*, meneando sus caderas de ánade, sus diminutos pies elegantemente calzados y armando gran algarabía.

—¿Qué es esto, *Mocho*?

—Mexicanitas...

—¿Estamos en San Francisquito o estoy desvariando sin gota de vino en el estómago?

—¡Pájaros nalgones! —dijo *el Mocho*, riendo estrepitosamente con brutal descortesía.

Julián se tambaleaba de risa.

—Todo se ha perdido —observó un transeúnte en olor de santidad—, hasta la vergüenza.

—Eres mi mejor amigo, *Mocho*.

Se quejó de sus paisanos, de los desaires que le hacían, de la rapacidad del sastre que por una planchada le arrancó dos pesos, del bolero que por engrasarle las botas le sacó un tostón, y de ese infeliz de Camilo que por el alquiler de la charchina que montaba le había cobrado lo que no valía.

—Chon no le habría pedido ni un centavo.

—¿Chon el de *El Macho Prieto*?... ¡Ni me lo mientes!

Estaba renegrido.

—Es puro guaguarero. No le tenga miedo...

—¿Miedo yo?

Iba a prorrumpir en la sarta de insolencias que mejor se sabía, pero *el Mocho* había desaparecido entre la multitud, sin decirle adiós.

Y esto es lo que me da más tristeza. ¿Por qué lo hacen a uno menos cuando llega abriéndole los brazos a todo el mundo? ¡Tanto que quiero yo a mis paisanos!

—Adiós, don Fabián.

—Adiós Tacho Ramírez... pero no Fabián sino Julián...

También pasó de largo. Pero el colegial siquiera me ha reconocido, aunque sin acordarse de mi nombre. De todos modos se le agradece.

Tacho Ramírez de lujoso terno de venado, acompañaba a dos soberbias morenas, una de falda corta, medias de seda y brillantes zapatillas de charol; la otra de zagalejo encarnado con mucha lentejuela, camisola blanca sin mangas y muy escotada con un bordado rojo de motivos aztecas. A campo libre, Tacho, colegial travieso, dio a la china poblana una palmadita abajo de la cadera y la niña se disparó como potranca fina cuando siente la vara en

210

la grupa. Dio una carrerita, dando chillidos de regocijo y una dama monumental, bigotuda y bien pintada, que venía tras de ellos, dijo enojada: "¡Estos niños!"

—Lo que yo te digo, *Mocho*.

No se acordaba de que iba solo.

Todo esto me entristece, pero está bien. Como dice Refugito, cuando uno acaba de despertar no puede ver la luz, pero tampoco cuando uno comienza a dormirse o a... ¡Mal ajo pa los malos pensamientos. Cada edad tiene sus gustos y sea por Dios y venga más...!

XXII

A CADA 4 de octubre y, por todo el día, San Francisquito se viste de gala en tal forma que ni en su casa lo conocen. Invadido por una muchedumbre abigarrada que llega de los cuatro puntos cardinales pierde totalmente su color local. De lejanas tierras llegan sucios camiones abarrotados de pasajeros, camionetas, trocas y carcachas de toda especie. Los automóviles de lujo rebrillan por instantes a la viva luz del sol y se sumergen inmediatamente en la inundación.

El aire arribeño barrió a buena hora las palmas del cielo, y esplende el sol en esa fresca mañana otoñal.

El grupo de damitas de *slacks* quiere llamar la atención, pero las medrosillas pueblerinas no se escandalizan de tan poco y más bien procuran aprenderles por si llega la ocasión.

Llegan las reinas a la plaza muy peripuestas, montando arrogantes corceles y son acogidas con estrepitosos aplausos. Sonríen agradecidas y se forma la cabalgata encabezada por ellas y por don Jesús Ramírez y Pachito Martínez, los charros más viejos y de legítima cepa ranchera. No menos de cien jinetes se alinean y comienza el desfile rumbo al coleadero. Y las aclamaciones.

—¡Arriba don Jesusito!

—¡Arriba Pachito Martínez!

Don Jesusito monta una yegua tordilla de gran alzada; adornan el fuste arneses chamberineados, reata sanluiseña en los tientos, cabezada de estambre rojo, sarape del Saltillo, cuidadosamente doblado; Pachito Martínez, a caballo sedeño de pura sangre, grullo, con vistosos arreos de plata.

—Hoy es la tuya, Melesio...

Es un mozo cenceño, de blusa de holanda, almidonada, pantalón azul con rayas rojas muy vivas; monta un precioso potro criollo, alazán tostado que pára las orejas y agita la cola con prematuro entusiasmo, sin celo ni envidia de los magníficos caballos finos, porque sabe lo que lleva encima.

Se lleva la mano al sombrero y, tocando apenas la falda, da las gracias.

Pero el que se gana el aplauso unánime es Tacho Ramírez, tres veces campeón. San Francisquito no quiere que el colegio le arrebate a su charro más joven y apuesto.

Terno de venado nuevecito tan sobrio como su silla vaquera poblana hecha para la travesura.

—¡Tacho Ramírez es mi mero gallo!

El inmenso valle donde se estira recto el lienzo para el coleadero está ya invadido por la alegre muchedumbre. Ondulan las muselinas áreas de chillantes colores, los rebozos de hilo y de seda, las albísimas blusas, en combinación improvisada de colores que ni el genio del pintor logra nunca superar en riqueza de gracia y de matices. Es como si se hubieran deshojado en el esmeralda del césped cataratas de pétalos de flores.

No por severos son menos llamativos los trajes de los charros en los más diversos estilos, desde las clásicas cotona y pantalonera de gamuza olorosas a buen curtido hasta la chaqueta negra de casimir francés con alamares perla o plata, el pantalón bien ajustado al muslo y a la pierna, abierto abajo en campana sobre el zapato bayo, bien lustrado.

La cabalgata se abre paso entre infinidad de vehículos, peatones, rancheros a caballo. La plaza es un lago de lujosos carros que rebrillaban al sol sus charoles, camiones, camionetas, trocas de estacas, que irá a vaciarse en el campo de la charreada. Se oyen incesantemente el aullido de alguna sirena, los roncos golpes de bocinas, notas de violines, contrabajos y pistones ahogados en el vocerío general. Citadinos asoleados, rancherillos de calzonera y soyate en ariscos matalotes, se entreveran por todas partes buscando acomodo.

A uno de los jacaloncillos levantados a la vera de la carretera, se acerca Julián y se apea:

—Un tequila doble...

Hay ahora tanto motivo para emborracharse.

Estoy muy triste y estoy muy contento. Venga, pues, otra doble.

Cuando volvió a montar lo hizo con ligereza. Se arriscó el sombrero y le brillaron los ojos y los dientes.

—¡A la bin, a la bin... ran... ran... ran! ¡A la bin, bon, ban!... Bonito, chiquito... ¡arriba San Francisquito!...

Fuereños: voces frescas, sonoras, juveniles. Más de un centenar de muchachos y muchachas descienden, ebrios de regocijo, de tres enormes trocas, y se desparraman por el campo.

Una muchedumbre ansiosa se arremolina a comprar boleto para el graderío con una sola entrada. Muchos más son los que se contentan con el espectáculo de afuera y se dispersan en busca de una buena sombra. Y en aquel mar alborotado se agitan confundidos los toscos sombreros de palma con las cabecitas maravillosas de las muchachas, la gamuza y la popelina de las chamarras con las brillantes blusas de seda femeninas.

Julián va a la cola de la calbagata, triste otra vez, pero no tan triste como San Francisquito se ha quedado, quieto y sin un habitante.

De pronto el rosillo da el reculón y se pára. Es imposible avanzar más. La columna de charros acaba de entrar a la pista y se oye como huracán el griterío, los hurras y los aplausos a las reinas que la encabezan. Éstas ascienden luego el graderío a ocupar su sitio en el palco de honor y de los trofeos. Y hacen visos la lentejuela y la chaquira de los zagalejos y los finísimos rebozos legítimos de Santa María. Pero resplandecen más aún los negros ojos y los apiñonados carrillos.

Dice Refugio que ya nuestros tiempos pasaron para siempre y yo digo que no, porque mientras tengamos alma en el cuerpo...

Dio un grito con toda la fuerza de sus pulmones, pero resultó como un grito dado dentro de una olla rajada. Sólo por respeto a sus muchos años no soltaron la carcajada los que estaban cerca de él. Se metió a viva fuerza entre las cabalgaduras hasta llegar a la cabecera del lienzo donde en apretada fila los vaqueros tenían encorralados a los toros. La pista se alargaba recta, blanca y pareja. El vedor y las autoridades al paso tardo de sus cuacos la recorrieron primero; luego los charros que iban a tomar parte en la lid pasearon en ir y venir sus caballos para que conocieran bien el terreno.

Limitaba el lienzo, de un lado, una apretada fila de árboles sobre alto borde, y del otro, separándolo del graderío, una valla improvisada con vigas horizontales sostenidas en sólidos postes enterrados en el suelo. La abigarrada y bulliciosa concurrencia se encrespaba como mar agitado sobre los gruesos y ásperos tablones que servían de asientos.

Los apuestos charros iban y venían por la pista en los preliminares de la diversión, luciendo sus bestias finas, fogosas cabezas, orejas enhiestas, hocicos espumeantes, sillas, arneses, guarniciones que valían un capital, sombreros galonados, trajes de corte y estilo variado.

Julián soltó una maldición:

—¡Si este lambrijo hijo de la ch... pensará que le tengo miedo!

No más por no armar aquí un escándalo y sobre todo porque quiero cumplir la promesa que le hice a la Virgen del Perdón... ¡Si no!...

Chon Ramírez había metido a la fuerza su caballo prieto pegando con el anca en el matalote de Julián. ¡Injuria sangrienta entre rancheros!

Felizmente acabó de apartarlo de los malos pensamientos Tacho Ramírez, que quién sabe por qué se había fijado en él.

—Una cerveza, don Fabián... digo don Román...

—Ni don Fabián ni don Román. Tacho Ramírez. Pero no le hace. Venga "la negra" y en el nombre sea de Dios... Ya hablaremos.

Estiró el brazo, tomó la botella y en dos largos tragos la saboreó con deleite.

—No sabes mi nombre porque apenas me conoces, pero eres más gente que todos ésos...

No más, porque Tacho Ramírez había desaparecido, devorado por la multitud. Menesteres más urgentes lo solicitaban dentro del coleadero.

—Tacho Ramírez, un trago.

—Ven, Tacho Ramírez.

—Ya ni conoces, Tacho Ramírez.

—Una cerveza, Tacho Ramírez.

—Te esperamos al guajolote, Tacho Ramírez.

De los palcos, de las gradas, de dondequiera que había lindas mujeres Tacho Ramírez era vivamente solicitado. Y Tacho tuvo que aceptar tanta copa que cuando montó de nuevo en su caballo, confiado a su caballerango, le daba vueltas el graderío, la pista y la cabeza. Melesio Contreras agradecería a tanta beldad haberlo ayudado a quitar el campeonato al mejor charro joven de San Franciscquito.

La hora se acercaba ya. Hubo un movimiento de cabalgaduras, impacientes montados y peatones buscaron sitio para ver mejor.

En la grada creció el tumulto de gritos, exclamaciones y aplausos.

—¡Ora, Melesio Contreras!

—¡Arriba Zacatecas!

—¡Jalisco nunca pierde!

—¡Arriba los panzas verdes!

—Esos camoteros de Celaya...

—¡Tacho Ramírez es mi mero gallo!

Melesio Contreras pasó levantando un aplauso.

Simpatizaba por su modestia. Ni su traje, ni su caballo, competían en galanura con los otros, pero su criollo confiaba en su maestría y en la maestría del que lo montaba.

Afuera el espectáculo no era menos interesante. De la arboleda habían huido espantados los pájaros por la presencia de tan extraños huéspedes; pero una pareja de torcacitas posadas en las altas ramas de un olmo azafranado daban, importunas, dos notas breves y lacerantes para almas como la de Julián, que no logró ponerse a tono con el regocijo ambiente.

XXIII

LAS MANOS están rojas de aplaudir y las gargantas enronquecidas de gritar. Aturden las porras aclamando a los suyos, las bocas se desfiguran, los brazos se levantan, se agitan las cabezas enmarañadas y las botellas pasan de mano en mano; refrescos, cerveza, tequila.

Quiénes aplauden a su pueblo, quiénes a su rancho, algunos a su patrón, a su pariente o a su amigo.

En ese desbordamiento de alegría, Julián, milpa helada, siente que ya ni el alcohol puede devolverle el alma.

Un grito agudo galvaniza al púbico:

—¡Se vino!...

Surgió al extremo del lienzo y como un eco viene repercutiendo, pero cada vez con más fuerza, con más voces, creciendo como un huracán al llegar a la cabecera opuesta.

Prieto, bragado y al trote. A medio galope se acerca el coleador, su bastilla se lo cierra contra el borde arbolado; baja la mano, alza la cola y... ¡nada!...

Se le fue. El novillo entra trotando al corral.

—¡No hay cuidado, Tacho Ramírez!...

Tacho da media vuelta, echándose el sombrero a la cara, desmayados los brazos y las piernas. ¡Las malditas copas!

El vocerío, suspendido un momento, se renueva con entusiasmo creciente. Se charla, se grita, se dicen cuchufletas y se bebe, mientras aparece el segundo.

Y aparece el otro.

—¡Cuidado con la bandera de San Francisquito, Pachito Martínez!

—¡Es tuyo, viejo!

Josco, de pocas libras, pero bien encornado y nervioso. Para

Pachito Martínez, que lo que le falta de fuerza lo suple con mañas. En su caballo bien amaestrado no tiene trabajo en coger y liarse la cola de la res en la mano, dar el tirón y hacer maromear al astado.

La plaza se viene huracanada. Es el delirio.

—¡Día de tu santo, Pachito Martínez!...

Sin levantar el sombrero de sus ojos, se lleva la diestra a la falda, dando las gracias y mascando chicle.

Don Jesusito, desazonado por el fiasco del sobrino, con la plana mayor de los charros satisfechos, sonríe apenas.

El tercero desluce: el coleador no logra más que darle el sentón y la res en seguida se levanta en fuga.

Bien o mal, la suerte se repite y los que poco o nada entienden de ello se aburren. El sol cenital derrite los afeites y torna apayasadas muchas caras bonitas. Al calor de hornaza se agrega la desigualdad de las tablas tambaleantes de los asientos. Algunos se levantan y abandonan el graderío provocando tumulto de los que de pie quieren aprovechar los sitios desocupados, y a la puerta hay una lucha entre los que pugnan por entrar con los que quieren salir.

La fiesta de afuera es otra y no menos pintoresca. La multitud bajo la tupida arboleda, disfrutando el frescor de las cimas, en vecindad de enormes cazuelas de mole de guajolote, de arroz con huevo cocido, de chile verde con carne de puerco y frijoles con queso de hebra, se relame. En las brasas crepitan las tortillas al recalentarse, y en lo más fresco del follaje se esconden, defendiéndose del sol, las tinajas de pulque y los cántaros de colonche.

Relampaguean los ojos de las mozas, brillan los dientes de marfil, arden los carillos apiñonados y los brazos broncíneos moldeados a torno. Y el campo es como un inmenso sarape del Saltillo con todos los colores del iris.

Refugito no podrá decir que me he portado mal. Unas cuantas copas de tequila, una infeliz botella de cerveza y ni siquiera una bofetada al desgraciado de Chon Ramírez que le busca ruido al chicharrón. Ni bebo, ni enamoro, ni busco pleitos. ¡La Virgen del Perdón me lo tome en cuenta!

Pero el hombre propone y Dios dispone. Mal dicho, el diablo dispone. Y el diablo en su encarnación más perfecta, los ojos maravillosos de una mujer. Fue primero una de esas murgas que abundan en Jalisco ejecutando sus piezas con una expresión tan única, de un romanticismo tan contenido y discreto, que en vano quieren mejorar los maestros del arte.

Sólo una gota faltaba para hacer desbordar el vaso. Y esa gota cayó con un acento de inenarrable tristeza. Fue un viejo vals de Abundio Martínez que precipitó una catarata incontenible en el alma de Julián: días de juventud y de alegría idos para no volver.

Y algo peor: el aguijón de una avispa clavada en la espalda. Volvió la cara.

¡María Santísima! ¡Ella! Blusa de percal, falda de franela roja con ancha cenefa verde, rebozo cuapaxtli anudado a la cintura, vueltos los extremos hacia atrás sobre los hombros y los anchos repasejos a la espalda, lado a lado de una gruesa trenza, rebruñida como el ala del cuervo.

Y fue como si una ola de lava en ignición hubiera corrido por sus venas, inundándole el cerebro y el corazón. Como chispa que cae en el polvorín.

Cegaron sus ojos, se ensordecieron sus oídos, su corazón repicó como esquila rota.

Algo más que el despertar de un aletargamiento a una realidad intensamente vital como la del mundo que estaba palpitando en torno. Era un pasado que rompía en torbellino fulgurante. Esta pequeña Marcela y la otra Marcela y todas aquellas mujeres y todos aquellos hombres y todos los placeres y hasta la sangre que se había derramado y en la que sus manos se habían mojado. Amigos, enemigos, amantes, vino, juego, alegría y delirio.

Y sintió el deseo violento e implacable de ser el que había sido. Siempre número uno aquí y en todas partes. Que las mujeres se espanten, que los hombres palidezcan, que se cierren puertas y ventanas y los transeúntes huyan, que la gente se esconda y el pueblo se quede solo. "¡Aquí están ya los Andrades!"

Y los Andrades pistola en mano, diciendo maldiciones, hacen caracolear sus caballos y si la gana les da entran en ellos a la parroquia. Fue, por tanto, su necesidad de gritar, necesidad de vivir: detenerse habría sido lo mismo que azotar en el suelo.

Se arriscó el sombrero, tendió la rienda y apretó las piernas.

—¡Ábranse! . . .

El alarido, un varazo al jamelgo y a contracarrera a la pista.

XXIV

—¡Arriba Tacho Ramírez!

En la pista, a todo lo largo del coleadero, de millares de voces se hacía una sola:

—¡Arriba, Tacho Ramírez!

Al clamor delirante sucede enorme silencio. Se oye distinta-

217

mente el trote del novillo, el del caballo retinto de Tacho y el del bastilla que le cierra a la res. Tacho se ha repuesto del todo y viene seguro de sí.

Los cuerpos se tienden en arco, los rostros se contraen por la emoción. Igual los partidarios de Tacho que los de Melesio dilatan los ojos y suspenden la respiración. Melesio ya derribó su toro con mano maestra y es preciso que Tacho lo haga mejor y tome la revancha.

Se acerca, baja la mano, coge el extremo de la cola, se la enreda en los dedos, levanta la pierna, afirmándose y cargando todo su cuerpo del lado contrario, dispara el cuaco y da el tirón. Todo con precisión. con elegancia, con maestría.

Exactamente en el momento en que se oyó el alarido desarticulado y ronco del viejo:

—¡Ábranse... que aquí está Julián Andrade su mero padre, hijos de la...!

El refilonazo fue brutal. El bastilla lanzado sobre la barrera cayó rompiéndose un brazo, recibiendo coces del caballo encabritado. Tacho Ramírez hizo circo en su animal, milagrosamente se mantuvo en equilibrio, mientras el toro, después de dar una maroma, se quedaba inerte con el espinazo roto.

—¡Bruto!...
—¡Mariguano!
—¡Bandido!
—¡Borracho!

Era una tempestad de protestas a todo pulmón. Miles de manos se alzaban amenazantes y miles de bocas se contorsionaban bramando:

—¡Afuera con ese borracho...!
—¡Mándenlo al manicomio...!

Afianzado en los estribos, satisfecho de su hazaña, el viejo Andrade regresaba sin premura hasta el extremo de la pista en medio de ensordecedora silba que era el aplauso que él esperaba.

Aturdidos por su audacia, los de la montada en vez de detenerlo se abrieron para dejarle libre el paso.

Pero cuando volvió al extremo del lienzo bruscamente desenfundó su revolver, torció el rostro en un grito gutural:

—El que sea hombre que me siga.

Y ocurrió la catástrofe; su catástrofe. A los gritos de las mujeres asustadas sucedieron las carcajadas más ultrajantes. La pistola no funcionaba.

Chon Ramírez le salió al encuentro, tomó el revólver por el mismo cañón y, riéndose, dijo:

—Se te olvidaron los tiros, abuelito.

Estaba estupefacto, rodeado de la policía y no hizo por defenderse. Los miraba a todos como idiota. Llegó el comandante de la policía y *el Fruncido*. Éste lo reconoció al instante y con su indolencia habitual, dando media vuelta, dijo a los agentes:

—¡Suéltenlo!... Es manso... y menso.

Sus ojos claros no reconocieron ni al mismo Chon Ramírez que le devolvió la pistola, palmeándole compasivamente la espalda:

—Estamos a mano, viejito.

Como un sonámbulo, se perdió en el colmenar humano que se extendía por el valle.

Octubre había volcado amapolas, violetas, claveles, azucenas, pensamientos y todas las rosas de todas las latitudes. ¡La mujer!

Pero el corazón de la fiesta —pasando inadvertido— latía detrás del manteado de una carpa. Sus palpitaciones eran ahogadas por el vocerío de fuera y el rumor desvaído del coleadero con periódicas explosiones tempestuosas.

—Pilatos, ayuda a don Julián a bajar de su caballo y amarra el animal a uno de los postes.

El Mocho era el amo de la carpa. Fue arrastrando la pierna artificial a tomar el único asiento desocupado a una mesa rodeada de las tres niñas de *slacks*, dos fifíes que las galanteaban y la voluminosa mamá desbordando dos asientos.

—Pilatos, una cerveza helada.

La dama gorda hizo ademán de desagrado, frunciendo la frente y aflojando la jareta de su boca de batracio. Sacó de su bolsa un frasco diminuto, se puso unas gotas de perfume y mirando, los ojos en blanco, a los currutacos, exclamó:

—Narciso negro de a veinte pesos gramo.

El Mocho, con cara de dolor de estómago, la vio como los niños miran a las focas del circo.

Pilatos, en mangas de camisa, sudoroso y encendido llegó con la cerveza. Así iban y venían los meseros, sin poder darse abasto en el servicio, solicitados de todas partes.

Las risas agudas de las muchachas, el retintín de los cristales en las mesas, en el mostrador, en las grandes tinas de hielo constantemente removidas para sacar cervezas y refrescos, daban la nota más alta en aquella algarabía de manicomio.

—*Mocho*, te felicito, porque ahora sí vas a dejar de ser soltero —le dijo de paso Tacho Ramírez, compensado de la desazón sufrida en la pista por cuatro soberbias morenazas que lo llevaban a ocupar una mesa como a su Apolo en apoteosis.

Reparando en la foca que estaba al lado del *Mocho*, desenfadadamente festejaron a Tacho con risas sonoras y repetidas. Ella no se dignó tomarlos en cuenta.

—Puro narciso negro de a veinte pesos gramo, Memo.

Entretanto el viejo Andrade, arrimado al cuadrilongo de tablones que servía de mostrador entre una multitud desaforada que pedía a gritos refrescos, cervezas o tequila, no lograba hacerse oír.

El Mocho le gritó:

—Venga, viejito; aquí le sirven lo que pida.

Trémulo aún, de color terroso, duras las quijadas y más arrugado que nunca, Julián Andrade acudió presto a la invitación. *El Mocho* pidió una silla a Pilatos y la hizo caber, con indignación de la dama gorda que retenía su rabia.

—¿Qué toma?

—*Mocho*, eres buen hombre... lo que pidas.

—Un tequila doble y una cerveza helada.

—¡Soy muy desgraciado, *Mocho*!

—Cosas de la vida, no haga caso.

—Valdría más que la tierra me hubiera tragado.

—¡La de malas!

—¡El honor vale más que la vida!

Pilatos trajo la cerveza para su patrón y la doble de tequila para don Julián.

La algarabía nada dejaba oír distintamente. Entre las mesas discurría trabajosamente la concurrencia: chamarras, chaquetas, blusas de holanda, trincheras y hasta el maquinof de un ferrocarrilero. Hormigueaban las cabezas femeninas bien peinadas, los rostros encendidos por el calor y los espirituosos, vestidos graciosos en color y corte. Entre los encamisados de una marimba, los uniformes imitación piel con grotescos dibujos nacionales a la espalda, los mariachis y muchos andrajosos de murgas locales. Las voces de las cancioneras, los chirridos de los violines, los arpegios de las guitarras, rebuznos de metales y roncos quejidos de los contrabajos, con las carcajadas, gritos y vocerío integraban una sinfonía imposible y magnífica de juventud y alegría que ningún genio de la música logrará superar jamás.

—¡Puro narciso negro de a veinte pesos gramo, Amadeo!

Fastidiado, *el Mocho* estiró la pierna de palo, levantó una nalga y dijo:

—¡Puro frijol bayo gordo de a treinta centavos kilo!

Jupiterina, la dama gorda lo fulminó; las niñas de *slacks* y paños de seda a la cabeza dilataron sus enormes ojos de lechuzas, indignadas, y los fifís que las acompañaban se pusieron en pie, cuadrándose en actitud de reto.

El Mocho se levantó sonriente e impasible. Tocándose la cintura se alejó paso a paso, diciendo:

—El que se queme, que sople.

—Pilatos, ese viejo ya colgó el pico, mételo a que duerma un rato.

XXV

FUE PROVERBIAL entre la familia el orgullo de los varones. No se dio el caso de que alguno de ellos hubiera descendido hasta el extremo de hacer confidencia a ninguna mujer de sus sentimientos más íntimos ni de sus más secretos desastres. Pero nunca, en su ya larga vida, sintió jamás el deseo más imperioso y violento de desahogar su corazón como en esa noche. Sentíase humillado, vencido, deshecho. Sorprendida, Refugito lo dejó hablar sin interrupción para no cohibirlo, para no avergonzarlo de aquella confesión tan dolorosa. Nunca se había imaginado que el desastre moral de su hermano fuera tan inmenso. Poco a poco fue cediendo del sentimiento de consternación profunda al de la más alta indignación. Julián le contó, como el desesperado que se reabre una herida, minuciosamente, uno a uno, los desaires e injurias soportados desde su llegada al pueblo. La forma humillante con que lo trataban hasta los que decían quererlo más. El viejo, el briago, el mariguano. A unos les inspiraba compasión, e indiferencia a otros. Y del apellido de que tanto se ufanó la familia no quedaba nada: "el Fuereño" y doña Cuca la pollera.

Nunca dos hermanos se sintieron tan fraternalmente unidos como en aquellos momentos de crisis en que los dos sufrían por igual en su cuerpo y en su sangre.

En los primeros instantes Refugito concibió la idea de llevarlo a la iglesia a orar, a implorar el consuelo único que les queda a los desahuciados del mundo: ¡Dios! Pero tuvo miedo de no llegar por ese camino sino a lo contrario de lo deseado, a la increpación al cielo o aun a la blasfemia. Y fue su falta de fe momentánea la que la perdió. En un estado de indecisión, mientras buscaba otros caminos para salvarlo, insensiblemente fue cediendo hasta quedar contagiada de su indignación y de su cólera. Y por ese resquicio se introdujo en su mente la voz omnipotente de la sangre.

Y entonces su rostro, modelado por una vida de resignación acabada en santa serenidad, se transformó y aparecieron los ras-

221

gos característicos de su familia: la mirada del milano, aguda, fría, reseca, un leve tic en la cara, la línea viril en el gesto y en el ademán. La obnubilación del enfermo que entra en agonía o la del que comienza a perder la razón.

—Yo tengo la culpa —dijo con voz ronca y apagada—. Eres buen hermano, porque nada me has reprochado. . .

Sus ojos brillaron como afilada lámina de acero y su voz adquirió bruscas sonoridades metálicas.

—Lo hice con buena intención.

Abrió la petaquilla, sacó los tiros envueltos en un pañuelo y ella misma sin que sus manos temblaran los puso en el cilindro de la pistola.

—Toma. . .

—¡Fuera de tiempo!

—Para que te defiendas.

—No tengo ya de quién. El ridículo mata mejor que una bala.

—¡Estoy avergonzada!

—Has comprendido, ¿verdad?

Ella misma puso el revólver cargado en la repisa de la Refugiana, a un lado de la veladora encendida.

Sintió que se había quedado dormido en su cama y salió de puntillas a la humilde capilla del barrio a rezar antes que dieran las nueve. A su estado de cólera sucedía otro de opresión y angustia muy extraños. No se arrepentía de lo que acababa de hacer, y por eso sufría sin saber por qué como cuando hemos refundido algo en el subconsciente y ese algo pugna por abrirse paso a la luz.

Después del rosario el sacerdote en el púlpito abrió un libro y comenzó a leer. Su voz era lenta, monótona, fatigosa. Sentadas sobre sus talones algunas beatas cabecearon, otras fueron al confesonario y se acercaron a las celosías.

"Los pecados de los padres se trasmiten a los hijos y a los hijos en muchas generaciones."

Las palabras de las Sagradas Escrituras pronunciadas por el sacerdote llegaron a la mente de Refugito como un chispazo que iluminó repentinamente su alma. Sintió, a la vez que una inundación de luz en su cerebro, una angustia tremenda en el corazón. Se levantó tan precipitadamente, que el capellán suspendió momentáneamente la lectura y las beatas despertaron volviendo sus ojos asustados.

Salió de la iglesia arrepentida de su pecado, contrita y perdonada.

Todo se reduce a hacer desaparecer esa pistola y a que Dios

me ayude para alejarlo de aquí. ¿Cómo?... ¡Para Dios no hay imposibles!

Algo extraordinario en una mujer que nunca supo de neurosis ni cosa de nervios: un temblor convulso la sacude como ataque de malaria y un nudo en la garganta apenas la deja respirar. Ocurre en cuanto enciende un cerillo y repara en la cama vacía. Y también el revólver cargado por sus propias manos ha desaparecido de la repisa de la Virgen del Refugio.

Y como si le susurraran al oído escucha las últimas palabras de Julián: "Ese desgraciado del *Fruncido* me la tiene que pagar... ¡Te lo juro!"

Encendió la vela de Nuestro Amo, persignó la casa en los cuatro puntos cardinales y sigue rezando, con ella en las manos, hasta que sólo queda un cabito y la cera se le derrite en los dedos.

Oye las diez, las once y poco antes de la una cruje la llave en la chapa. ¡Bendito sea Dios!

Entró. ¡Jesús, qué espantajo! ¿Qué fue?

Tiritando, envuelto con una frazada y en cueros, descalzo y descubiertos los calcañales. ¡De dar vergüenza!

—Se me pasaron las copas, hermanita... Luego me resbalé en un charco y dejé los pantalones en el lodo.

—¿Y la vergüenza?

—Regáñame, dime lo que quieras.

Pero algo había en el tono de voz que la inquietaba. Mentía seguramente, pero ocultando más de lo presumible.

—Un amigo me prestó esta frazada... Por favor, apaga la vela.

Refugito despertó con la mano puesta sobre el corazón, ahogándose en una pesadilla. Perdida en un dédalo de calles jamás conocidas en su vida, calles que se iban angostando, retorciendo hasta dejarla en el filo de un precipicio donde era imposible dar un paso más ni retroceder. Soplaba el ventarrón que la hizo bambolear y era un murciélago que, con su aletazo para precipitarla al abismo, la despertó.

Rezó fervorosamente el bendito, se tapó con la sábana los ojos y no despertó sino al toque del alba. Poco después salía andando de puntillas a misa.

A Julián no lo dejaba dormir el dolor tenebrante en el pie y mordía la sábana para que Refugito no lo oyera quejarse.

XXVI

Ocurrió de otro modo de como él se lo contó a Refugito. Cuando ella salió a rezar, la víspera por la noche, creyendo dejarlo bien dormido, se levantó a tientas, dio con la pistola, se la fajó a la cintura y se echó a la calle. La juerga comenzada después del coleadero se prolongaba en todas las cantinas del pueblo. Los gritos y las risotadas en *El Barrilito* se oían hasta la plaza donde paseaba la multitud en la serenata.

Entró sin saludar; como sonámbulo pasó entre los tomadores y tomó por el pasillo del hotel. Tomó sitio en una mesa y tuvo que llamar tres veces a Pilatos. Nadie le hacía caso, ni siquiera por el escándalo que promovió en el coleadero. Se encontró cara a cara con Chon el de *El Macho Prieto* y no se inmutó. Todo se lo reservaba para el que más lo había agraviado. Y se sentó, resuelto a esperarlo.

—Cárgale aguardiente hasta que lo duermas —dijo Chon Ramírez a Pilatos, pagando con uno de a cinco pesos.

Y se durmió hasta que un dolor agudo en un pie, un dolor tan intenso como si se lo estuvieran barrenando, lo despertó. Olía a cuero quemado. Lanzó una insolencia. Un "calambre". Todavía no acababa de apagarse el cerillo encendido sobre uno de sus zapatos. Entonces reparó en el grupo de charros que lo rodeaban, festejando la travesura de Chon Ramírez y reconoció al de la boca fruncida, enjuto y paliducho. Violentamente echó mano de... nada. Su revólver había desaparecido.

—¡Así serán hombres, desgraciados!... ¡Y usted, cara de fon... vaya y ch... a su madre!

El Fruncido lo volteó de un revés.

—Muchachos, quítenle los calzones a este infeliz y échenlo a la calle.

Iba ya a distancia de *El Barrilito* cuando Pilatos lo alcanzó corriendo, le dio una cobija para que se tapara y el revólver que le habían quitado. *El Mocho* se los mandaba.

Pero más hondo que el dolor del pie era el que le agujereaba el alma y que calaba de vergüenza. Por eso cuando Refugito se levantó y salió a la calle, él, que no había dormido un instante, buscó su ropa a tientas, se vistió, tomó su pistola y se fue a la calle. Había amanecido y el sol comenzaba a sacar chispas del pararrayo de la parroquia. Cuando llegó a la plaza teñía de rosa las canteras de sus torres y doraba los pretiles más altos del caserío. Repicaban las campanas llamando a misa, en las arboledas los pájaros garrulaban su concierto matinal. Todo era vida y alcgría. De una casa de baños salieron dos lindas mozas de carrillos relucientes, goteando agua del pelo. Entró, tomó una ducha fría y dejó en prendas la navaja, porque "se le había olvidado el dinero".

Sintió despejado el cerebro, el corazón aligerado, sus miembros extrañamente flexibles y expeditos. Hasta el dolor de la quemada había desaparecido. Se oían los gritos de los transnochadores ya dentro de *El Barrilito*. Lo raro fue la indiferencia con que los escuchó. Pasó frente a la parroquia, estaba entrando gente a misa, pero a él no le hizo falta Dios, porque como dijo Plaza "ni amor al mundo, ni piedad al cielo". Y siguió andando, ni triste ni alegre, ni tranquilo ni enojado. Su cerebro era como un reloj al que de repente se le rompió la cuerda. Sus piernas lo llevaban y sus piernas sabían adónde. Sí, también su corazón se había quedado vacío, sin amor y sin odio.

Refugito volvió de misa a su casa y pensó: "Ha de haber salido a curarse la cruda. Mientras voy a comprar mi recaudo a la plaza."

Se sentía cansada, la cabeza le dolía y le daba vueltas. La desvelada. Pasó frente a la botica. Ni el fresco de la mañana lograba disipar la niebla que oscurecía su pensamiento. Le latían las sienes y la cabeza le seguía doliendo. Entró y allí mismo se tomó un *cafión*.

En la lechería pidió un litro, compró en el mercado doce centavos de menudo y seis de tortillas. Hizo que le envolvieran un queso fresco en una hoja de milpa.

Y estaba regateando las cebollas y los jitomates que habían subido por una prematura helada, cuando se oyó un balazo. Sintió una fuerte corazonada y se enderezó.

—Son los charros que todavía la traen —dijo la marchanta.

—Dieron guerra toda la noche —agregó un cargador que estaba sentado en la banqueta.

Un muchacho pasó desaforado preguntando por el gendarme.

—¿Pleito, Otilio?

—Sí, doña Rita, *el Fruncido* anda agarrado con "el fuereño".

Lívida, sin gota, de sangre en la cara, Refugito confió su recaudo a la marchanta y se encomendó a Dios.

—¿Usted también, mi alma? ¿Va a buscar una bala perdida?

Siguieron los disparos. Los placeros confiaban sus puestos a otros, apareció gente en puertas y ventanas, a media calle, todos mirando a la multitud encrespada como una ola, afuera de *El Barrilito*.

Se acercó cuando iban saliendo dos de la cantina, empuñando

sus pistolas y arrimados a la pared, como si les faltara fuerza para
sostenerse con sus propia piernas. Pero la sangre que les chorrea-
ba de la cabeza no permitía reconocerlos.

"Están borrachos", pensó para consolarse.

A fuerza de codos, pisadas y empellones, llegó a primera fila
del ruedo que se había formado como en una pelea de gallos. Y
como gallos estaban, en efecto, hechos bola, caídos los dos en el
empedrado. Uno consiguió treparse sobre el otro y le pegó repetidas veces en la cabeza con el cañón de la pistola, como quien
está haciendo picadillo.

—¡No!...

Fue el alarido de Refugito en el momento de reconocer a su
hermano. Tan agudo, que éste volvió hacia ella su cara tinta en
sangre y destrozada. La miró con sus ojos ya deslustrados que
en el mismo instante se acabaron de apagar. El revólver se deslizó de sus manos y suavemente resbaló de su contrincante.

Ciego por la sangre, aturdido por los golpes, *el Fruncido*, que
estaba debajo, a tientas buscó el pecho de Julián para asegurar
el tiro.

—¡Cobarde!...

Como loba hambrienta se arrojó sobre él y le arrebató la pistola.

Coincidieron el disparo y un grito de muerte. Pero con la
brizna de vida que le quedaba la amartilló en medio de las cejas
y le disparó.

Presos de la cárcel municipal, conducidos por un gendarme,
vinieron a levantar los cadáveres en tres sendas camillas, en medio de la consternación y silencio de los circunstantes.

Se oyó un rumor apagado de voces:

—Don Gertrudis...

El presidente municipal llegó con el comandante de la policía. Vio el charco de sangre sin que se inmutaran las líneas de
su rostro pétreo y enigmático.

—Se acabó la mala yerba —dijo removiendo apenas sus gruesos labios de indígena.

Cuentan en San Francisquito, como cosa de milagro, que doña
Cuca la pollera se había quedado con los ojos abiertos como mirando al cielo y que tenía cara de santa.

Este libro se terminó de imprimir y encuadernar en el mes de junio de 1992 en los talleres de Encuadernación Progreso, S. A. de C. V., Calz. de San Lorenzo, 202; 09830 México, D. F. Se tiraron 3 000 ejemplares.